KB094885

멱운 장편 소설
FUSION FANTASTIC STORY
전공
삼국지

전공 삼국지 8

먹운 장편 소설

초판 1쇄 찍은 날 § 2015년 12월 10일
초판 1쇄 펴낸 날 § 2015년 12월 17일

지은이 § 먹운
펴낸이 § 서경석

편집책임 § 한준만

펴낸곳 § 도서출판 청어람
등록번호 § 제387-1999-000006호
등록일자 § 1999 5 31
어람번호 § 제1-2310호

주소 § 경기도 부천시 원미구 부일로 483번길 40 서경B/D 3F (우) 14640
전화 § 032-656-4452 팩스 § 032-656-4453
http://www.chungeoram.com
E-mail § chungeorambook@daum.net

© 먹운, 2015

ISBN 979-11-04-90554-4 04810
ISBN 979-11-04-90353-3 (세트)

※ 파본은 구입하신 서점에서 교환하여 드립니다.
※ 저자와 협의하여 인지를 붙이지 않습니다.
※ 이 책은 도서출판 청어람과 저작자의 계약에 의해 출판된 것이므로,
무단 전재 및 유포·공유를 금합니다.

8
먹운 장편 소설
FUSION FANTASTIC STORY
천풍
삼국지
도서출판
청어람

천풍
삼국지

目次

第一章
합비 전투

손보와 오분이 살아 돌아오자 손가 형제들은 옹기종기 모여 이들의 생환을 축하했다. 그런데 도응이 왜 그들을 놓아주었느냐는 질문에 오분이 쓴웃음을 지으며 대답했다.

"도응 놈은 우리를 일부러 돌려보낸 것이다. 교 장군이 우리 부대를 고의로 사지로 몰았다고 선전해 우리 쪽과 교 장군 사이를 이간하려는 수작이지."

"분이 말이 맞다. 도응이 결코 좋은 심보로 너희들을 풀어준 것이 아니니 조금도 감사해할 필요가 없다."

이때 문 밖에서 오경의 목소리가 들려왔다. 이어 손가의 연

장자인 오경과 손정, 손분이 나란히 안으로 걸어 들어왔다.

손권이 달려가 이들을 맞이하며 오경에게 물었다.

“교유 장군과 얘기는 잘 끝내셨습니까?”

“우리 대오는 피해가 막심해 일단 성내 치안에 주력하다가 위급 상황이 발생하면 전투에 참가하기로 얘기가 됐다. 그러니 너희들은 너무 걱정하지 말거라.”

“예상대로 교 장군이 우리 사정을 봐주었군요. 그래야 아군이 그를 위해 목숨 걸고 싸울 테니까요.”

손권은 애늙은이 같은 얼굴로 고개를 끄덕이고는 다시 물었다.

“군사들 말로는 회남군이 이미 사대문을 봉쇄했다던데, 사실입니까? 교유 장군은 정말로 성문을 꽁꽁 틀어막을 생각이랍니까?”

오경이 탄식을 내뱉으며 손가 자제들에게 상황을 상세히 설명했다.

“지금으로서는 방법이 없단다. 어제 패전으로 인해 아군은 사기가 크게 저하되고 군심도 동요하기 시작했다. 성문을 틀어막지 않으면 요행을 바라는 사병들이 전투에 전력을 다하지 않는 사태가 발생한다. 게다가 도응은 첩자를 이용해 성을 공격하는 데 능하단다. 수춘과 서곡양 모두 이 방법으로 함락되고 말았다. 그래서 지금으로서는 성을 봉쇄하는 것이 최선의 방법이다. 알아듣겠느냐?"

손광과 손익 등은 알겠다며 고개를 끄덕였는데, 손권만이 수심 가득한 얼굴로 오경에게 물었다.

"외숙부, 사대문을 틀어막으면 적군의 세작이 침투하기 어려운 건 맞습니다만 만약 합비성이 서주군에게 함락된다면 우리는 어디로 달아납니까?"

손권의 말에 오경, 손정 등은 흠칫 놀라는 표정을 지었다. 이것이 여간 심각한 문제가 아님을 깨달았기 때문이다. 만일 합비성이 무너지기라도 한다면… 도응과 철천지원수인 손가는 독 안에 든 쥐가 되는 꼴 아닌가?

오경도 처음에는 이 작전에 동의한 것이 후회되었지만 잠시 후 손권의 어깨를 두드려 주며 억지웃음을 짓고 말했다.

"너무 염려 마라. 합비성은 성지가 높고 참호가 깊은 난공불락의 요새인 데다 교유 장군 또한 수성에는 일가견이 있다. 도응은 절대 합비성을 함락하지 못할 것이다."

하지만 손권은 오경에게 꼬치꼬치 따져 물었다.

"출구가 없는 상태에서 가장 큰 피해를 입는 쪽은 바로 우리 손가입니다. 합비성이 함락되더라도 교유 장군을 포함한 합비성 군민들은 도응에게 투항해 목숨을 부지할 수가 있습니다. 이미 도응이 투항하면 살려주겠다고 공개적으로 선포했으니까요. 하지만 화근을 제거하려는 도응이 불공대천의 원수인 우리를 과연 살려둘까요?"

오경은 손권을 힐끗 쳐다보더니 평소 말수가 적던 외종질을 다시 보게 되었다. 그러자 손정이 물었다.

"권아, 그럼 우리가 어찌해야 좋겠느냐?"

"제가 보기에 교유 장군에게 사대문의 봉쇄를 풀라고 얘기해 봤자 말이 먹힐 리가 없습니다. 하여 가장 좋은 방법은 도응에게 몰래 사람을 보내 과거의 은원 관계를 청산하고 퇴로를 열어 달라고 부탁하는 것입니다."

손권의 말이 채 끝나기도 전에 오경 등은 얼굴에 노기를 가득 띠고 손권을 노려보았다. 손권은 분위기가 심상치 않음을 감지했지만 침착한 표정으로 말을 이었다.

"우리는 도응에게 갚아야 할 피맺힌 원한이 있습니다. 하지만 군자의 복수는 십 년이 걸려도 늦지 않는다고 했습니다. 잠시 이 간적 놈에게 복종하는 척하고 운신할 곳을 얻었다가 후에 복수할 기회를 노리는 것이 어떻겠습니까?"

그러자 손분과 손보가 버럭 화를 내며 소리쳤다.

"입 닥쳐라! 우리 손가는 너처럼 비겁하게 죽음을 두려워하는 후예가 아니다! 형제를 죽인 원수에게는 절대 고개를 숙일 수 없다!"

손권은 아무 대꾸도 하지 않고 시선을 다시 오경과 손정에게 돌렸다. 하지만 손권의 바람과 달리 오경과 손정 역시 만면에 노기를 띠고 손권을 꾸짖었다.

"권아, 네 부형의 영전 앞에서 했던 맹세를 잊었느냐? 네 부형의 원한을 아직 갚지도 못했는데, 어찌 원수에게 목숨을 구걸한단 말이냐? 네 부형에게 떳떳치 못한 짓을 해서는 아니 된다!"

아직까지 미미한 존재였던 손권은 풀이 죽어 고개를 푹 숙였다. 하지만 마음속으로는 지략이 없고 고루한 연장자들이 답답해 미칠 노릇이었다.

* * *

이튿날 아침부터 서주군은 합비성에 맹공을 퍼붓기 시작했다. 벽력거 60대가 번갈아가며 각 성문을 향해 석탄을 날려댔고, 보병들은 궁노수의 엄호 아래 해자를 메우는 데 여념이 없었다.

벽력거의 공격과 동시에 도응은 성의 세 곳을 막고 한 곳을 터주는 공성 전술을 운용해 남문 쪽에는 군사를 배치하지 않았다. 다만 시수 남쪽 먼 곳에 일지 군마를 배치해 두고 남문을 통해 빠져나올 적의 퇴로를 차단했다.

이런 정공법의 가장 큰 단점은 시간이 오래 소모된다는 점이었다. 견고하기로 정평이 난 합비성은 사흘 만에야 겨우 균

열이 보이기 시작했고, 길진 않지만 해자도 어느 정도 메워져 성까지 이어지는 길이 생겼다.

또 심리전을 즐겨 사용하는 도응은 이 기간 동안 몇 가지 방법을 동원했다. 우선 그는 기름과 장작을 묶은 연소탄을 합비성 안에 시험 발사했다. 연소탄이 성안으로 날아가 화재가 일어나자 수비군과 백성들은 두려운 마음을 갖게 되었다. 이 밖에 도응은 포로로 잡은 회남 병사들을 성 아래로 보내 항복을 종용하게 했다. 포로 우대 정책을 알려 적의 전투 의지를 꺾고 수성 결심을 약화시키려는 요량이었다.

도응의 이런 심리 전술은 일정 정도 효과를 보았다. 며칠이 지나자 수비군 십여 명이 야음을 틈타 몰래 성벽을 타고 내려와 서주군에게 투항했다. 그리고 이들은 도응에게 성안의 중요한 정보 몇 가지를 제공했다.

첫째는 교유가 이미 합비성 사대문을 모두 봉쇄했다는 것이고, 둘째는 손분, 오경의 부대가 합비성 내부에 배치돼 치안을 담당하고 있다는 것이며, 셋째는 혼란을 틈타 성안으로 들어간 서주 단양병의 정체가 아직 탄로 나지 않았다는 것이다.

이 세 가지 주요 정보를 얻게 된 도응은 합비성을 취할 자신감이 더욱 크게 증가했다. 이에 서주 제장들은 꼬리가 길면 밟힐지 모르니 첩자들의 신분이 발각되기 전에 총공격을 퍼붓자고 재촉했다. 그러자 도응이 웃음을 지으며 말했다.

"염려 마시오. 우리 첩자들은 절대 발각될 리가 없소. 저들과 고향은 물론 말투까지 똑같아서 엉뚱한 짓만 저지르지 않으면 누구도 알아볼 수 없을 것이오."

이어 가후가 덧붙여서 말했다.

"설사 발각된다 해도 상관없습니다. 단양병의 신분이 탄로난다면 저들은 첩자를 색출해 내기 위해 합비성 안의 모든 단양병을 대대적으로 조사할 것입니다. 유인 작전 실패로 이미 화가 머리끝까지 난 단양병들이 이런 모욕을 참고만 있을 리 없습니다. 그러면 우리에게 더없이 좋은 기회가 찾아오게 됩니다."

서주 제장들은 이 얘기를 듣고 가후의 식견에 탄복해 공성 준비가 완벽하게 갖춰질 때가지 인내심을 가지고 기다리기로 했다.

다시 이레가 지나 주전장인 합비성 북문 해자가 거의 메워지고, 동서 양쪽 해자도 어느 정도 메워지자 도응은 마침내 합비성을 총공격하기로 결심했다.

도응은 먼저 진도와 후성에게 각각 군사 8천 명씩 주고 동서 양문에서 수비군 병력을 견제하고 분산시키라고 명했다. 이어 나머지 2만 군사는 합비성 북문 밖에 배치하고 도응이 친히 공성을 지휘했다.

합비성이 견고하고 교유의 수성 능력이 뛰어나다는 걸 잘 아는 도응은 이번 공성이 쉽지 않으리라고 생각했다.

어쩌면 시간이 오래 걸리고 사상자가 많이 발생할지도 모를 일이었다. 하지만 시간을 마냥 지체할 수 없었던 도응은 주먹을 불끈 쥐고 군사들 앞에서 큰소리로 외쳤다.

"서주군 장사들이여, 우리의 이번 목표는 바로 눈앞의 합비성이다! 아군 정보에 따르면, 합비성 안의 적은 이미 사대문을 꽁꽁 틀어막고 성과 함께 동귀어진할 각오로 나섰다고 한다! 적은 소모전으로 시간을 질질 끌어 우리 후방에 변고가 생기고 아군의 양초가 다해 저절로 물러가길 기다리고 있다! 하지만—!"

여기까지 말한 도응은 잠시 목소리를 가다듬고 다시 크게 소리쳤다.

"이는 한낱 저들의 꿈에 불과하다! 우리가 어떤 부대인가? 우리는 위풍당당한 한실의 관병이다! 우리는 공격해서 함락하지 못한 성이 없고, 싸워서 이기지 못한 전투가 없는 무적 군단이다! 원술 놈은 전국옥새를 도둑질하고 우리 서주 땅을 여러 차례 침범해 서주의 군민을 학살한 극악무도한 죄인이다! 이 원한을 어찌 갚지 않을 수 있겠는가? 우리의 칼과 창으로 원술에게 당한 치욕을 깨끗이 씻어버리자! 우리의 증오와 분노로 적들을 모조리 쓸어버리자!"

도응의 연설에 격앙된 서주군은 일제히 우레와 같은 함성을 터뜨렸다.

하늘을 울리는 북소리와 함께 2천 명으로 조직된 선봉대가 각종 공성 무기를 들고 기세등등하게 합비성을 향해 전진했다.

벽력거 공격이 이미 개시돼 거대한 석탄과 연소탄이 잇달아 합비성 안으로 날아들었다. 성안의 수비군은 안전한 곳에 몸을 숨긴 채, 칼과 창을 꼭 쥐고 활을 잔뜩 매기고서 서주군 선봉대가 사정거리 안으로 들어오기만을 숨죽여 기다렸다.

손에 방패를 든 서주군은 궁노수들을 엄호해 잰걸음으로 해자 근처에 세운 임시 엄폐물을 향해 천천히 나아갔다. 선봉대 2천 명도 운제와 당거 등 공성 무기를 밀고 끌며 무수히 쏟아질 적의 화살을 피해 최대한 빠른 속도로 성벽 가까이 다가갈 준비를 하고 있었다.

이를 지켜보는 수성 대장 교유와 공성 대장 도응의 손바닥에는 어느새 땀이 맺히기 시작했다.

바로 그때였다.

"불이야! 불이야! 합비성 안에 불이 났다!"

어디선가 들려오는 외침에 도응과 서주 제장들은 저도 모르게 합비성 쪽으로 눈을 돌렸다.

그런데 정말 합비성 안에서 짙은 연기가 피어오르고 있는 것이 아닌가. 삽시간에 십여 군데에서 불길이 치솟았는데, 그 기세가 점점 더 맹렬해지고 어렴풋이 떠들썩한 소리와 함성 소리가 들리는 듯했다.

이 광경을 본 합비성 장수들은 얼굴색이 하얗게 질리고 말았다. 교유와 유엽은 믿기지 않는다는 듯 비명을 내질렀다.

"어떻게… 어떻게 이런 일이… 사대문을 꽁꽁 닫아걸었는데 서주군 첩자가 어떻게 들어왔단 말인가?"

반면 이를 지켜보는 서주군 대오에서는 환호성이 터져 나왔다.

선봉대 2천 명도 더욱 힘을 얻어 성벽까지 곧장 달려가 앞다퉈 운제를 성벽에 걸쳐 놓았다. 이어 이들은 운제를 타고 성벽을 기어 올라가 벌벌 떨고 있는 수비군 병사들에게 칼과 창을 마구 휘둘렀다.

이로써 합비성은 서주군의 첫 돌격에 그만 뚫리고 말았다.

* * *

"너희들이 지금 제정신이냐! 대적이 쳐들어오고 있는데 뭐 하는 짓이란 말이냐! 당장 불을 지른 자를 색출해 목을 베어라!"

오경은 불같이 노해 단양병을 크게 꾸짖고는 친병들에게

불을 놓은 병사를 잡아들이라고 명했다. 그런데 이때 단양병 수십 명이 칼과 창을 손에 꼭 쥐고 오경에게 뚜벅뚜벅 걸어갔다. 그중 우두머리로 보이는 자가 크게 소리쳤다.

"흥, 우리를 화살받이로 이용하고선 이제 우리의 목을 베겠다고? 우리 단양병이 네놈들 노리갠 줄 아느냐! 저자의 목을 도 사군께 가지고 가 공을 청하자!"

전혀 예상치도 못했던 단양병의 반응에 오경은 화들짝 놀라 급히 몸을 뒤로 피했다. 일단의 단양병이 고함을 지르며 달려들자 오경은 칼을 휘둘러 몇몇의 목을 베었고, 친병들은 오경을 호위해 급히 자리에서 빠져나왔다.

손가의 단양병들은 자신들이 교유의 유인 작전에 이용된 것을 안 이후 내부적으로 불만이 팽배해 있었다.

이런 와중에 몰래 합비성 안으로 침투한 서주 단양병들이 전황이 이미 기운데다 사대문이 모두 막혀 도망칠 곳도 없으니 아예 반란을 획책해 도 사군을 위해 공을 세우자고 이들을 꼬드겼다. 이에 서주군이 총공격에 나선 틈을 타 이들은 사방에 불을 놓으며 호응한 것이다.

단양병의 반란으로 성 내부가 극심한 혼란에 빠지자 적을 막기도 급급한 합비성 병사들은 사기가 크게 저하되고 군심이 어지러워지기 시작했다.

성 내부를 돌아본 이들은 화살을 발사하고 돌을 던지라는 장수들의 명이 귀에 들어오지 않았다.

서주군은 1차 공격에서 북문과 동서 양문 성벽을 타고 올라가는 데 성공해 적지 않은 성루 진지를 장악했다. 이어 나머지 서주군도 운제와 비교를 타고 잇달아 성벽 위로 올라갔다. 아무런 저항 없이 성에 오른 서주군은 환호성을 지르며 조수처럼 합비성 안으로 쏟아져 들어갔다.

형세가 이 지경에 이르자 수성에 능한 교유라도 어찌해 볼 도리가 없었다. 그는 즉각 수비대를 조직해 적의 공격을 필사적으로 막아내는 한편, 유엽을 오경 등에게 보내 빨리 반란을 진압하고 전장으로 달려오라고 명했다.

유엽은 회남군 30여 명과 함께 성 내부로 들어갔다가 성안이 온통 불길에 휩싸인 걸 보고 깜짝 놀랐다.

불길을 피해 여기저기서 쏟아져 나오는 군민들의 물결로 오경과 손분을 도저히 찾을 수 없었던 유엽은 하는 수 없이 성 동쪽에 위치한 저들의 영지로 달려갔다. 그런데 영지에는 군사들이 거의 보이지 않았고, 친병 대오를 이끄는 손정만이 어린애 몇 명을 보호하고 있었다.

유엽이 곧장 손정에게 다가가 오경 등의 행방을 물었지만 손정 역시 그들의 행방을 모르기는 마찬가지였다. 손정이 심각한 얼굴을 하고 유엽에게 말했다.

"오 태수는 돌아오지 않고 사람을 보내 알려왔는데, 지금 반란을 평정하는 중이라 그때까지만 아이들을 잘 돌보고 있으라고 하더군요."

이미 성내 상황을 두 눈으로 똑똑히 확인한 유엽은 반란을 평정한다는 말에 절로 쓴웃음이 지어졌다. 이때 어린애 무리에서 누군가의 말이 튀어 나왔다.

"반란에 가담한 인원이 너무 많고, 밖에서는 적군이 총공격을 시작해 반란을 평정하기는 불가능합니다."

유엽이 놀란 눈으로 고개를 돌려 바라보니, 손권이었다.

그러자 손정이 손권을 노려보며 큰소리로 꾸짖었다.

"입 닥치지 못할까! 네 외숙부와 사촌형이 피를 흘리며 분전 중인데 어디서 그런 망발을 하느냐!"

하지만 유엽은 호부 아래 견자 없다는 말을 절로 떠올리며 어린 손권의 식견에 탄복했다. 이때 손권이 유엽에게 물었다.

"유 선생님, 외람된 질문이지만 현재 형세에 대해 교유 장군은 어떤 계획을 가지고 있습니까?"

"권아, 너무 무례하구나. 이것이 어린애가 물어볼 말이냐?"

손정이 다시 한 번 손권을 나무랐지만 유엽은 오히려 이 소년에게 흥미가 생겨 솔직하게 대답했다.

"교 장군은 오경, 손분 두 장군이 반란만 진압한다면 합비성은 희망이 있다고 생각하신단다."

멍하니 유엽을 바라보던 손권은 입을 실룩이며 무슨 말을 하려다가 그냥 입을 닫아버렸다. 하지만 그의 얼굴에는 이미 '절망'이라는 단어가 드러나 있었다.

이어 손정이 초조해하며 물었다.

"자양 선생, 어린애 말에 너무 신경 쓰지 마십시오. 그런데 지금 우리는 어찌해야 합니까? 이곳에 남아서 계속 기다려야 할까요? 아니면 오 태수와 백양 조카를 찾아나서야 할까요?"

"당연히 여기서 기다려야죠. 지금 밖은 대혼란에 빠져 영지를 나갔다간 뿔뿔이 흩어지게 됩니다."

유엽과 손권이 이구동성으로 대답했다. 그 직후, 유엽은 자신과 같은 대답을 한 손권을 놀란 눈으로 한 번 쳐다보고는 말을 덧붙였다.

"너무 걱정 마십시오. 오 태수와 백양 장군은 상황이 좋지 않으면 틀림없이 이리로 돌아올 것입니다."

손정은 고개를 끄덕이며 무거운 짐을 내려놓은 듯 길게 한숨을 내쉬었다. 바로 이때, 반군 수십 명이 손가의 영지를 향해 돌격해 들어왔다. 손정은 침착하게 대오를 지휘하며 그들의 공격을 막아냈다.

다행히 반군 숫자가 많지 않은 데다 영지의 방어막이 견고하여 쉽게 물리칠 수는 있었다.

손정과 유엽 등이 한시름 돌리고 있을 때, 앞쪽에서 또다시 떠들썩한 소리가 들려왔다. 손정이 긴장한 얼굴로 전열을 정비하고 보니, 오경이 2백여 명의 군사를 이끌고 영지로 돌아오고 있는 것이 아닌가. 손정 등은 크게 기뻐 급히 영문을 열고 오경을 안으로 맞이했다.

오경을 보자마자 손정이 지체 없이 물었다.

"오 형, 상황이 어떠하오? 반군은 얼마나 되며, 사태를 진정시킬 수 있겠소?"

전투 중에 부상을 입은 오경이 상처를 어루만지며 쓴웃음을 짓고 대답했다.

"단양병이 모두 반란에 가담했소. 4천이 넘은 단양병이 사방을 휘젓고 다니며 닥치는 대로 사람을 죽이고 불을 놓고 있소이다."

이 말에 손정과 유엽 등이 깜짝 놀라자 오경은 왼쪽 소매를 걷고 수하에게 상처를 다시 싸매라고 명한 후 말했다.

"단양병 둘을 잡아 심문해 보니, 그들은 교유가 고의로 자신들을 죽음으로 내몬 데 대해 불만이 가득 쌓였더구려. 여기에 도응도 단양 사람이어서 단양 사람을 중용하고 후대한다는 말을 듣고 반란을 일으켰던 것이오."

손정이 단양병의 배은망덕하고 후안무치함에 분통을 터뜨리자 오경이 탄식을 내뱉으며 말을 이었다.

"지금 와서 후회해 봐야 소용없소이다. 합비성이 함락되는 건 시간문제라 성을 빠져나갈 방법을 찾아봐야 하오. 이미 분이를 군량 창고 쪽으로 보내 백양 조카 형제에게 연락을 취해 두었소. 이들이 돌아오는 대로 당장 철수합시다."

이에 손권이 재빨리 물었다.

"외숙부, 그런데 어디로 도망치죠? 사대문은 꽁꽁 막혀 있지 않습니까? 모래주머니와 돌을 치우다가 교유군에게 들키면 과연 우리를 살려둘까요?"

손권의 지적에 오경 등은 아차 하며 멍한 표정을 짓고 말았다. 이때 손권이 망설임 없이 유엽을 향해 말했다.

"유 선생님, 선생은 동문을 지키는 유해 장군과 아주 친하다고 들었습니다. 하여 선생이 동문을 열도록 유해 장군을 설득해 주셨으면 합니다."

"그, 그건……."

유엽은 말을 얼버무리며 무의식적으로 뒤로 한 걸음 물러났다. 손정은 즉각 조카의 뜻을 알아채고 좌우의 병사들에게 눈짓을 보냈다.

명을 받은 병사들이 유엽을 포위한 가운데, 손권이 아이답지 않게 거드름을 피우며 말했다.

"자양 선생, 거래를 한 번 해보는 건 어떻겠습니까? 만약 유해 장군을 설득해 성문을 열기만 한다면 우리 사이의 지난 원한을 일소에 부치는 것은 물론 선생을 보호해 함께 성 밖으로 나가겠습니다."

유엽이 주저하며 결정을 내리지 못하자 손권이 음흉한 미소를 지으며 말했다.

"만약 선생이 응낙하지 않는다면 우리는 교유 장군에게 선생이 불행히 난군 중에 해를 당했다고 알리는 수밖에 없습니다."

유엽은 쓴웃음을 짓고 병사들의 창을 물리친 후 대답했다.

"과연 소년 영웅다운 풍모로구려. 내 그리하리다. 솔직히 난 그대들보다 더 성을 빠져나가고 싶은 심정이오. 전에 유해, 교유 등을 도와 도응과 수차례 전투를 벌인 관계로 성이 함락되면 과연 살아남을 수 있을까 걱정이었소. 내 유해를 설득해 반드시 길을 열도록 해보리다."

유엽이 사태 파악을 하고 흔쾌히 응낙하자 오경과 손정 등은 크게 기뻐 만면에 희색을 띠었다.

얼마 지나지 않아 손분, 손보 형제와 오분이 5백 군사를 이끌고 영지로 돌아왔다. 합비성 안은 이미 건잡을 수 없는 혼란에 빠졌고, 사방에서 들려오는 고함 소리도 점점 더 가까워졌다. 형세가 다급한 것을 본 오경은 지체할 틈 없이 즉각 대오를 거느리고 동문을 향해 쉬지 않고 달려갔다.

그런데 이들이 동문에 당도했을 때, 유해의 군사들과 백성들은 이미 성문을 막고 있던 모래주머니와 돌을 치우고 있는 중이었다. 오경 등은 이를 보고 크게 기뻐하며 저들의 작업에 동참했다.

이들이 힘을 모아 장애물을 거의 제거했을 즈음에 갑자기 성벽에서 울부짖는 소리가 들려오더니, 군사 하나가 성안을 향해 큰소리로 외쳤다.

"빨리! 빨리 서두르십시오! 적의 원군이 오고 있습니다! 아무래도 풍우군 같습니다! 지체하다간 성을 나가기 어렵습니다!"

"뭐? 풍우군이라고?"

오경과 손분 등은 얼굴이 하얗게 질리며 전에 서주군 영지를 공격할 때 겪었던 처참한 광경이 뇌리를 스쳐 지나갔다.

하지만 야속하게도 이들이 장애물을 모두 제거하고 성문을 나갈 때는 이미 풍우군이 도착한 이후였다.

풍우군은 일렬로 늘어서서 비 오듯 화살을 날려댔다. 앞장섰던 몇몇 군사들은 몸을 피하지 못하고 풍우군의 화살에 고슴도치가 되고 말았다.

이들이 재빨리 성문을 닫고 어찌해야 좋을지 몰라 발을 동동 구르고 있을 때, 이번에는 북문 쪽에서 요란한 함성 소리가 울려 퍼졌다. 오경 등은 고개를 돌려 북문을 바라보다가 그만 얼굴이 잿빛으로 변하고 말았다.

시종 합비성 북문에 걸려 있던 교유의 대장기가 온데간데없이 사라지고, 서주군의 깃발이 펄럭이고 있었던 것이다.

*　　　*　　　*

북문의 점령 이후 교유, 유해 등이 거느린 합비 수비군은 잇달아 패퇴하며 점점 뒤로 밀리기 시작했다.

결국 달아날 곳이 없어진 병사들은 민가로 진입해 몸을 숨기거나 무기를 버린 채 사방으로 꽁무니를 빼기 바빴다. 교유는 수중의 병사들이 갈수록 줄어들자 하는 수 없이 성 방어를 포기하고 합비성 동문을 향해 내달렸다. 일단 동문을 통해 성을 빠져나갔다가 후일을 기약하기 위함이었다.

하지만 대부분의 회남 장수들은 더 이상 버틸 수 없음을 깨닫고 휘하 사병을 이끌고서 잇달아 서주군에게 투항했다. 장수들이 순순히 투항하는 모습에 싸울 의지를 잃은 병사들 역시 무기를 버리고 서주군 앞에 무릎을 꿇었다.

전투의 끝이 보이기 시작하자 도응은 고순에게 군사를 이끌고 성안으로 들어가 교유를 찾으라고 명했다.

"교유를 사로잡는 자에게는 상으로 2만 냥을, 교유의 목을 가져오는 자에게는 1만 냥을 내릴 것이다!"

거액의 현상금 앞에 서주군은 즉각 성안으로 달려가 미친 듯이 교유를 찾아 나섰다.

한편 동문에 이른 교유는 이미 성문 밖에 풍우군이 활을 잔뜩 매긴 채 사람이 나오기만 기다리고 있는 것을 보고 낙담해 다시 성안으로 발길을 돌렸다.

이때 누군가 교유를 발견하고 큰소리로 외치자 서주군 수천 명이 득달같이 교유를 향해 달려들었다. 이에 놀란 교유의 친병 30여 명은 온몸을 벌벌 떨며 즉각 무기를 버리고 투항했다.

교유 역시 이제 모든 것이 끝났다고 여겨 하늘을 우러러 탄식한 후 칼로 목을 찔러 자결하려는데, 고순이 재빨리 달려와 그의 칼을 쳐서 떨어뜨려 버렸다. 서주군은 우르르 달려가 교유를 포박하고 도응에게 끌고 갔다.

교유는 비록 포로 신세가 됐지만 무릎을 꿇지 않은 채 당당하게 도응을 노려보았다. 이제 곧 목을 베라는 명이 떨어지겠구나, 라고 생각하며 눈을 질끈 감았는데, 갑자기 도응이 교유의 무릎을 꿇리려는 병사들을 꾸짖고 천천히 교유에게 다가가 친히 밧줄을 풀어주었다.

도응의 뜻밖의 행동에 깜짝 놀란 교유가 다급히 말했다.

"이러지 마십시오. 어찌 패군지장의 포박을 도 사군이 직접 풀어주십니까?"

도응은 아무 대꾸도 하지 않고 밧줄을 다 풀어준 후 공수하고 대답했다.

"교 장군은 회남 제장 중 제가 유일하게 존경하는 분입니다. 죽읍 전투에서부터 이번 합비 전투까지 아군에게 여러 차례 패했지만 한 번도 굴하지 않고 매번 아군을 골치 아프게 만들었습니다. 이런 백전불요(百戰不撓)의 정신은 존경받아 마땅합니다. 지금 장군이 패한 건 싸움을 잘못한 것이 아니라 하늘이 아군을 도와주어 요행히 승리한 것뿐입니다."

"사군……."

교유는 마음에서 우러나오는 도응의 말에 그대로 무릎을 꿇고 머리를 조아리며 말했다.

교유는 마음에서 우러나오는 도응의 말에 그대로 무릎을 꿇고 머리를 조아렸다. 원술을 위해 죽도록 충성했건만 좋은 대우 한 번 받지 못했었는데, 혈투를 벌인 적장이 외려 자신을 알아주자 교유는 가슴에서 뜨거운 뭔가가 올라오는 느낌을 받았다.

"사군께서 죄장을 이리도 높이 평가하시니 실로 몸 둘 바를 모르겠습니다. 사군께서 절 버리시지 않는다면 견마지로를 다해 목숨을 살려주신 은혜를 갚겠습니다!"

"내 장군을 얻은 건 백만 대군을 얻은 것과 같소이다!"

도응은 크게 기뻐하며 급히 교유를 부축해 일으켜 세웠다.

도응이 교유와 환담을 나누고 있을 때, 전령 하나가 다급히 달려와 도응에게 보고했다.

"주공, 소인은 고순 장군이 보낸 사졸입니다. 장군이 시가전 중 손분, 오경의 잔여 부대를 포위했는데, 그들이 사신을 보내 주공께 꼭 전할 말이 있다고 합니다. 하여 고순 장군이 절 보내 주공께 의향을 물어……."

도응은 눈썹 하나 까딱하지 않고 소리쳤다.

"모두 죽여 버려라. 손분, 오경이 뭐라고 감히 나와 담판을 벌인단 말이냐?"

고순이 보낸 전령은 잠시 머뭇하더니 조심스럽게 말을 이었다.

"주공, 소인의 말을 조금만 더 들어주십시오. 손분, 오경은 지금 합비성 식량 창고를 점거하고서 완강하게 저항하고 있습니다. 이미 횃불을 여러 개 준비해 두고 만약 주공께서 담판을 불허한다면 식량을 모두 불태우겠다고 협박하는 중입니다. 이밖에 이들은 화친의 성의로 포로로 잡은 유엽을 주공께 바치겠다고 했습니다."

도응은 이 말에 눈살을 찌푸리더니 곁에 있는 교유에게 물었다.

"교 장군, 식량 창고에는 식량이 얼마나 있소?"

난처한 표정을 짓던 교유가 조심스럽게 대답했다.

"상당히 많습니다. 말장이 청야수성(淸野守成) 전략을 위해 주변의 곡식을 모두 성안으로 거두어들여 족히 20만 휘가 넘는 식량이 쌓여 있습니다."

진웅이 깜짝 놀라며 급히 도응에게 말했다.

"주공, 이 정도면 아군이 두 달 넘게 먹을 수 있는 양초입니다."

"쥐새끼 같은 놈들! 손분, 오경에게 이런 재주가 있는 줄 몰랐구나."

도응은 욕을 퍼부은 후 잠시 고민에 잠기더니 미소를 짓고 말했다.

"담판에 성공한 후 길을 가다가 도적의 습격이 두렵지 않다면 사신을 보내라고 해라. 손분과 오경이 과연 어떤 수작을 부릴지 지켜보자꾸나."

전령은 즉각 대답하고 성안으로 달려가 고순에게 도응의 명을 전했다.

얼마 지나지 않아 유해 등의 목이 도응 앞에 보내진 후, 고순의 부대도 밧줄로 꽁꽁 묶인 유엽과 손가의 사자를 끌고 왔다. 그런데 도응은 사자를 보고 그만 깜짝 놀라고 말았다. 사신으로 온 자는 뜻밖에 열네댓 살로 보이는 앙상한 소년과 일고여덟 살 된 앳된 소녀였다.

가후 역시 이런 광경은 처음 본지라 신기해하는 얼굴로 물었다.

"네가 정말 손분과 오경이 보낸 사자가 맞느냐? 그리고 이 여자애는 누군데 함께 따라온 것이냐?"

"저는 손가에서 보낸 사자가 맞습니다."

삐쩍 마른 소년은 예를 갖춰 대답한 후, 어린 소녀의 소매를 잡아끌더니 도응에게 한쪽 무릎을 꿇고 정중하게 말했다.

"오정후 손견의 차자 손권이 누이 손상향과 함께 세형(世兄)께 인사 올립니다."

"손권이라고?"

순간 눈썹이 꿈틀거린 도응은 눈앞의 이 마른 소년을 뚫어져라 쳐다보았다. 눈동자가 약간 푸르고, 머리칼도 자줏빛이 나는 것이 전설 속의 그 손권이 틀림없었다.

하지만 도응은 짐짓 코웃음을 친 후 불만스러운 투로 물었다.

"세형? 우리 도가와 너희 손가가 그 정도로 교분이 두터웠느냐?"

손권은 조금도 두려운 빛 없이 의젓하게 대답했다.

"가부와 세형의 부친께서는 같은 시기에 관직에 계시며 함께 황건적을 무찌르셨습니다. 그러니 사군은 제 세형이라 해도 과언이 아닙니다. 게다가 제 기억으로는 전에 세형과 가형

백부가 대면했을 때 호형호제한 것으로 알고 있습니다."

"그런 일이 있었느냐?"

도응은 전혀 그런 기억이 없었지만 이 말에서 한 가지 사실을 분명히 깨달았다. 손권이 열다섯 살 때 현령을 지냈다는 사서의 기록이 결코 허풍이 아니라는 것이었다. 이 아이는 두려울 정도로 노숙함을 드러내고 있었다. 어찌됐든 호칭 문제로 시간을 낭비할 이유가 없었기에 도응은 고개를 끄덕이며 말했다.

"좋다. 그건 네가 좋을 대로 부르도록 해라."

이어 도응은 포박돼 있는 유엽을 바라보고 웃으며 말했다.

"자양 선생, 또 만나게 됐군요. 하지만 이런 꼴로 만날지는 상상도 못했소이다. 손분과 오경이 선생을 포박해 보낼지 누가 알았겠습니까? 세상일은 참 알다가도 모르겠소이다."

유엽 역시 쓴웃음을 지으며 대답했다.

"그건 사군의 오해입니다. 절 포박해 사군께 바치자고 한 자는 손분, 오경이 아니라 바로 이 전도유망한 손권입니다."

도응의 눈썹이 파르르 떨리며 다시 손권에게 고개를 돌렸을 때, 손권은 천연덕스러운 표정을 지으며 도응에게 설명했다.

"유엽 선생이 스스로 인정하더군요. 자신이 전에 회남군을 도와 서주군과 여러 차례 대적한 일로 세형에게 깊은 원한을 사 성이 함락되면 결코 살아남기 어렵다고 말입니다. 제가 세형을 경모한 지 오래라 이를 듣고 유엽 선생을 잡아 세형께 바치라고 권했습니다. 이는 손가의 화친 성의이기도 합니다."

모든 책임을 유엽에게 전가하려는 손권의 교활함에 도응은 절로 웃음이 나왔다. 이때 손상향도 오라비의 말에 맞장구를 치며 여린 목소리로 말했다.

"맞습니다. 제 오라비와 손가 모두 세형께 진심으로 화친을 청하고 있습니다. 그러니 저희에게 살길을 열어주십시오."

그러자 도응이 손상향에게 물었다.

"손가를 살려주는 건 그리 어렵지 않다만 그들이 풀려난 뒤 나에게 복수를 하면 어떡하느냐?"

"절대, 절대 그럴 리 없습니다. 저희 손가는 감히 세형의 적수가 되지 못함을 잘 알고 있는데, 어찌 복수를 꿈꾸겠습니까?"

도응의 표정을 몰래 살피던 손권이 손상향의 말을 받아 조심스럽게 대답했다.

"전에 제 사촌형들을 죽이지 않고 놓아주신 은혜에 우리 손가 모두 감격해 마지않고 있습니다. 하여 옛 은원을 모두 잊고 단양으로 돌아가 회남 전투에 일절 관여하지 않기로 결정했습니다. 이는 절대 거짓이 아닙니다."

사실 도응으로서는 손분, 오경은 물론이고, 심지어 미래의

효웅인 손권을 살려준다 해도 전혀 상관이 없었다.

동오의 대다수 동량이 사라진 마당에 외톨이나 마찬가지인 손권이 얼마나 풍랑을 일으키겠는가? 하지만 도응은 손에 들어온 적을 순순히 풀어줄 만큼 성인군자가 아니었다. 이에 웃음을 지으며 말했다.

"너희들은 설마 몇 마디 말로 이 위기에서 벗어나려고 생각했느냐? 너희들이 아직 어려서 세상의 이치를 모르나 본데, 이런 경우는 어디에도 없다."

그러자 손권이 예의 애어른 같은 목소리로 진지하게 대답했다.

"세형은 반드시 응낙하게 되어 있습니다. 세형이 우리 손가를 몰살하는 건 개미 몇 마리 죽이는 것처럼 쉬운 일임을 잘 압니다. 하지만 세형이 자비를 베풀어 손가에게 살길을 열어준다면 좋은 일이 연달아 따라옵니다."

도응은 손권의 이 말에 크게 흥미가 생겨 도대체 무슨 좋은 일인지 물었다. 이에 손권이 공손하게 대답했다.

"가장 먼저 천하의 명성을 얻을 수 있습니다. 손가와 세형이 불구대천의 원수란 건 세상 모두가 아는 사실입니다. 그런데 세형이 우리를 포위하고도 죽이지 않고 살려준다면 세상 사람들은 세형의 너른 도량을 칭송하고, 세형과 교분을 맺으려 앞다퉈 달려올 것입니다. 지금처럼 인재가 절실한 시대에

인의의 명성이 널리 퍼진다면 천하의 인재를 수중에 넣는 건 주머니에서 물건 취하듯 쉽지 않겠습니까?"

"송양공(宋襄公)도 인의로 유명했다. 하지만 천하 영웅들이 그의 인의를 부인지인(婦人之仁)이라고 비웃지 않았느냐?"

손권은 순간 아차 싶었지만 전혀 당황하는 기색을 드러내지 않고 진중하게 말했다.

"세형이 그리 생각한다면 저도 어쩔 수가 없습니다. 하지만 세형이 아군을 풀어준다면 이후 전투에서 상당한 압력을 줄일 수가 있습니다. 역양과 서현에 주둔 중인 원술군은 아군이 강을 건너 단양으로 되돌아갔다는 소식을 들으면 원군이 퇴각했다는 사실에 군심이 크게 흐트러지고, 원술 본인마저……."

"거참, 말만 번지르르하구나. 너희 손가가 살아 돌아가지 않더라도 원술을 물리치는 데는 하등 문제가 없다. 네가 그런 쓸데없는 걱정을 할 처지라고 생각하느냐?"

손권은 말문이 막혀 갑자기 식은땀을 줄줄 흘렸다. 이때 도응이 웃으면서 입을 열었다.

"너희들을 살려줄 이유가 하나 있으니 잘 들어보아라. 지금 강남은 형세가 복잡해 유요, 왕랑, 엄백호, 주상, 주술 등이 각기 일방을 차지해 난립하고 있다. 만약 너희 같은 패잔병과 원술군이 강을 건너 이들과 합류한다면 강남의 정세는 더욱 혼란에 빠질 것이다."

이어 도응은 손권 앞으로 걸어가 말을 이었다.

"하여 너희들이 강남에 주둔하며 내 대신 이들을 견제해 주면 좋겠는데……."

그 말뜻을 알아차린 손권은 즉각 도응의 의중을 떠보았다.

"강동 대족인 우리가 세형을 위해 강남 군웅을 견제해 주길 바란다는 뜻입니까? 그 조건이면 우리를 단양으로 돌려보내 주시겠습니까?"

"맞다. 하지만 너희들을 놓아주었다가 원술에게 다시 붙어 내게 대항한다거나 다른 강남 제후와 결탁한다면 나로서도 골치가 아픈 일이다."

이 말에 손권은 기다렸다는 듯 대답했다.

"인질을 바치겠습니다. 제 누이인 손상향을 사군께 인질로 바쳐 화친의 뜻을 표합니다. 세형이 원술을 멸한 이후에 강남이 안정되면 누이를 우리 품으로 돌려보내 주십시오."

도응은 웃음을 지으며 손상향에게 고개를 돌렸다. 잔뜩 긴장한 표정으로 눈만 껌뻑이고 있는 그녀에게 도응이 물었다.

"음, 네 오라비가 널 인질로 삼으라는데 이에 동의하느냐?"

손상향은 어린 나이임에도 상황이 어찌 돌아가는지 깨닫고 고개를 연신 끄덕이며 애걸했다.

"소녀가 인질이 되겠습니다. 소녀가 이곳에 남을 테니 제발 우리 손가를 고향으로 돌려보내 주십시오. 소녀가 기꺼이 인질이 되겠습니다."

"좋다. 그럼 거래가 성사된 것으로 알겠다."

도응은 고개를 끄덕여 이에 응낙했지만 누이까지 팔아 목숨을 구걸하는 손권의 모습에 탄식이 절로 나왔다.

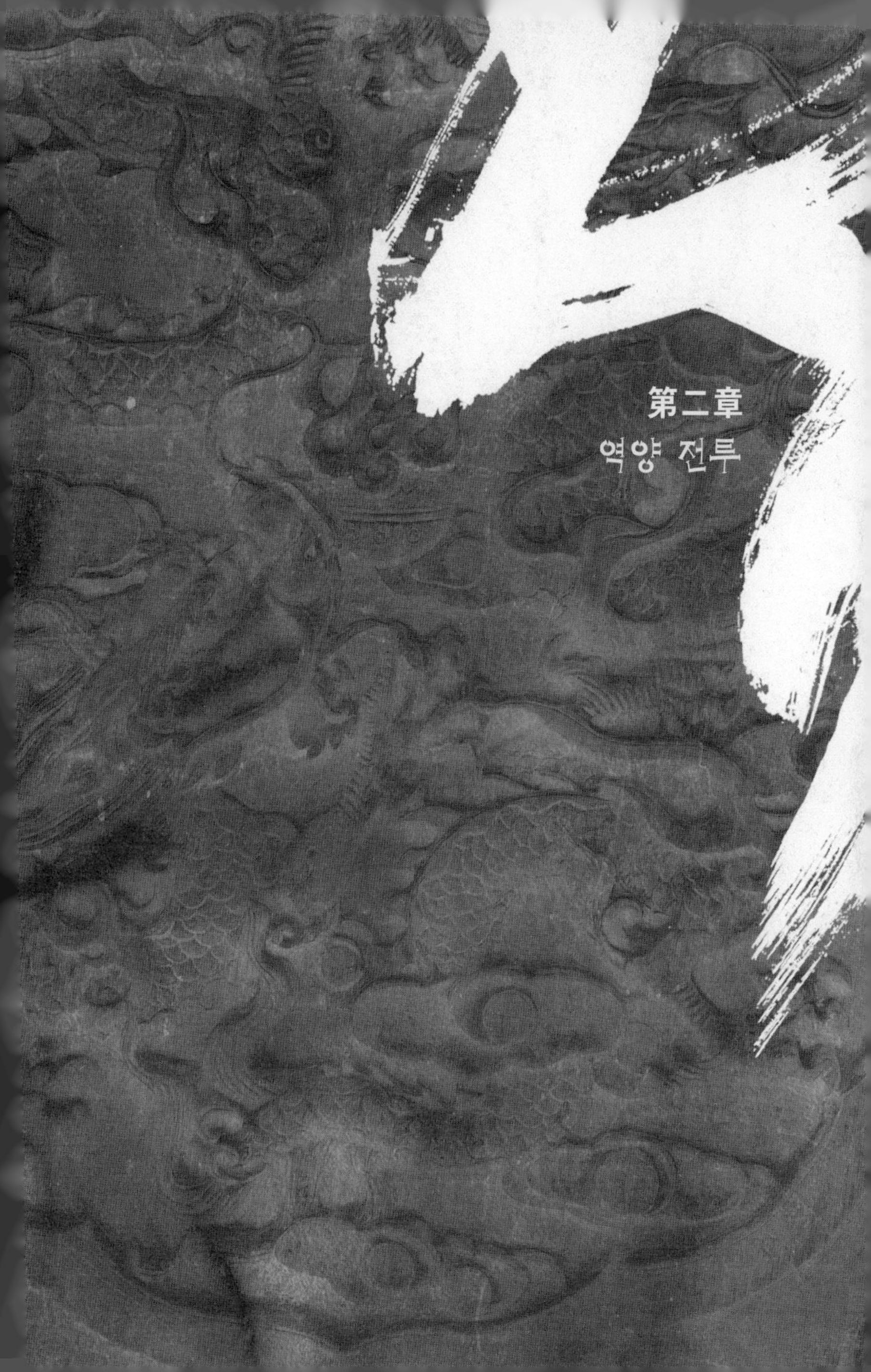

第二章
역양 전투

합비성을 함락한 뒤, 서주군은 닷새나 걸려 전후 처리를 마무리 지었다. 단양병이 성을 쑥대밭으로 만드는 바람에 성을 복구하는 데 그만큼 많은 시간과 비용이 소모되고 말았다.

어찌됐든 합비라는 요지를 점령함에 따라 회남 전투의 주도권은 완전히 서주군 손으로 넘어가게 되었다. 이제 도응으로서는 역양이든 서현이든 원하는 대로 공격이 가능해졌다.

엿새째 되는 날, 합비성의 국면이 점차 안정되고 항병의 재배치가 끝나자 도응은 가후, 노숙 등을 소집해 공격 작전을 논의했다.

노숙이 먼저 건의했다.

"주공, 숙의 생각으로는 여강을 먼저 공격하는 것이 좋을 듯합니다. 유요가 아군을 대신해 역양의 장훈을 견제하고 있으니, 설사 장훈이 원술에게 지원군을 보낸다고 해도 전군을 총동원할 수는 없습니다."

노숙의 말을 가만히 듣고 있던 도응은 가타부타 대답 없이 시선을 가후에게 돌려 물었다.

"문화 선생의 생각은 어떻소?"

가후는 미소를 띠더니 도응에게 반문했다.

"아무 말씀이 없으신 걸 보니 이미 계획이 서 있는 듯한데, 왜 후에게 물으십니까?"

"하하, 용의주도하고 안목이 높은 문화 선생의 견해를 좀 듣고 싶소이다. 여러 의견을 청취해야 더 좋은 계책이 나오지 않겠소?"

가후가 차분한 목소리로 대답했다.

"그럼 후의 좁은 견해를 말씀드리겠습니다. 제 예측이 틀리지 않다면 유요는 분명 사신을 보내 주공께 먼저 여강을 공격하라고 요구할 것입니다. 아군이 구강과 여강을 점령하도록 사력을 다해 돕겠다는 등 겉발림 말을 하면서 말이죠. 하여 저도 주공의 판단처럼 먼저 역양을 취한 후 여강을 공격하는 것이 옳다고 생각합니다."

"주공의 판단과 같다고요?"

노숙은 가후의 말을 듣고 눈이 동그래져 도응을 바라보았다. 하지만 가후의 얘기에 궁금증이 생긴 도응은 급히 다그쳐 물었다.

"문화 선생은 유요를 너무 과대평가한 것 아닙니까? 순망치한의 이치조차 모르는 필부 놈에게 어찌 멀리 내다보는 안목이 있겠습니까?"

"제가 유요를 잘 몰라 그런 안목이 있는지는 모르겠습니다. 다만 한 가지 확실히 말씀드릴 수 있는 건 원술이 그를 꼬드길 것이란 사실입니다."

얘기가 계속될수록 머릿속이 복잡해진 노숙이 중얼거렸다.

"원술이 유요를 꼬드긴다고요? 그들은 불공대천의 원수가 아닙니까?"

"원술과 유요가 비밀리에 연락을 취했는지 아군 세작이 아직 알아내지는 못했습니다. 하지만 형세가 이 지경까지 이른 원술로서는 찬밥 더운밥 가릴 처지가 아닙니다. 원술은 순망치한의 이치로 유요를 설득할 것이 분명합니다. 아군이 일단 여강과 구강을 손에 넣어 장강 상류를 장악한다면 하류에 위치한 유요도 자연히 누란지위에 빠질 것이라고 말하겠죠. 이런 말을 들으면 유요가 설사 원술의 요구에 응하지 않더라도 자신의 입장과 처지를 고민할 수밖에 없습니다. 즉 원술이 목숨을 간신히 부지하면서라도 아군을 견제하도록 만들 생각을 품게 된다는 말입니다."

도응은 고개를 끄덕이며 말했다.

"무슨 말인지 알겠소. 아군이 여강을 선공한다면 그의 이익에 딱 부합한다는 말이구려. 그럴 경우 고립된 처지에 놓이게 될 역양의 장훈은 염려할 필요가 없어져 단양이나 예장을 공격해 장강 이남에 영향력을 확대하려 들겠군요. 문화 선생, 제 말이 맞습니까?"

가후는 고개를 끄덕인 후 차분하게 대답했다.

"정확한 판단이십니다. 만약 아군이 여강 공격을 서두른다면 유요는 사태를 관망하며 어부지리를 취하게 됩니다."

"세상에 영원한 맹우는 없고, 오직 영원한 이익만 존재한다는 말이 맞는구려. 내 결정했소이다. 절대 유요에게 어부지리를 취할 기회를 줄 수 없으니 먼저 역양을 공격한 후 여강을 치기로 합시다."

바로 이때, 양굉이 막사 안으로 헐레벌떡 달려와 도응에게 보고했다.

"주공, 유요가 아들 유기를 사신으로 보냈습니다. 합비 전투의 승리를 축하하며 함께 원술을 손볼 대책을 논의하려고 왔답니다."

"오, 그게 정말이오?"

"예. 지금까지 곡아 군대가 척촌지공(尺寸之功)도 세우지 못한 관계로 원수를 격파해 준 주공의 은혜에 보답하기 위해 역양 군대를 전력으로 견제하기로 결정했답니다. 하여 아군에게는 아무 걱정 말고 여강에 맹공을 퍼부으라고 권했습니다."

도응과 노숙은 놀란 눈으로 양굉을 바라보며 가후의 선견지명에 감탄을 터뜨렸다.

맹우인 유요의 분노를 뒤로하고 서주 대군은 도응의 지휘 아래 위풍당당하게 역양 정벌 길에 올랐다. 수많은 회남 항병과 단양병을 편입한 서주군의 병력은 이미 5만 5천을 넘어섰다. 총병력이 2만 5천인 역양 적군에 비해 수적으로 압도적인 우위에 있었을 뿐 아니라 질적으로도 큰 우세를 점했다.

이와 동시에 도응은 유요가 가만 앉아서 어부지리를 취하지 못하도록 유요에게 강을 건너 북상해 함께 역양의 원술군을 협공하자고 요청했다.

물론 적을 격파한 후 노획한 전리품을 공평하게 나누자는 달콤한 제안과 함께 말이다.

서주 군대가 역양으로 동진했다는 소식에 원술의 반응은 도응과 가후의 예상을 빗나가지 않았다. 이기적인 원술은 과연 증원군을 보낼 생각도 하지 않은 채, 자신이 지키는 서현의 방비를 강화하고 역양을 버림돌로 삼아 원소가 중재에 나설 시간을 벌기로 결정했다.

한편 손분, 오경의 잔여 부대도 유수구(濡須口)를 통해 장강 이남으로 내려가면서 원술에게 사신을 보내 자신들은 더 이상 회남 전쟁에 끼어들지 않겠다고 선언했다. 따라서 서주군의 역양 출병은 아무런 뒷걱정 없이 오로지 장훈 부대를 어떻게 상대할지에 대해서만 고민하면 그만이었다.

이에 도응은 장훈을 잘 알고 있는 회남 항장 교유에게 장훈의 용병 특징과 작전 형태에 대해 물었다. 교유는 깊이 생각할 것도 도응에게 아뢰었다.

"주공, 장훈은 죽읍 전투에서 사망한 기령과 함께 원술이 회남 전역을 차지하는 데 큰 공을 세운 장수입니다. 그는 일기토를 즐기고 정면대결을 좋아하며 기민한 진법으로 적을 혼란에 빠뜨리는 데 아주 능합니다. 하지만 이번에는 아군의 병력이 장훈보다 배 이상 많고, 정예병의 수도 압도적으로 우세해 정면대결이라면 장훈은 절대 아군의 상대가 될 수 없습니다."

골똘히 생각에 잠겼던 도응이 다시 물었다.

"그럼 장군이 보기에 아군이 역양에 이른 후 장훈은 어떤 전술을 선택할 것 같소? 그가 가장 선호하는 정면대결을 펼치겠소, 아니면 원술에게 시간을 벌어주기 위해 역양 성지를 사수할 것 같소?"

교유는 우물쭈물하며 대답했다.

"그건… 솔직히 말장도 잘 모르겠습니다. 전에 원술이 말장에게 합비성을 사수하며 시간을 벌라고 했으니, 장훈에게도 분명 이 명령이 떨어졌을 것입니다. 하지만 역양성 밖 강기슭에는 진분의 수군 영지가 있습니다. 장훈이 원술의 명에 따라 성지를 굳게 사수하려면 이들까지 성안으로 불러들여야 한다는 말인데, 유요까지 뒤를 노리는 상황에서 솔직히 그가 어떤 전술을 선택할지 판단이 서지 않습니다."

도응은 턱에 손을 괴고 신음한 뒤 웃으며 말했다.

"음, 그렇구려. 어쨌든 사태가 장훈에게 골치 아픈 쪽으로 흘러가는 건 분명하오. 우리는 일단 계속 전진했다가 장훈이 선택하는 작전에 따라 적절한 대책을 세우도록 합시다."

교유 역시 고개를 끄덕이며 미소를 짓고 중얼거렸다.

"성을 나와 싸우자니 병력이 열세에 놓여 있고, 성을 사수하자니 성 밖 수군이 발목을 잡고 있는 상황이로군요. 장훈, 이 친구는 요 며칠 밤잠을 설치겠습니다. 허허."

유요 역시 서주군이 역양으로 출병했다는 소식과 장훈을 협공하자는 도응의 편지를 받고 밤새 뜬눈으로 잠을 지새우고 있었다.

그는 눈앞에서 원술이 보낸 밀사가 무수한 금은보옥으로

자신을 유혹하고 순망치한의 이치로 간곡하게 부탁하는 통에 도응의 요청을 받아들여야 할지 쉽사리 결정을 내리지 못하고 있었다.

유요 휘하의 문무 관원도 두 파로 갈려 서로 자기주장만 고집했다.

한쪽은 서주군과의 맹약에 따라 남북으로 장훈을 협공해 원수를 고립시키자고 주장했고, 또 다른 한쪽은 서주군이 두려울 정도로 강대하여 원술이 일단 무너지면 다음 목표는 자신들임이 분명하므로 원술의 요청을 받아들여 장훈과 협력하자고 주장했다.

중구난방으로 터지는 양측 주장에 유요는 쉽사리 생각을 정하지 못한 채, 오로지 도응이 여강을 먼저 공격하지 않고 역양으로 내려온 것만 원망하고 있었다.

이때 유요 휘하의 시의(是儀)라는 모사가 앞으로 나와 유요를 설득했다.

"주공, 원술과 협력하는 것이 순망치한의 이치인 것은 맞지만 이런 문제도 고민해 볼 필요가 있습니다. 아군이 장훈을 도와 북상해 서주군과 맞서면 과연 승리한단 보장이 있습니까? 상대는 아군이 겨우 버텨내고 있는 회남군을 연파한 강적이란 생각은 안 해보셨습니까? 기왕 그렇다면 차라리 맹약을 이행해 서주군과 손잡고 원술을 제거한 연후에 장강이란 천험의 요새를 이용해 적과 맞서는 것이 상책입니다. 육상에서는 우리가 서주군의 상대가 안 될지 몰라도 수상전이라면 능히 감당할 만합니다."

정곡을 찌르는 시의의 일침에 유요도 그제야 현재의 상황을 냉철하게 인식하기 시작했다.

그는 곧 모사 허소(許劭), 설례(薛禮) 등의 의견을 물리치고 원술 사신의 목을 벤 후 친히 북상해 서주군과 연합 공격을 펼치기로 결정했다. 또한 먼저 서주 군대에 연락을 취해 회남 수군 영지를 공격하기로 약속하고, 자신은 수상에서 적을 공격할 터이니 서주군은 육상 전투를 책임져 달라고 당부했다.

이 시의라는 자의 자는 자우(子羽)이며, 본래 성은 씨(氏)였으나 공융의 조롱에 성을 시(是)로 바꾸었다.

역사적으로는 여몽의 관우 토벌과 육손의 조휴(曹休) 공격에 숨은 조력자 역할을 해 손권의 신임이 매우 두터웠다. 평생 청렴하고 소박하게 산 덕에 세간에 염리(廉吏: 청렴한 관리)로 이름이 높았다.

유요군 사자가 강을 건너 도응에게 유요의 친필 서신을 바치자, 배라곤 한 척도 없었던 도응은 크게 기뻐하며 흔쾌히 유요의 제안을 받아들이고 먼저 회남 수군 영지를 제거한 뒤 역양성을 공격하기로 결정했다.

합비에서 출격한 지 엿새째 되는 날, 서주군이 역양성 밖에 이르자 며칠을 고심하던 장훈은 마침내 원술의 명에 따라 서주군과 맞서 대응하지 않고 성을 사수하기로 결심했다.

이와 동시에 진분에게도 수군의 한채(旱寨:육상 진지)를 지킬 수 있다면 최선을 다해 지키고, 만약 불가능하다면 강상(江上)으로 물러나 서주군의 예봉을 피하고 있다가 서주군이 역양성을 공격할 때 배를 물가에 대고 적을 견제하라고 명했다.

장훈의 이런 계획은 당연히 서주군에게 수군이 없다는 전제하에 나온 것이었다. 그러나 장훈의 예상과 달리 유요가 친히 대량의 수군을 이끌고 회남 수군이 철수를 준비하고 있는 장강 수면에 나타났다.

수군 주장 진분은 놀라 허둥대며 어쩔 줄 몰라 급히 장훈에게 구원을 청하는 한편 대응책을 알려달라고 요청했다.

하지만 장훈이 손을 쓰기도 전에 서주군과 유요군은 일제히 회남 수군에게 공격을 퍼부었다.

*　　　*　　　*

서주군 방패 부대는 궁노수를 엄호하며 적의 임시 방어물 가까이 다가가 방패를 촘촘히 연결시켰다.

궁노수가 방패 뒤에 숨어 적을 견제하는 사이, 서주군 보병은 흙을 짊어지고 돌을 던져 적의 참호를 메우기 시작했다.

또한 벽력거까지 끊임없이 석탄을 날려대 회남 수군의 울타리를 파괴하고, 근처에 세워진 녹각 차단물을 산산조각으로 만들어 버렸다.

참호가 거의 메워진 것을 본 도응은 즉각 선봉대에게 회남 수군 영지를 공격하라고 명했다.

회남 수군의 저항도 만만치 않았다.

서주군이 영채 가까이 돌격해 오자 회남 수군도 당장 앞으로 달려 나가 서주군과 치열한 전투를 벌였다. 적의 저돌적인 반격에 서주군은 남아 있는 차단물만 철저히 파괴하고 모두 뒤로 물러났다.

뒤이어 도응이 정예병을 투입하려는 순간에 쾌마 한 필이 나는 듯이 달려와 도응에게 큰소리로 외쳤다.

"주공, 적군 주장 장훈이 친히 군사를 이끌고 성을 나와 현재 역양성 서문 밖에서 군대를 집결하고 있습니다. 아마도 적의 수군을 구원하러 오는 모양입니다. 진도 장군은 적의 출격을 막기 위해 당장 달려들 태세를 취하고 있습니다."

"즉각 진도에게 달려가 적군이 나올 때까지 성을 공격하지 말라고 전하라!"

도응은 주저 없이 전령에게 명을 내린 뒤 노숙을 돌아보고 말했다.

"자경, 이는 야전에서 적을 섬멸할 절호의 기회라 절대 놓칠 수가 없소. 내 고순, 허저, 도기, 교유 등과 2만 군사를 이끌고 장훈을 대적할 테니 수군 영채 공격은 군사가 맡아서 지휘해 주시오."

노숙이 이에 즉각 대답하자 도응이 노숙에게 귓속말로 속삭였다.

"섬멸하기보다는 적과 싸울 때 퇴로를 열어 강상으로 쫓아버리도록 하십시오."

노숙이 멍한 얼굴로 물었다.

"적의 수군이 강을 타고 도망치면 어떡합니까?"

"달아나면 더욱 좋소이다. 유요의 수군과 연합 작전을 펼치고 있어서 적의 수군은 감히 강상에 머물지 못하고 분명 장강 상류로 도망칠 것이오. 그리하여 저들이 원술과 만나게 된다면 이번 작전은 성공한 것이나 다름없소."

노숙은 그제야 도응의 말뜻을 알아차리고 환한 미소로 화답했다.

도응이 친히 2만 주력군을 거느리고 역양성 서문에 이르렀을 때, 역양성을 감시하던 진도의 3천 보병은 이미 서문 밖에 진용을 갖추고 있었고 장훈군 약 1만 명이 성을 나와 긴박하게 진세를 펼치고 있었다.

도응이 얼핏 보기에 이는 병종 배합에서 우세를 발휘하는 키형 진법 같았다. 하지만 그는 자세히 살펴보지도 않고 도기에게 명을 내렸다.

"아우는 군자군을 이끌고 우회해 적의 측면과 후방을 포위 공격하라. 말을 타고 화살을 날리며 아군이 어린진(魚鱗陣)을 형성해 적의 중앙을 돌파할 때까지 적의 포진을 지체시키도록 하라."

도응은 사전에 교유로부터 장훈이 진법 활용에 능하다는 얘기를 들었기 때문에 군자군을 보내 선수를 친 것이다.

군자군 1천 명이 좌우로 돌아가 끊임없이 화살을 날리며 교란하자 진형을 채 갖추지 못한 장훈 군대는 자연히 혼란에 빠질 수밖에 없었다. 더욱이 W형을 이루는 키형 진법은 궁노수가 내부의 V형 끝에 위치한 관계로 사정거리가 우세하고 계속해서 치고 빠지는 군자군을 상대하기 어려웠다. 결국 앞으로 튀어나온 양쪽 날개의 보병 부대만 실컷 얻어터지며 전열을 쉽게 정비하지 못했다.

이를 본 장훈은 화가 머리끝까지 치밀어 올라 하는 수 없이 임시로 방원진(方圓陣)을 형성했다. 방어 면에서 최강을 자랑하는 방원진으로 일단 적의 공격을 무력화시킬 심산이었다. 하지만 애석하게도 장훈이 만난 적은 상식을 뛰어넘는 작전에 능한 도응이란 것이 문제였다.

장훈군이 이제 막 진형을 갖춰 빈틈이 보이는 때를 이용해 도응이 즉각 명을 내렸다.

"진도는 적진으로 돌진해 적을 혼란에 빠뜨려라!"

진도가 3천 군사를 이끌고 곧장 적진으로 돌진하자 교유가 다급히 도응에게 소리를 질렀다.

"주공, 적은 방어에 특화된 진용을 갖추고 있습니다. 지금 적진으로 쳐들어갔다간 아군 사상자만 크게 늘어날까 걱정입니다!"

도응도 미간을 찌푸리며 대답했다.

"더 큰 피해를 줄이려면 사상자가 늘어나도 어쩔 수 없소이다. 척 봐도 장훈은 진법을 갖추고 싸우는 데 능해 정면대결로는 큰 피해를 입을 수밖에 없소. 따라서 아군이 장훈을 격파하려면 그에게 진법을 펼칠 기회를 주지 않고 병력 우세를 활용해야만 하오."

서주군이 다시 돌격해 들어와 진용을 짤 기회를 계속해서 방해하자, 화가 치민 장훈은 1천 보병을 보내 진도의 공격을 막게 한 후 그 사이에 포진할 시간을 벌고자 했다. 그러나 장훈이 반격에 나선 것을 본 도응은 즉각 3천 보병을 다시 파견해 적의 주력군을 계속 공격하라고 명했다.

서주군이 또다시 시살해 들어오자 장훈은 어쩔 수 없이 군대를 나눠 이들을 막게 했는데, 이 부대가 출격하자마자 서주군 두 개 부대가 갑자기 진영에서 뛰쳐나와 다시 좌우로 장훈군의 양익을 공격했다.

눈 깜짝할 사이에 네 개 서주군 부대가 장훈군을 향해 달려들며 집요하게 진용을 전개하지 못하도록 괴롭혔다. 다시 한 번 군대를 나눴다간 본진 병력이 약화될 게 뻔하자 장훈은 이를 앙다물고 서둘러 진영을 갖추며 적이 쇄도해 오도록 내버려 두었다.

피 튀기는 근접전이 역양성 서쪽 개활지에서 전개되면서 뚫으려는 자와 막으려는 자 할 것 없이 함성을 지르며 사력을 다해 칼과 창을 맞부딪혔다.

장훈이 보낸 2천 보병은 수적으로 우세한 서주군에게 거의 몰살 직전까지 이르렀다. 하지만 좌우에서 시살해 들어오는 서주군은 점점 진형을 갖춰가는 방원진에 막혀 내부로 진입하지 못했고, 동시에 궁노수들도 점차 제자리를 찾아가 돌격 부대를 차단하고 교란하는 군자군마저 제압했다. 이 광경을 지켜보던 장훈은 비로소 안도의 한숨을 내쉬고 가슴을 쓸어내리며 혼잣말로 중얼거렸다.

"그래, 이 정도면 됐어. 방원진이 기동력은 떨어지지만 서주 주력군의 발목을 잡기에는 충분하니 수군도 버텨내는 데 무리가 없을 거야. 날이 어두워질 때까지만 버티자. 그때가 되면 적도 군대를 거둘 수밖에 없으니……."

장훈이 흡족한 미소를 지으며 혼잣말을 중얼거리고 있는

데, 갑자기 눈이 휘둥그레지는 광경이 펼쳐졌다. 또 다른 서주군 보병 일단이 국지전이 벌어지는 틈새를 뚫고 곧바로 장훈군의 정면을 향해 달려오는 것이 아닌가.

더욱 놀라운 건 3천가량인 이 서주군 뒤로 천 명도 되지 않는 대오가 뒤따라오고 있었다는 점이었다. 모양새를 보아하니 3천 보병이 앞에서 길을 열고 후위의 대오가 장훈군에게 달려들려는 것이 분명했다.

"도응 놈아, 대체 싸움을 알기나 하는 것이냐! 네놈 병력이 아무리 우세하다 해도 이런 전법을 쓰면 네 부대의 사상자도 만만치 않을 것이다!"

장훈은 더 이상 참을 수 없다는 듯 노호하고는 큰소리로 외쳤다.

"좋다, 얼마든지 와라. 예비대가 엄호하고 정예병이 충봉(衝鋒)하는 이런 삼류 전술은 내가 이미 20년 전에 써먹은 수법이다. 그래, 3천 보병이 엄호하는 7, 8백 정예병의 전투력이 얼마나 강하길래 이런 무모한 짓을 저지르는지 두고 보자!"

"주공, 도대체 병서를 읽기나 한 것입니까?"

당황한 건 서주군 진영에서도 마찬가지였다. 교유가 이마에 흐르는 땀을 닦으며 도응에게 물었다.

도응이 아무런 반응도 없자 교유는 식은땀을 계속 흘리며 간청했다.

"주공의 심히 기묘한 전술에 말장이 번번이 당해왔지만 이는 너무 무모한 작전입니다. 저런 소수의 병력으로 적진을 향해 돌진하는 건 섶을 지고 불속으로 뛰어드는 것과 다름없습니다. 제발 명을 거두어 주십시오!"

하지만 도응은 고개를 가로저었다. 도응으로서는 정직하게 진법을 펼쳐 적을 상대했다가 노련한 장훈의 작전에 말려들까 우려했다. 따라서 질적으로나 양적으로 우세한 군사 자원을 활용해 소모전을 전개해야만 적의 의도를 비껴가 승리를 취할 수 있으리라 보았다.

장점을 살리고 단점을 피해야 했던 도응은 전투가 시작된지 얼마 되지 않아 함진영을 곧바로 적진에 투입했다.

이제 막 자리를 잡은 장훈의 전열에 근접전에서 무시무시한 위용을 발휘하는 함진영을 돌격시켜 계속해서 적의 진세를 교란하고 혼전을 일으킬 요량이었다.

이를 위해 도응은 3천 정예병을 앞서 파견해 함진영에게 길을 열어주라고 명했다.

그런데 이때, 전투 경험이 풍부한 장훈이 엄청난 실수를 저지르고 말았다.

도응이 시종일관 자신을 혼전으로 끌어들이기 위해 이런

저급한 전술을 구사했다고 여긴 장훈은 냉소를 흘리며 중얼거렸다.

"좋다. 내 네놈에게 진법이 무엇이고, 천변만화가 무엇인지 똑똑히 가르쳐 주마."

이어 장훈은 웃음을 뚝 그치고 서주군이 가까이 다가올 때까지 기다렸다.

순식간에 3천 보병이 화살비를 뚫고 방원진 앞에 이르자, 장훈군의 방패 부대가 거대한 방패막을 형성하고 서주군의 앞길을 막아섰다. 이와 동시에 방패 뒤에 숨어 있던 장창 부대가 일제히 긴 창을 내밀어 관성력으로 방패를 뚫으려는 서주군에게 기회를 허락하지 않았다.

서주군 예비대의 반응은 장훈의 예상에서 벗어나지 않았다. 장창 부대에 막힌 이들은 즉각 좌우 양익으로 갈라져 진영 내로 돌진할 돌파구를 찾았고, 길이 열린 틈을 이용해 뒤따르던 약 8백 명의 서주 정예병이 곧장 장훈군 진영 앞까지 쇄도해 들어갔다.

바로 이때 진영 정중앙 높은 곳에 서 있던 장훈이 영기를 흔들자, 방패막을 형성하고 있던 방패 부대가 일사불란하게 좌우로 흩어지며 뒤로 물러났다.

이로써 앞쪽에 진영 내부로 통하는 길이 열린 것을 본 함진영은 우레와 같은 함성을 내지르며 적군의 방패 부대를 뒤로

한 채 곧장 앞으로 돌진했다.

이를 본 장훈은 섬뜩한 웃음을 지으며 지체 없이 또 한 번 영기를 흔들었다. 그러자 좌우에 미동도 않고 서 있던 방패 부대가 함진영 뒤로 돌아가 서주 구원병과 함진영 사이를 갈랐다.

그리고 좌우 방패 부대가 비킨 자리에는 갑주를 걸친 회남 정예병이 갑자기 뛰쳐나와 양익에서 하늘을 찌를 듯한 함성을 내지르며 함진영을 향해 돌진했다.

"죽여라! 적군이 계략에 걸렸다! 진영 안에 들어온 적군을 한 놈도 살려두지 마라!"

장훈 역시 득의양양한 광소를 터뜨리며 하늘을 향해 소리쳤다.

"하하하! 도응 놈아, 무엇이 진정한 전술인지 똑똑히 보았느냐!"

장훈의 계략에 교유는 순간 얼굴빛이 확 바뀌며 경악성을 내질렀다.

"주공, 고순 장군이 장훈의 덫에 걸려 방원진 안에 갇히고 말았습니다!"

하지만 도응은 미동도 하지 않은 채 전장을 응시하고 있었다.

*　　　*　　　*

"제군들, 봉시진(鋒矢陣)을 펼쳐라!"

장훈군에게 포위된 고순은 전혀 당황한 기색 없이 냉철한 목소리로 외쳤다.

"목표는 바로 장훈 필부 놈이다. 자, 모두 장훈의 목을 베러 가자!"

함진영의 정연한 대답이 떨어지기 무섭게 깃발이 휘날리더니 8백 함진영 병사는 장훈이 혀를 내두를 정도로 신속하게 진영을 갖추었다.

함진영이 거대하고 날카로운 화살촉 대형을 이루자 고순은 직접 살촉 끝이 되어 손에 든 칼을 휘두르며 장훈이 있는 적진 중앙을 향해 내달렸다. 8백 함진영 장사도 마치 팽팽히 당긴 활시위를 떠난 화살처럼 빠른 속도로 앞을 향해 달려 나갔다.

좌우 양익에서 시살해 들어오던 회남 대오는 함진영이 이렇게 빨리 포진할 줄은 상상도 못 했던 탓에 반응이 조금 늦고 말았다. 이들은 결국 함진영을 흩뜨리거나 절단하지 못한 채, 함진영과 맞닥뜨려 근접전을 피할 수 없게 되었다.

그때가 돼서야 장훈은 자신이 어떤 실수를 저질렀는지 깨달았다.

일부러 진영 안으로 유인한 이 8백 명의 적은 단순한 정예병이 아니라 그야말로 괴물이나 다름없었다. 여포가 직접 훈련시킨 최강의 부대가 바로 이들 함진영이었다.

이들을 협공하려고 출동시킨 대오는 역양성 안의 최고 전사들이었지만 이들 괴물 앞에서는 세 살 먹은 어린애처럼 무력하기 짝이 없었다.

근접전이 벌어지는 가운데 회남 병사들의 공격은 이 괴물들 앞에서 전혀 효과를 발휘하지 못했다. 손쉽게 공격을 피하거나 막아내는 것은 물론, 기회가 있을 때마다 반격을 가해 수많은 회남 병사가 속수무책으로 쓰러졌다.

그중에서도 가장 두려운 존재는 살촉 끝에 위치해 있었다.

고순은 마치 물 만난 고기처럼 춤추듯 창을 휘두르며 앞을 가로막는 적을 여지없이 베어버렸다. 고순을 곁에서 호위하는 노병들 역시 고순에게 향하는 무기들을 장창으로 모두 막아냈고, 간혹 고순의 창을 피했거나 측면에서 돌격해 오는 적까지 불가사의한 속도로 제압해 버렸다. 장훈군이 보았을 때 그들은 병사 하나하나가 범 같은 장수였다.

고순이 엄호 부대와 함께 성큼성큼 회남군 진지 중앙으로 달려갈 때, 뒤따라오는 함진영도 적과 용감하게 싸우면서 대형을 완벽하게 유지했다.

거대한 화살촉은 흔들림 없이 굳건하게 장훈을 향해 곧장 돌진해 들어갔다. 그들이 지나는 곳마다 핏방울이 사방으로 흩어지고 목이 어지럽게 잘려 나가 시체로 산을 이루었다.

함진영의 위용을 똑똑히 목격한 장훈은 입을 다물지 못하고 눈만 멀뚱멀뚱 뜬 채 얼굴 가득 믿기 어렵다는 표정을 지었다.

장훈을 충격에 빠뜨린 건 함진영뿐만이 아니었다.

방금 전 함진영에게 길을 열어주었던 서주정예병도 함진영이 적진 돌파에 성공하자 군대를 두 갈래로 나눠 회남군 방원진을 향해 돌격해 들어갔다. 이들을 단순히 함진영을 엄호하기 위한 예비대로 오인했던 장훈은 또 한 방 크게 얻어맞고 말았다.

이들은 회남군 방패수의 작은 실수를 틈타 재빨리 적을 고꾸라뜨렸고, 뒤따르던 서주군 역시 빈틈을 메우려는 회남군을 향해 매섭게 장창을 휘둘렀다.

이리하여 회남군 진세에 커다란 구멍이 생기자 서주 정예병은 함성을 지르며 벌 떼처럼 방원진 내부로 짓쳐들어 가 회남군 궁노수들을 닥치는 대로 도륙했다.

진도가 거느린 3천 보병은 장훈이 파견한 부대를 몰살한 후, 막강한 전투력과 우세한 병력에 힘입어 적의 대오를 교란에 빠뜨렸다.

적진으로 돌격하던 중 마침 적 부대의 아장(牙將)과 맞닥뜨린 진도는 교전한 지 단 삼 합 만에 창으로 적장의 가슴을 찔러 고꾸라뜨렸다.

진도의 보병은 적장을 잃고 혼란에 빠진 적진을 마음 놓고 유린한 뒤, 진도의 통솔 아래 주저 없이 회남군의 방원진으로 돌진했다. 한편 좌우로 물러나 있던 군자군은 사방으로 달아나는 회남 병사들에게 일제히 화살을 날리며 적군의 퇴로를 봉쇄했다.

회남군을 혼돈에 빠뜨리며 방원진 내부로 깊숙이 침투한 함진영은 우군이 끊임없이 적진으로 뛰어들어 적을 괴롭힌 덕분에 돌격 속도가 갈수록 빨라졌다. 중앙에서 부대를 진두지휘하던 장훈은 상황이 심상치 않게 돌아가자 진영을 재정비할 시간을 벌기 위해 부장 장인(張仁)에게 적을 저지하라고 명했다.

하지만 회남 병사들은 이미 함진영의 위용에 놀라 간이 콩알만 해진 지 오래였다.

이들이 허둥대며 진용을 채 갖추기도 전에 온몸에 피를 뒤집어쓴 고순이 벽력같은 괴성을 지르며 득달같이 달려들었다. 그 뒤로 함진영 병사 넷이 창을 들고 동시에 장인을 찔러가자 손쓸 틈이 없었던 장인은 그 자리에서 적의 창에 난자당하고 말았다.

대장이 죽자 장훈군은 순식간에 진용이 무너졌다. 사병은 물론이고 곡장, 아장까지 무기를 버리고 도망치기 바빴다.

눈 깜짝할 사이에 군사들이 사방으로 달아나자 장훈의 대장기 앞에는 함진영을 막을 군사가 한 명도 남지 않았다. 절호의 기회를 잡은 고순은 창으로 회남군 대장기를 가리키며 큰 소리로 포효했다.

"장훈 필부 놈이 바로 저기 있다. 죽여라—!"

고순의 명이 떨어지자마자 7백 명도 채 남지 않은 함진영은 와 하는 함성 소리와 함께 목표물인 회남군 대장기를 향해 맹렬한 속도로 돌진했다. 주변에 있던 회남군 장사들은 두 다리가 풀리고 가슴이 벌렁거려 누구 하나 감히 함진영의 앞을 막아서지 못했다.

간담이 서늘해진 이들은 미친 듯이 아군 대장기를 향해 달려가는 함진영을 그저 바라만 볼 뿐이었다.

함진영이 곧장 자신에게 달려오는 것을 본 장훈은 혼비백산하며 재빨리 지휘대에서 내려와 친병 백여 명을 이끌고 걸음아 나 살려라 꽁무니를 뺐다. 함진영은 장훈군 지휘대로 들이닥쳐 단칼에 장훈의 대장기를 베어 넘어뜨렸다. 대장기가 넘어가자 이미 떨어질 대로 떨어진 회남군의 사기는 아예 붕괴 상태에 이르고 말았다.

반면 서주군은 위아래 할 것 없이 환호성을 지르며 사기가 더욱 충만해 앞다퉈 적을 향해 돌진했다.

회남군의 방어선을 단숨에 돌파한 서주군이 조수처럼 밀려 들어 방원진 내부의 우군과 협공을 가하자 마침내 회남군 진영은 대혼란에 빠져 버렸다.

회심의 미소를 지으며 이 광경을 바라보던 도응은 엄지손가락을 치켜세우며 함진영의 용감무쌍함에 경의를 표했다. 교유 역시 함진영과 서주군의 믿어지지 않는 전투력에 혀를 내두를 수밖에 없었다. 이건 진영이고 전술이고 간에 통할 여지가 없었다.

잠시 후 도응은 고개를 돌려 허저에게 명을 내렸다.

"중강은 당장 2천 군사를 이끌고 달려가 장훈의 목을 베어 오시오!"

허저가 명을 받고 주저 없이 달려 나가려고 하는데, 교유가 종군을 자청했다.

"주공, 이번에는 말장이 가겠습니다. 장훈의 목을 꼭 주공께 바쳐 후은의 만분지일이라도 갚게 해주십시오."

하지만 도응은 고개를 가로저으며 만류했다.

"아니오. 장군은 그냥 여기 머무르시오. 나는 장군이 역양군과 원한을 맺길 바라지 않소. 아군이 순조롭게 장훈의 목을 벤다면 역양성에 장군을 보내 적에게 투항을 권유할 생각이오. 그런데 장군이 그들의 원한을 사서야 되겠소?"

그제야 교유는 도응의 뜻을 황연히 깨닫고 급히 공수하고서 도응 곁에 머물렀다.

장훈이 급히 역양성 앞까지 달아났을 때, 고순이 이끄는 함진영은 이미 장훈의 스무 걸음 안까지 추격해 들어간 상태였다.

고순의 대갈일성에 놀란 장훈이 고개를 돌리자, 고순은 원숭이같이 긴 팔을 뻗어 수중의 장창을 힘껏 던졌다.

춤을 추듯 허공을 가르며 날아가던 장창은 장훈이 미처 피할 새도 없이 그대로 장훈의 목구멍을 뚫고 지나갔다. 전쟁터에서 살다시피 한 장훈은 기우뚱하며 말에서 떨어지더니 그토록 사랑하던 전장과 영원히 이별을 고했다.

장훈이 죽자 이미 싸울 마음을 잃은 지 오래인 회남군은 누가 먼저랄 것도 없이 무기를 버리고 서주군 앞에 무릎을 꿇었다.

간혹 완강하게 저항하며 역양성 안으로 들어가려던 회남군이 허저 부대에 막혀 모두 궤멸되면서 전투도 서서히 막바지 단계로 접어들었다. 5천 군사를 거느리고 역양성을 지키던 회남 장수 위염은 감히 성을 나가지 못한 채 성문을 꽁꽁 걸어 잠갔다.

이와 동시에 회남 수군 영지에서 벌어진 전투에서도 전세가 점점 서주군 쪽으로 기울기 시작했다. 노숙이 거느린 서주군은 외부 차단물을 거의 모두 제거한 후 한 걸음씩 영지 내부로 압박해 들어갔다.

병력의 우세를 이용한 서주군의 공세에 회남 수군은 결국 나루터까지 뒷걸음질을 쳤다.

서주군이 압도적인 우세를 보인 육상전과 달리, 강상에서는 회남 수군과 유요 수군 간에 치열한 접전이 벌어지고 있었다.

이때 유요의 모사 설례가 서주군 진영을 찾아와 노숙에게 얼른 진공에 나서 육지의 회남 수군을 소멸시켜 유요 수군의 압력을 덜어달라고 요청했다. 회남 수군은 비록 유요군과 서주군에게 협공을 당하는 처지에 놓였지만 원래 질적으로나 수적으로 유요군을 능가했기 때문에 강상 전투에서 유요가 애를 먹고 있었던 것이다.

노숙은 설례에게 예를 갖춰 공수한 후 멀리 전투가 한창 진행 중인 역양성을 가리키며 설명했다.

"저 역시 대치 국면을 타개하고 싶은 마음이 간절합니다만 상황이 여의치가 않습니다. 저길 한 번 보십시오. 우리 주공께서는 지금 적군과 혈전을 벌이고 있습니다. 아군 주력군을 대부분 이끌고 간 탓에 제 수중에는 일부 예비대가 고작입니다. 또한 주공께 일어날 만일의 사태에 대비해야 하는 관계로 수군 영지에 전력을 퍼붓기도 어렵습니다. 그러니 선생은 돌아가 유 사군에게 상황을 잘 설명해 주십시오."

하지만 설례가 돌아와 노숙의 말을 그대로 전하자 유요는 책상을 치며 발연대로했다.

"내 친히 군사를 이끌고 저를 도우러 왔건만 도응 놈이 어찌 감히 이럴 수 있단 말이냐! 이는 진분의 손을 빌려 내 세력을 약화시키려는 도응의 수작이 틀림없다. 좋다, 당장 징을 쳐 군대를 거두어라. 진분이 육지로 올라가 도응과 결전을 치르면 그 틈을 노려 이번에는 내가 어부지리를 취하고 말리다!"

이때 시의가 급히 앞으로 나와 유요를 만류했다.

"주공, 불가합니다! 절대 징을 쳐서는 안 됩니다! 지금 우리가 서주군과 손잡고 진분을 막다른 골목으로 밀어 넣어 공격의 고삐를 더욱 죄면 진분의 수군을 섬멸할 수가 있습니다. 이런 절호의 기회에 퇴각한다면 진분에게 숨 돌릴 시간을 주게 되고, 만일 그가 수군을 이끌고 장강 상류로 도망친다면 섬멸하고 싶어도 더 이상 기회가 오지 않습니다!"

"도망치고 싶으면 그러라고 해라. 그게 나와 무슨 상관인가?"

유요는 매사에 바른말을 서슴지 않는 시의를 그다지 좋아하지 않았다. 이에 시의의 말을 듣고 더욱 화가 치밀어 손을 휘저으며 소리쳤다.

"진분 놈이 설사 도망친다 해도 분명 여강의 원술과 회합해 서주군과 싸울 터이니, 나와는 무관한 일이다. 당장 징을 치고 깃발을 거두어 전원 퇴각한다! 서주군이 만약 사자를 보내 이유를 물으면 아군의 피해가 심각해 대오를 재정비해야 한다고 둘러대라!"

"하지만 주공……."

시의가 유요를 좀 더 설득해 보려 했지만 설례 등은 이미 기다렸다는 듯 명령을 집행했다.

회남 수군과 대치하던 유요 수군은 잇달아 뱃머리를 돌려 하류를 향해 철수를 시작했다. 이로써 유요는 회남 수군에게 퇴로를 열어주고 말았다. 이를 바라보던 시의는 자기도 모르게 탄식이 흘러나왔다.

"아, 어찌 한 치 앞도 내다보지 못한단 말인가! 어찌……."

그 시각, 회남 수군의 한채를 공격하던 서주군은 유요군이 퇴각하는 것을 보고 급히 전령을 보내 노숙에게 이 사실을 알렸다. 이 소식을 들은 후성, 조성, 장흠, 주태는 발연대로하여 잇달아 높은 곳에 올라가 상황을 살펴보더니 노숙에게 크게 외쳤다.

"군사, 유요 놈이 정말 퇴각하고 있습니다. 회남 수군도 배를 집결 중인데, 유요를 쫓을지 역양을 구원할지는 확실치 않습니다."

노숙은 태연한 표정으로 물었다.

"유요를 쫓는다고요? 도망치게 내버려 두고 있지 않나요?"

그러자 수전에 능한 장흠이 대답했다.

"지금 강상에 서북풍이 불어 유요 수군은 바람을 타고 빠른 속도로 하류로 내려가고 있습니다. 회남 수군이 저들을 쫓기는 어렵습니다."

이 말에 노숙이 웃음을 띠고 중얼거렸다.

"주공이 이 소식을 들으면 크게 기뻐하겠구나. 유요야, 유요야! 이는 모두 네 자업자득이다."

이어 노숙은 후성과 장흠에게 큰소리로 외쳤다.

"후성, 장흠 장군은 본부의 인마를 이끌고 가 회남 수군을 모두 전선으로 쫓아내십시오. 저들이 여강에 도착하는 날, 유요는 땅을 치고 후회할 것입니다!"

*　　　*　　　*

장훈이 죽자 역양성을 지키는 위염은 성문을 꽁꽁 걸어 잠그고 밖으로 나오지 않았다. 교유가 성 아래로 가 반나절을 설득한 끝에야 위염은 스스로를 포박하고 성을 나와 서주군에게 항복했다. 이로써 도응은 군사 한 명 허비하지 않고 회남의 요지 역양을 접수했다.

도응은 싸움에 지친 군사들을 위무하기 위해 술과 고기를 맘껏 즐기라고 명한 후, 중군 대영에 크게 연회를 베풀어 휘하의 문무 관원들과 함께 승리를 경축했다.

역양이 무너지자 주변의 부릉(阜陵), 전초(全椒) 두 성도 도응에게 항복했다. 이로써 회남에서 곡식 생산량이 가장 많고 인구가 밀집된 양주 구강군 전역이 마침내 도응 손에 들어왔다.

반면 여강군으로 쫓겨난 원술은 여강 북부의 안풍(安風), 안풍(安豊), 양천(陽泉) 등지마저 장패, 송헌, 진의, 사염 등에게 잇달아 빼앗기면서 세력 범위가 여강 남부로 급속히 쪼그라들었다.

그로서는 오로지 원소가 중재자로 나서 서주군에게 빼앗긴 토지를 돌려받을 수 있기만 밤낮으로 바랄 뿐이었다.

원술이 이런 헛된 꿈을 꾸고 있을 때, 역양성 안에 주둔한 도응은 원소 쪽에서 들려온 낭보를 접했다.

원술의 사자 서소가 찾아와 도응에게 군대를 무르고 회남 토지를 반환하도록 압력을 넣어 달라고 간청했지만 원소는 계속 회남 전투에 중립을 유지하며 누구의 편도 들지 않기로 결정했다는 것이다.

물론 좋은 소식만 있었던 건 아니다. 원소로서는 서주군의 실력이 날로 강대해지면 장차 자신에게 위협이 되리라 여겼기 때문에 원술에게 선심도 쓸 겸 모사 곽도, 순심의 건의를 받아들여 회남에 사자를 파견하기로 결정했다.

사자를 통해 도응과 원술 양측이 가능한 한 빨리 정전 협정에 들어가 전쟁을 끝내길 바란다는 뜻을 전달함으로써 자신의 위망과 영향력을 확대함은 물론 전국옥새라는 실질적 이익을 취할 요량이었다.

누구에게나 각자의 이익과 계산이 있는 법. 원소가 이런 결정을 내리자 그의 두 아들인 원담과 원상은 그 안에서 이익을 얻기 위해 서로 자기 사람을 사신으로 파견하고자 했다. 하지만 원소도 그리 어리석지는 않아 아들들의 의견을 물리치고 중립적인 위치에 있는 허유에게 조정자 역할을 맡기기로 정했다.

도응이 이 정보를 얻음과 동시에 진등 쪽에서도 허유가 이미 연주를 지나 팽성에 이르렀다는 급보를 알려왔다. 며칠만 있으면 허유가 회남 전선에 당도할 터였기 때문에 도응은 당장 모사들을 소집해 대책 논의에 들어갔다.

턱에 손을 괴고 고민하던 노숙이 먼저 입을 열었다.

"주공, 아무래도 원소의 조정을 받아들여 원술과 정전 담판을 벌이는 게 좋겠습니다. 원소와 관계를 유지해야 조조, 공손찬 등 북쪽 전선의 안전을 확보할 수 있고, 원술을 제거해 보았자 유요가 강동에 웅거하는 데 도움만 주기 때문입니다."

도응도 고개를 끄덕이며 대답했다.

"나 역시 같은 생각이오. 현재 우리 수군의 실력으로는 강동과 전면전을 벌이기 어렵소. 이런 상황에서 원술을 제거한다면 유요에게 좋은 일만 하는 꼴이 되오. 따라서 원소가 원하는 대로 원술과 정전 협정에 나섭시다. 담판에서 원술에게 여강 전역을 건네받고 그를 강동으로 쫓아버려 유요와 물고 뜯는 것이 아군의 전략적 이익에 가장 부합하오. 다른 분들의 생각은 어떻습니까? 더 좋은 의견이 있으면 말씀해 보십시오."

도응이 대당 안을 둘러보며 관원들의 의견을 기다렸지만 가후조차 잠자코 눈을 감은 채 도응의 결정에 찬성을 표시했다.

그런데 이때 뜻밖에도 양굉이 이의를 제기하며 조심스럽게 말을 꺼냈다.

"주공, 제가 원술 놈을 잘 알고 있지 않습니까? 그는 체면을 위해서라면 고통조차 감수하는 자라 정전 협정을 받아들이지 않을 가능성이 높고, 게다가 정전 조건으로 여강군을 내놓을 리는 더욱 만무합니다. 그래서 모든 희망을 담판에 걸지 마시고, 무력 동원도 같이 준비하는 것이 좋을 듯합니다."

얼마 전 합비 전투에서 서주군에 편입된 유엽도 양굉의 말에 맞장구를 쳤다.

"양 장사의 말이 심히 옳습니다. 원술이 원소에게 굴복하면서까지 회남 전쟁의 중재자로 나서 달라고 요청한 가장 큰 이유는 아군에게 빼앗긴 토지를 돌려받기 위함입니다. 그런데 원소의 사자인 허유가 토지 반환 얘기는 꺼내지 않고 오로지 전쟁을 끝내라고만 요구한다면 원술은 크게 실망해 아군의 조건을 받아들이지 않을 가능성이 높습니다."

이들의 얘기를 묵묵히 경청하던 도응이 한참 만에 입을 열었다.

"두 분 말씀이 모두 일리가 있소이다. 그럼 이렇게 합시다. 아군은 원래 계획대로 여강으로 진군해 서현 아래까지 쳐들어가는 한편, 그 기간 동안 원술과 정전 담판을 벌이는 겁니다. 은혜와 위엄을 병용해 원술을 굴복시키면 가장 좋고, 설사 담판이 성사되지 않더라도 무력으로 원술을 장강 이남으로 쫓아버리면 그만입니다."

그러자 이번에는 노숙이 걱정스러운 투로 말했다.

"주공, 원소가 파견한 허유가 이를 그냥 두고 볼까요? 예전에 태부 마일제가 천자의 명으로 원소와 공손찬의 반하(磐河) 대전을 중재한 일이 있었습니다. 그때 양군은 전쟁을 멈추고 영토를 획정한 후 군사를 거두고 나서 담판을 진행했습니다. 따라서 이번에 아군이 원술과 교전하면서 협상에 나서는 것을 허유가 불허할까 걱정입니다. 또한 설사 허유가 응낙한다 해도 원술이 분명 담판을 거절할 것입니다. 이를 빌미로 협상 결렬의 책임을 모두 아군에게 덮어씌운다면 여간 큰일이 아닙니다."

"그런 일이라면 아무 문제없소."

도응은 아무렇지도 않다는 듯 대꾸한 후 양굉을 돌아보고 분부했다.

"양 장사는 내일 당장 수춘으로 북상해 내 대신 허유를 영접하시오. 그에게 최대한 공손한 투로 대하고, 금은보화를 잔뜩 안겨 반드시 그를 매수하도록 하시오. 협상 자리에서 그가 원소를 대표해 우리에게 유리한 말만 해준다면 더 바랄 것이 없소."

"원소군 중신을 돈으로 매수하는 것이 가능하단 말입니까?"

노숙과 진응 등은 자신만만해하는 도응이 염려돼 의문을 제기했지만 도응은 미소를 띠고 대답했다.

"물론이오. 허유의 됨됨이는 내가 잘 알고 있소이다. 탐욕스럽기 짝이 없는 그를 매수하기란 손바닥 뒤집는 것처럼 쉽소."

다들 믿지 못하겠다는 표정을 짓고 있는 가운데, 도응이 다시 양굉에게 당부의 말을 건넸다.

"한 가지가 더 있소. 허유와 왕래하는 기간에 내가 원술을 제거하여 서주 남쪽 전선의 문제를 완벽히 해결하고픈 생각을 가지고 있다고 그에게 반드시 알려야 하오."

양굉은 고개를 끄덕인 후 간사한 웃음을 지으며 대답했다.

"무슨 뜻인지 알겠습니다. 물건을 파는데 처음부터 가격을 높여 부르지 않으면 어찌 비싼 값에 팔 수 있겠습니까? 염려 마시고 이 일은 모두 제게 맡겨 주십시오."

이튿날 양굉은 일부 대오를 이끌고 원소의 사신을 맞이하러 북상 길에 올랐다.

도응 역시 시간을 지체할 수 없었기에 서둘러 유요와 계속 손잡고 원술을 섬멸하기로 약속하고 역양에 수비군을 남겨둔 뒤, 곧장 서주 주력군을 이끌고 서쪽으로 진격했다.

원술이 도사리고 있는 여강 남부로 호호탕탕하게 내려가 수 개월이나 끈 회남 대전을 마무리 지을 생각이었다.

그런데 도응은 이번 출격에서 여강으로 바로 통하는 양안(襄安)과 임호(臨湖) 길을 택하지 않고, 먼저 합비로 돌아갔다가 다시 관도를 따라 남하해 서현 아래에 이르렀다.

도응이 시간과 군량을 낭비하면서 굳이 번거로운 길을 택한 것에 다들 이해가 되지 않는다는 표정을 짓자 도응이 담담하게 의혹을 해소해 주었다.

"양안과 임호 길을 택하지 않은 데는 다 이유가 있소. 이

두 성은 원술이 유수구로 퇴각하는 길목에 있기 때문이오. 만약 이 두 성을 접수한다면 퇴로가 끊긴 원술은 끝까지 아군에게 저항할 수밖에 없소. 그러면 결국 유요만 어부지리를 취하는 셈이 되기 때문에 먼저 합비로 돌아갔다가 정면에서 서현을 공격해야 원술이 장강을 건너 퇴각하도록 압박할 수 있는 것이오."

도응의 선견지명에 서주 문무 관원들은 모두 찬탄해 마지않았다.

서주 대군은 엿새가 걸려 합비로 돌아갔다가 양초를 보충한 후 다시 여강으로 남하했는데, 닷새의 시간이 걸렸다.

원술이 사수하는 서현까지 채 60리도 되지 않는 지점에 이르렀을 때, 양굉이 보낸 쾌마가 도착했다. 양굉은 모든 일이 순조롭게 진행돼 허유가 이미 입이 함박만 해져 뇌물을 받았고, 며칠 안에 허유를 데리고 남하하겠다고 알려왔다. 이밖에도 원술이 중재를 요청하기 위해 원소에게 보낸 회남 사신 서소까지 함께 보냈다.

도응은 서소를 자기편으로 끌어들여 첩자로 심어놓기 위해 온갖 감언이설로 유혹했지만 서소는 꿈쩍도 하지 않은 채 차라리 죽음을 달라고 요구했다. 도응은 더 이상 말이 먹히지 않자 거드름을 피우며 얘기했다.

"내 악부의 생각이 어떤지는 그대도 잘 알 터이니 알아서 하시오. 나도 입 아프게 떠들기는 싫소. 그리고 원술에게 돌아가 이 말만은 꼭 전하시오. 그가 정말 남자라면 아녀자처럼 꽁꽁 숨지 말고 아군과 결전을 벌이라고 말이오. 그대가 돌아가 내 악부의 대답을 전하면 원술이 어떤 표정을 지을지 선하구려. 하하!"

서소는 아무 말 없이 도응에게 공수한 후 저벅저벅 영채를 걸어 나가 서현으로 향했다. 그런데 서소가 떠난 지 얼마 지나지 않아 서현에 잠입한 세작 하나가 급보를 알려왔다.

바로 형주의 유표가 원술의 구원 요청을 받아들여 조카인 유반(劉磐)과 대장 황조(黃祖)의 아들 황사(黃射)에게 2만 군사를 이끌고 장강을 따라 남하하라고 명했다는 것이었다.

현재 이들이 이미 여강 남쪽인 종양 나루에 이르러 원술이 군사들의 사기를 진작시키기 위해 일부러 이 사실을 성 전체에 공개했다는 것이다.

이제 한 걸음만 떼면 회남 전역이 수중에 들어오리라고 기뻐하던 도응은 이 소식을 듣자마자 갑자기 약이 바짝 올라 길길이 날뛰었다.

"유표 놈아, 약을 잘못 먹었느냐! 우리 서주와 너희 형주는 지금껏 아무런 원한도 없었는데 왜 갑자기 나와 척을 지려고 하는 것이냐!"

도기는 도응의 울부짖음을 듣고 재빨리 달려와 물었다.

"형님, 유표 놈이 여강에 구원병을 보냈다고요? 정말입니까?"

"그렇다. 이 죽일 놈이 원술을 구원하러 2만 군대를 보내 지금 종양에 이르렀다는구나."

몸이 근질근질했던 도기는 이 말에 실실 웃음을 지으며 말했다.

"형님, 서현은 장강과 멀리 떨어져 유표의 원군이 서현을 구하려면 반드시 육로를 이용해야 합니다. 그래서 말인데, 제가 군자군을 이끌고 출격하면 어떻겠습니까? 이 참에 유표에게도 군자군의 위용을 과시하고 말입니다."

도응 역시 유표에게 따끔한 맛을 보여줄 좋은 기회라고 여겨 당장 명을 내렸다.

"좋다. 너는 먼저 군자군을 거느리고……."

"잠깐만요."

이때 가후가 도응의 말을 가로막더니 공수하고 말했다.

"주공, 너무 서두르지 마십시오. 이 일은 쉽게 결정할 문제가 아닙니다."

"그건 왜요?"

"형주는 구강과 여강 상류에 위치해 수로로 이 지역들을 습격하기가 용이합니다. 또한 구강과 여강은 서주와도 거리가 너무 멀어 군사를 증원하기가 자못 불편합니다. 따라서 아군이 회남에서 안정적으로 발을 붙이기 전까지는 유표와 절대 원한을 맺지 않고 우호 관계를 유지하는 것이 중요합니다. 아군이 무리하게 회남에 대량의 병력과 물자를 투입한다면 관건이 되는 북쪽 전선의 힘이 분산되고 맙니다."

도응이 가후의 말에 고개를 끄덕이자 가후가 한마디 더 덧붙였다.

"지금으로서는 먼저 사자를 종양에 보내 유표가 구원병을 파견한 진짜 목적이 무엇인지 알아본 후 대책을 취하는 것이 좋을 듯합니다. 솔직히 전 문 지키는 개에 불과한 유표가 무슨 용기로 원술을 구하러 왔는지 이해가 가지 않습니다."

도응은 턱을 어루만지며 낮은 목소리로 읊조렸다.

"나 역시 그 점을 이상하게 여기고 있소. 유표와 원술이 직접 교전을 벌인 적은 없지만 그렇다고 사이가 좋은 것도 아닌데, 어째서 원술을 구원하러 왔을까요?"

第三章

형주군이 개입하다

종양 나루 북쪽 기슭, 유표 원군의 대영에는 주장 유반과 부장 황사 및 제장이 한자리에 모여 있었다.

유반, 황사는 수륙 대군을 이끌고 종양에 당도한 뒤 거듭된 원술의 구원 요청에도 불구하고 나흘간이나 병력을 움직이지 않았다. 이에 휘하 제장은 전기를 놓칠까 염려돼 유반과 황사에게 달려와 어찌된 영문인지 물었다.

"서두를 필요 없소. 뭐가 그리 급하시오?"

장수들의 추궁에 유반과 황사는 만면에 미소만 띤 채 속 시원히 설명해 주지 않고 명령을 내렸다.

"인내심을 가지고 기다리시오. 어쨌든 우리의 군수물자와 양초는 모두 회남군이 책임지고 있지 않소? 그대들은 먹고 마시며 즐기기만 하면 그만이오. 출병할 때가 되면 어련히 알아서 출병 명령을 내릴 것이오."

그러자 유반 휘하의 노장 하나가 큰소리로 말했다.

"하지만 소장군, 아군의 마보병은 수군만큼 정예롭지 못해 적군이 서현을 사방에서 포위하면 원군을 보내기가 만만치 않아집니다."

유반은 여전히 사람을 궁금케 하는 표정으로 대답했다.

"한승(漢升), 너무 초조해하지 마십시오. 제게 다 생각이 있습니다."

"다 생각이 있다고?"

이때 얼굴이 우락부락한 젊은 장수 하나가 냉소를 지으며 일어나 말했다.

"혹시 두 장군은 담력이 없는 것 아닙니까? 구원을 왔으면서도 안병부동하며 날마다 영채를 견고히 하는 일 외에 하는 일이 뭐가 있습니까? 사람을 답답하게 만드는 데도 분수가 있어야지요."

황사는 이 말이 귀에 거슬려 크게 분노했다.

"홍패(興霸), 방금 뭐라고 했소? 강상에서 약탈이나 일삼던 자를 주공께서 어여삐 여겨 거두어 주었더니, 어디서 감히 망발을 하는 것이오?"

"내가 무슨 망발을 했다고 그러시오?"

대영 안에서 싸우는 소리가 들리자 중군 영지에 들어갈 자격이 없어 밖에서 대기하던 형주군 도백 하나가 고개를 절레절레 흔들고 탄식하더니 자리를 떠버렸다. 곁에서 수행하던 병사가 다급히 물었다.

"형님, 왜 출병 명령을 기다리지 않는 것이오?"

그 도백은 언짢은 기색으로 대꾸했다.

"출병은 무슨! 보고도 모르겠나? 저들은 서주군과 개전할 용기가 없는 자들이다. 출병한 척하고 종양에 주둔하면서 사태를 관망하다가 그 안에서 이익을 취하려는 계산이다. 이런 머저리들을 왜 따라왔을꼬!"

"쉿, 목소리가 너무 큽니다. 사람들이 듣겠어요."

"들으려면 들으라고 해라! 나 문장(文長)은 일찌감치 유표를 위해 목숨을 걸 마음이 없었다!"

* * *

원술은 서소가 가져온 원소의 친필 편지를 읽고 분을 참지 못해 책상을 내려치며 노호했다. 그래도 화가 풀리지 않았는지 편지를 북북 찢어버리고 욕을 퍼부었다.

"첩의 소생 놈이 어찌 이리도 날 능멸할 수 있단 말이냐! 회남 토지를 돌려주기는커녕, 뭐? 도응 놈과 정전 협상에 나서라고? 땅을 다 잃었는데 사과 한마디 받고 끝내라고? 이 찢어죽일 첩의 소생 놈아—!"

원술의 수하들은 고개를 숙인 채 아무 대꾸도 하지 못하고 그저 원술의 화가 가라앉기만을 기다렸다. 책상을 발로 걷어찬 원술이 염상과 금상을 가리키며 소리쳤다.

"유표의 원군은 소식이 있는 게냐? 도대체 언제 서현으로 북상한다고 하더냐? 종양에 주둔한 지도 이미 나흘이 지났는데, 왜 아직까지 군사를 움직이지 않는단 말이냐?"

금상이 전전긍긍하며 대답했다.

"주공, 유표군에게 보낸 사신이 방금 돌아왔습니다. 그런데 유반과 황사가 먼 길을 달려와 군사들이 지친 데다 여강 지리에 익숙지 않아 며칠 더 쉬고 출병하겠다고 합니다."

"핑계다. 다 핑계야! 배를 타고 온 군사들이 뭐가 피곤하단 말이냐! 그리고 이미 나흘이나 쉬었으면서 또 휴식이 필요하다는 것이냐! 서주군이 이미 코앞까지 닥쳤는데 대체 언제까지 기다리라는 말이냐!"

원술의 분노가 극에 달한 상황에서 유표군과의 연락을 책임진 금상이 편지 한 통을 바치며 조심스럽게 입을 열었다.

"여기에 유반과 황사가 사신을 통해 편지를 보내왔는데, 형주군의 사기 진작을 위해 양초 및 술과 고기를 좀 더……."

듣다 못한 원술이 다시 한 번 버럭 소리를 질렀다.

"죽일 놈들, 양식 5만 휘에 금과 은 각각 천 근, 비단 천 필은 물론 술과 고기를 양껏 보냈는데도 만족하지 못한단 말이냐! 출병을 빌미로 등이나 쳐 먹는 놈들에게 더는 내줄 것이 없다!"

금상이 아무 대답도 못하고 머뭇머뭇하자 염상이 앞으로 나와 아뢰었다.

"주공의 말씀이 심히 옳습니다. 더 이상 식량 한 톨도 주어서는 안 됩니다. 유반과 황사 놈의 원군에게 더는 아무 기대도 하지 마십시오."

이 말에 원술은 실눈을 뜨고 염상을 노려보더니 차가운 목소리로 물었다.

"애초에 유표에게 구원을 청하자고 권한 건 염 주부 자네 아닌가? 지금 유표의 원군이 당도했는데 희망을 갖지 말라는 건 대체 무슨 소린가?"

"이는 모두 제 불찰이 맞습니다. 주공께서 절 문죄한다면 달게 벌을 받겠습니다."

염상은 태연하게 죄를 인정한 뒤 무릎을 꿇고 말을 이었다.

"저로서는 유표가 순망치한을 염려해 원군을 파견하리라 여겨 주공께 이 계책을 올렸던 것입니다. 하지만 지금 보니 제가 유표를 너무 과소평가했습니다. 그의 뻔뻔함과 교활함을 미처 깨닫지 못했습니다. 전량이나 군수를 헛되이 낭비하지 마십시오. 저들은 절대 우리를 구하러 올 리 없습니다."

원술은 염상이 무슨 말을 하는지 몰라 고개를 갸웃거리며 물었다.

"유표의 원군이 이미 종양에 당도해 서현까지는 160리에 불과한데, 저들이 구원을 오지 않으리라고 어찌 확신하는가?"

"유표군은 서현을 구하기 위해서가 아니라 사태를 관망하다가 어부지리를 취하기 위해 출병했기 때문입니다. 제 예측이 틀리지 않다면 유표는 회남을 구원할 마음은 물론 서주군과 반목할 용기조차 없습니다. 그리고 유표의 출병을 부추긴 이는 원소가 분명합니다."

원술은 점점 더 이해하기 어려운 염상의 말에 곤혹스러운 표정을 지었다.

"무슨 말을 하는지 내 도통 모르겠구나. 유표에게 출병을 결심하도록 만든 사람이 어떻게 천 리 밖에 떨어진 원소 놈이란 말이냐?"

"유표는 구원을 청하러 간 아군 사자로부터 주공께서 이미 원소에게 사신을 보내 서주군을 회남에서 물러가게 해달라고 요청한 것을 알고 출병을 결심했을 가능성이 높다는 말입니다. 만약 원소가 형제의 정을 생각해 서주군의 철수를 압박한다면 유표는 마음 놓고 서주군과 개전해 의로운 원군을 보냈다는 평판을 얻음은 물론 아군이 약속한 전량까지 챙길 수가 있습니다. 이 어찌 일거양득이 아니겠습니까?"

"하지만 지금 원소 놈이 내 청을 거절하지 않았느냐?"

"이는 유표에게 더욱 잘된 일입니다. 기억하실지 모르겠지만 전에 유표는 조조, 원소와 맹약을 맺고 원소를 삼가의 맹주로 추대한 일이 있었습니다. 원소가 아군의 구원 요청을 거절했으니, 유표는 맹주의 영을 따른다는 핑계로 여강에서 철군하면 그만입니다. 어쨌든 우리가 약속한 전량과 군수를 고스란히 챙겼으니 손해 볼 건 하나도 없습니다. 게다가 원소의 영을 빌미로 아예 서주군과 손잡고 아군을 협공해 그 안에서 더 많은 이익을 취하려 들 수도 있습니다."

원술은 염상의 자세한 분석을 듣고 저도 모르게 넋이 나간 표정을 지었다. 가까스로 정신을 차린 원술은 책상을 걷어차며 더욱 크게 노호했다.

"이런 파렴치한 노부 놈을 봤나! 뻔뻔하기가 그지없구나!"

이때 유표군과의 교섭을 책임진 금상이 믿기 어렵다는 투로 물었다.

"이는 염 주부의 근거 없는 상상 같습니다. 이를 증명할 만한 증거가 없지 않습니까?"

금상의 말이 떨어지기가 무섭게 원술이 호통을 쳤다.

"유표 놈의 군대가 종양에서 안병부동하는 것보다 더 확실한 증거가 어디 있단 말이냐! 저놈이 만약 기회를 엿볼 계산이 아니었다면 원군이 진즉 북상하고도 남았을 것이다!"

금상은 원술의 기세에 눌려 입을 꾹 닫았고, 다른 문무 관원들 역시 숨을 죽인 채 원술의 분노를 그대로 받아내고 있었다.

목이 쉴 때까지 노호하던 원술은 갑자기 기진맥진해 의자에 주저앉더니 풀이 죽은 목소리로 말했다.

"일이 이 지경에 이르렀는데 경들에게 적을 물리칠 좋은 방법이 있으면 말 좀 해보게나."

회남의 문무 관원들이 모두 침묵을 지키고 있는 가운데, 여강태수 유훈이 조심스럽게 입을 열었다.

"주공, 정면으로 적과 부딪혀 보는 게 어떨까요? 주공께서 수춘에서 이끌고 온 3만 5천 대군에 여강 현지의 군대까지 합하면 아군의 총수는 6만이 넘습니다. 서주군이 아무리 막강하다 해도 먼 길을 달려와 피곤한 틈을 타 공격해 승리를 거둔다면 군이 누구의 도움도 받을 필요가 없습니다."

줄곧 안하무인으로 길길이 날뛰던 원술이었지만 이번만은 침묵으로 일관했다. 한참 동안 망설이던 원술은 슬쩍 유훈을 떠보았다.

"그럼 자대(子臺)가 성을 나가 적군과 결전을 벌이겠는가?"

자대는 유훈의 자다. 종제인 유해와 조카 유위를 모두 서주군 손에 잃은 유훈은 즉각 공수하고 출전을 자청했다. 유훈 휘하의 여강 장수들 또한 일제히 공수하고 출전 의사를 강력히 표시했다.

그럼에도 쉽사리 결정을 내리지 못하고 머뭇머뭇하던 원술이 마침내 이를 악물고 명을 내렸다.

"좋다. 내일 너는 2만 여강군을 이끌고 출전하고, 뇌박은 1만 수춘군을 거느리고서 유훈을 도와라. 만약 승리한다면 내 꼭 큰 상을 내리겠다!"

유훈 등이 일제히 공수하고 대답하자 염상은 입술을 실룩이며 출전을 만류하고자 했다. 하지만 그는 곧 입을 닫고 혼잣말로 몰래 중얼거렸다.

"안 될 줄 알면서도 끝까지 해보려는 의욕을 말리기는 어렵겠구나! 기적이 일어나면 가장 좋겠지만 설사 패하더라도 그때 가서 주공께 도응과 담판에 나서라고 권해도 늦지 않을 것이야. 어쩌면 더 쉬울 수도 있겠어……."

* * *

이튿날 아침, 유훈은 2만 여강군을 이끌고 성문을 나갔고, 뒤이어 뇌박도 1만 수춘군을 거느리고 유훈을 따라 북상했다. 척후병이 즉시 이 사실을 도응에게 알리자, 도응은 기쁨을 감추지 못하면서도 고개를 갸우뚱했다.

"원술이 제정신이란 말인가? 지금까지 야전에서 수도 없이 패해 놓고 또 수만 군대를 보냈다고?"

노숙도 처음에는 이상하다고 여겼지만 곧이어 아무렇지도 않다는 듯 말했다.

"중간에 협사가 있다 해도 저리 많은 군대를 미끼로 쓰기는 어렵습니다. 너무 염려하지 마십시오."

도응도 고개를 끄덕이며 대답했다.

"어찌 됐든 이는 원술을 담판장으로 이끌어낼 절호의 기회라 절대 놓쳐서는 아니 되오. 내 친히 중군을 이끌고 갈 때까지 선봉 부대에게 잠시 진군을 멈추라고 이르시오. 적군에게 피해를 크게 입힐수록 원술이 담판장으로 나올 확률이 높아집니다."

노숙이 명을 받고 자리를 뜨자 도응은 어렴풋이 보이는 서현성을 물끄러미 바라보며 두 주먹을 불끈 쥐었다.

잠시 후 도응이 친히 3만 중군을 거느리고 선두에 선 고순을 따라잡았을 때, 남쪽에서는 이미 먼지가 하늘을 뒤덮고 깃발이 까맣게 나부끼고 있었다.

이를 본 도응은 몇몇 장수를 대동하여 진영 앞으로 달려

나갔다. 또한 후성, 장흠이 좌우 양익에 자리하고, 도기는 군자군을 이끌고 후위에서 호응했다.

이때 유훈군 진영에서 한 장수가 나는 듯이 달려 나와 싸움을 걸어왔다.

도응 휘하의 장수들은 이를 보고 서로 자신이 나가겠다며 출전을 자원했다. 그중 얼마 전 수춘에서 달려와 주력군에 합류한 서황이 가장 적극적으로 나섰다.

도응은 부상에서 회복된 지 얼마 안 된 서황이 걱정돼 출전을 불허했다. 그런데 서황이 군령장까지 쓰며 나가겠다는 자청하자 도응은 하는 수 없이 그의 출전을 허락했다. 도응은 그래도 걱정이 됐는지 허저, 조성에게 뒤에서 서황을 접응하라고 명했다.

도응의 허락이 떨어지자마자 서황은 도끼를 쥐고 눈 깜짝할 사이에 적장 앞으로 달려갔다. 둘이 교전한 지 단 삼 합 만에 서황은 적장의 머리를 빼개 버렸다. 이를 본 서주군은 북을 울리고 함성을 지르며 환호했지만 여강군은 하나같이 깜짝 놀라 얼굴색이 변하고 말았다.

뒤이어 여강군 장수 하나가 또다시 창을 들고 서황에게 달려들었지만 십여 합 만에 마찬가지로 두개골이 으스러지고 말았다. 간담이 서늘해진 유훈은 어찌할 바를 몰라 하다가 옆에 있던 부장 한호(韓浩)에게 소리쳤다.

"원사(元嗣) 장군, 저 적장의 목을 베어온다면 주공께 아뢰어 큰 상을 내리리다!"

한호는 조금도 주저 없이 큰 칼을 휘두르며 달려 나가 큰소리로 외쳤다.

"하내의 한호가 여기 있다. 적장은 이름을 밝혀라. 무명 잡배의 목을 베고 싶지는 않다!"

"하내의 한호라고?"

서황은 잠시 눈살을 찌푸리더니 도끼로 한호를 가리키며 소리쳤다.

"한호 필부 놈아, 하동의 서공명을 못 알아본단 말이냐? 전에 황건적을 토벌할 때 내 일찍이 하내를 지나지 않았느냐!"

"서공명? 그럼 그대가 바로 그때 그……."

한호는 서황의 이름을 듣자 퍼뜩 예전 일이 생각나 자기도 모르게 전마를 멈춰 세웠다. 서황이 고개를 끄덕이자 한호는 두말없이 말 머리를 돌려 본진으로 철수했다.

유훈이 싸우지도 않고 도망친 한호를 보고 발연대로하여 문죄하려는데, 서황의 뒤를 따르던 허저가 칼을 휘두르며 미친 듯이 뛰쳐나와 벽력같이 고함을 질렀다.

"하동의 서공명만 알고 패국의 허중강은 모른단 말이냐!"

허저는 단숨에 여강군 진영까지 뛰어들어 종횡무진 닥치는 대로 적군을 베고 쓰러뜨렸다. 여강군은 감히 허저 앞을 막아서지 못하고 두려워 벌벌 떨며 사방으로 달아나기 바빴다. 가지런하던 적진이 큰 혼란에 빠졌지만 적진 깊숙이 들어왔다고 여긴 허저는 무모하게 앞을 가로막는 적군 아장의 목을 베고 다시 본진으로 돌아갔다.

허저와 서황 두 장수의 맹위에 여강군은 조수불급하며 달아나기 바빠 진영 곳곳에 균열이 나타나기 시작했다. 도응은 이 기회를 놓치지 않고 양익에 있던 후성과 장흠에게 즉각 적군을 시살하라고 명했다.

이미 전의를 상실한 여강군은 서주군이 들이닥치기도 전에 앞다퉈 꽁무니를 뺐고, 유훈도 간이 떨리고 정신이 혼미해져 말 머리를 돌려 필사적으로 도망쳤다. 뇌박이 이끄는 후위의 수춘군 역시 중군이 물밀 듯 밀려오는 것을 보고 너 나 할 것 없이 서현을 향해 내빼기 시작했다.

이에 원술군은 전 진영이 일대 혼란에 빠져 자기들끼리 서로 밟고 밟히며 목숨을 잃은 자가 부지기수였다.

고순, 교유까지 군대를 휘몰아 맹렬히 뒤를 추격해 들어가자 회남군은 더욱 마음이 급해져 사방으로 달아나거나 아니면 그 자리에서 무기를 버리고 서주군에게 투항했다. 서주군은 회남군을 서현성 아래까지 추살하고서야 마침내 걸음을 멈추었다.

사기가 하늘을 찌를 듯한 서주군은 성에서 5리도 채 되지 않는 곳에 대영을 차리고 호시탐탐 서현성을 노려보았다.

그런데 이 국지전의 여파가 채 가시기도 전에 서현성에서 갑자기 사자 한 명이 백기를 들고 나와 도응을 만나게 해달라고 요청했다. 그는 그 자리에서 원술이 이미 원소의 중재를 받아들여 서주군과 정전 담판에 나서는 데 동의했고, 자신은 담판 날짜와 장소를 교섭하기 위해 왔다고 알렸다.

전령이 도응에게 회남군 사자가 찾아온 뜻을 전하자 도응은 크게 기뻐하면서도 고개를 갸웃거렸다.

“아니지. 협상에 나서기로 이렇게 빨리 결심했을 리가 있나? 이는 원술 놈의 성격과 전혀 어울리지 않는단 말이야…….”

노숙 역시 도응의 말에 맞장구를 치며 원술이 아군의 마음을 느슨하게 한 후 영채를 급습하려는 건 아닌지 의심했다.

그런데 이때 가후와 유엽이 막사 안으로 걸어 들어오며 이구동성으로 말했다.

“주공, 아무 염려 마십시오. 원술은 이번에 진심으로 담판을 요구해 온 것입니다. 원술의 술수나 종양에 주둔 중인 유표의 원군 모두 걱정할 필요가 없습니다.”

도응이 얼굴에 화색을 띠며 이유를 묻자 가후가 미소를 머금고 대답했다.

"제가 방금 자양 선생과 오늘 사로잡힌 포로를 만나고 왔습니다. 그중 한 곡장 말에 따르면, 유표의 원군은 닷새 전에 이미 종양 나루에 당도했는데 지금까지도 군사를 움직이지 않고 있다고 합니다."

가후의 말에 도응은 불현듯 크게 깨닫는 바가 있어 손뼉을 치며 기뻐했다.

"유표가 쉽게 출병에 동의한 건 혼란을 틈타 한몫 챙기려는 것이 분명하오!"

가후가 고개를 끄덕이며 말을 이었다.

"맞습니다. 그리고 원술은 이런 유표의 태도를 간파한 것이 확실합니다. 유표의 원군에게 아무것도 바랄 게 없는 데다 자신이 아군의 적수가 될 수 없음을 알고 원소의 중재를 받아들여 아군과 정전 협상에 나서려는 것입니다."

도응은 잠시 생각에 잠기더니 가후에게 다시 물었다.

"그럼 우리는 어찌하는 게 좋겠소? 유표의 원군을 그냥 내버려 두어야 할까요, 아니면 사자를 보내 적극적으로 대응해야 할까요?"

"당연히 사자를 보내 연락을 취해야 합니다. 사자를 통해 원소의 입장을 분명히 알려 감히 아군과 얼굴을 붉히지 않고 여강에서 철군하도록 요청함으로써 원술을 더욱 고립시켜야만 합니다. 또한 이 기회를 빌려 유표와 원만한 관계를 맺는다면 아군이 회남에서 자리를 잡고 수군을 양성하는 데도 도움이 됩니다."

도응은 가후의 견해를 크게 칭찬한 후 결정을 내렸다.

"문화 선생의 말이 지극히 옳소. 아군의 중점은 북방이라 남쪽 전선에 크게 신경 쓸 여력이 부족하오. 그럼 이렇게 합시다. 사자를 유표군 진영에 보내 선물을 가득 안기고 원소의 입장을 전달한 후, 이는 아군과 원술 간의 개인적인 은원이니 간섭하지 말아 달라고 요청합시다. 그들이 중립을 지켜주기만 한다면 성의를 좀 더 표시하겠다고 말하고요."

허맹은 도응의 명을 받고 곧장 유표군이 주둔한 종양 나루로 달려갔다. 그는 유표군에게 원소의 입장을 명확히 전달해 대세의 흐름을 알게끔 한 후 유반과 황사에게 많은 선물을 안겨주었다. 이어 그는 도응을 대신해 서주군의 입장을 알렸다.

"이번 전쟁은 순전히 우리와 원술 간의 개인적인 은원으로 빚어진 일입니다. 원술이 여러 차례 함부로 서주 영토를 침범한 죄를 물으려는 것이니 두 장군은 이번 일에 개입하지 말아 주었으면 합니다. 만약 중립적인 태도를 분명히 밝혀준다면 우리 주공께서도 크게 감읍해 유표 공과 두 장군에게 후한 선물로 보답하겠습니다."

서주 사자가 자발적으로 찾아와 원소의 입장을 알리고 유표군의 체면을 살려줬으니, 유반과 황사도 원한 바를 달성한 만큼 서주군과 우호 관계를 맺고 형주로 돌아가는 것이 이치에 맞았다.

하지만 사람의 욕심이란 끝이 없는 법. 이들은 서주 사자의 태도가 공손하고 말투가 물렁한 데다 많은 선물로 보답하겠다는 얘기까지 듣자 탐심이 크게 발동했다.

더욱이 원술이 이미 서주군과 정전 협상에 나서려 하는 마당에 양측 모두 담판장에서 형주군이란 패가 절실하다는 사실을 깨닫고 이 틈을 타 더 많은 이익을 취하고자 마음먹었다.

유반과 황사는 한편으로 원술에게 사신을 보내 전량을 넉넉히 보내준다면 당장 군사를 이끌고 북상해 서현 부근에 주둔하며 협상 자리에서 원술을 지원하겠다고 밝혔다. 또 한편으로는 서주군에게 식량 20만 휘와 금과 은 각각 3천 근을 제공하면 서주군과 연합해 담판장에서 원술에게 압력을 행사하겠다고 약속했다.

유표군의 터무니없는 요구에 놀란 허맹은 급히 서현으로 돌아와 도응에게 이 사실을 보고했다.

허맹이 서현으로 돌아왔을 때, 도응은 서주 대영에서 이미 기주 사자 허유의 주재와 감독 아래 원술군 사신과 일차 담판을 끝냈다.

도응이 제시한 정전 조건은 다음과 같았다. 원술이 여강과 구강 양 군 전역을 할양하고, 회남군이 전에 서주 영토를 침범한 대가로 금과 은 각각 5천 근과 양초 30만 휘를 보상하라고 요구했다. 이와 함께 전국옥새를 넘겨주면 원소를 통해 천자께 바치겠다고 얘기했다.

이에 반해 원술이 제시한 정전 조건은 서주군이 회남에서 조건 없이 물러나고 점령한 토지를 모두 돌려준다면 양초 5만 휘와 금과 은 각각 5백 근씩 내놓겠다는 것이었다. 또 전국옥새는 서주군과 별개의 일이므로 자신이 원소와 직접 이 문제를 해결하겠다고 밝혔다.

이처럼 쌍방의 의견이 평행선을 달린 관계로 협상은 아무런 소득 없이 끝나고 말았다. 또한 언제 이 차 협상을 벌일지도 결정되지 않았다. 그러자 허유를 자기편으로 매수한 도응은 원술의 실질적인 양보를 이끌어내기 위해 즉각 벽력거를 동원해 공성을 준비하라고 명했다. 그런데 이때 허맹이 유표군의 답변을 가지고 돌아온 것이다.

"뭐, 식량 20만 휘와 금과 은 각각 3천 근씩 내놓으라고? 저들의 욕심이 지나치구나!"

형주군의 조건을 들은 도응은 크게 화를 내며 소리쳤다.

"저들은 더 이상 신경 쓰지 마라. 절대 아군과 개전할 용기가 없는 자들이다. 먼저 원술에게 양보를 받아낸 후 천천히 손을 봐주면 그만이다."

허맹이 부랴부랴 고개를 끄덕이고 물러나자 곁에 있던 진응이 조심스럽게 말했다.

"주공, 아군이 유표군의 분노를 사게 되면 원술이 이 틈을 타 저들에게 고개를 숙이고 구원을 요청할 것이 뻔합니다. 이런 상황에서 유표군과 싸우지 않자니 원술을 더 이상 압박하기 어렵고, 싸운다면 형주와 전화를 야기해 아군이 회남에서 자리를 잡는 데 불리해집니다."

하지만 도응은 자신 있게 대답했다.

"그건 걱정할 필요 없소. 원소가 아군의 뒤를 봐주는 상황에서 유표는 절대 아군과 반목하지 못할 것이오. 유표군이 서현으로 북상한다면 허유에게 그들을 맡기면 그만이오. 게다가 원술이 바보가 아닌 이상 유반과 황사의 공갈에 또다시 넘어갈 리가 없소."

도응의 설명에 진응이 아무 대꾸도 하지 못하고 물러나자 이번에는 노숙이 나서서 건의했다.

"주공, 아무래도 유표를 직접 만나서 자초지종을 설명하는 게 옳을 듯합니다. 현재 여강의 형세와 유반, 황사의 무리한 요구를 알린다면 유표는 분명 이를 이해하고 수하 장수들의 도발을 제지할 것입니다. 이로써 유표를 우군으로 만들 여지도 생기게 됩니다."

"자경의 말이 내 뜻과 꼭 부합하오."

도응은 크게 고개를 끄덕여 만족감을 표한 후 진응에게 분부했다.

"원방, 유표는 가문과 출신을 매우 중시하는 자라 이번에야 장사나 허맹을 보내기 어려우니 그대가 형주에 한 번 다녀와야겠소. 먼저 수춘에서 배를 타고 회하를 거슬러 올라가 평춘(平春)에서 내린 다음 곧장 서쪽 양양(襄陽)으로 달려간다면 최대한 시간을 절약할 수가 있소."

촌각을 다투는 일이었기에 진응은 도응의 명을 받자마자 밤을 달려 형주로 향했다.

*　　　*　　　*

유반, 황사의 사자인 진취(陳就)가 자신의 약점을 이용해 또다시 재물을 뜯어내려 하자, 원술은 더 이상 이에 속지 않고 코웃음을 치며 비아냥거렸다.

"흥, 또 전량을 내놓으라고? 좋소. 귀군이 서현으로 북상해 서주군을 격퇴한다면 전량을 얼마든지 내주리다."

진취는 황사의 부친 황조의 심복 애장이었다. 유표군 내에서도 지위가 높은 편에 속해 평소에 거리낌 없이 행동하는 데 익숙했다. 이에 원술 앞에서도 전혀 주눅 들지 않고 실실 웃으며 얘기했다.

"원 공의 말은 틀렸소이다. 양식이 없어 배불리 먹지 못하는데 아군 장사들이 무슨 힘이 있어서 적군을 무찌르겠습니까? 이번에 양초를 조금만 더 제공해 준다면 아군이 반드시 북상해 귀군과 함께 서주군의 침범을 막겠소이다. 군자는 절대 식언을 하지 않는 법이외다."

하지만 원술은 화가 단단히 나 책상을 치며 소리쳤다.

"5만 휘로도 부족하단 말이오? 그 정도면 그대의 군사 2만 명이 한 달은 너끈히 먹을 수 있는 양인데 배불리 먹지 못하다니? 형주군에는 돼지들만 모여 있는 것이오!"

이 말에 진취의 얼굴색이 급변했다.

"원 공, 아군이 불원천리 구원을 왔는데 말이 너무 심하군요. 이것이 손님을 대하는 도리란 말입니까? 만약 우리 주공께서 이처럼 맹우를 모욕한 일을 아시면 뒷일이 걱정되지……."

"그건 내 알 바 아니니 알아서 하시오."

원술은 화를 꾹꾹 눌러 참으면서 이를 갈며 대꾸했다.

"그대들이 서주군과 결탁해 서현을 공격하려면 얼마든지 와도 좋소. 천하 사람들이 그대들을 파렴치한 배신자라고 욕한다면 난 그걸로 만족하오. 도응 놈이 나보다 더 대범하다면 그대들의 뻔뻔스러운 요구를 들어줄지도 모르겠구려."

진취는 원술의 비아냥거림에 눈썹이 꿈틀하더니 진중하게 대답했다.

"원 공, 말이 너무 지나치시오. 우리 형주군은 인의의 군대인데 어찌 창을 거꾸로 잡는 후안무치한 일을 저지르겠소? 하지만 전에 원 공이 아군이 출병하면 모든 전량 지출을 지원하겠다고 약속해 놓고 이제 와서 딴소리를 하기 때문 아닙니까? 아군의 전량이 부족해 성격 급한 장사들 입에서는 여강의 식량을 약탈하자는 말까지 나오고 있소이다. 지금 유 장군과 황 장군이 겨우 이를 제지하고 있지만 시간이 길어지면 종양 근처의 환현(晥縣)을……."

진취의 적나라한 위협에 원술은 펄쩍펄쩍 뛰며 당장 사신의 목을 베라고 소리쳤다. 곁에서 이를 초연히 바라보던 염상은 문득 무슨 묘안이 떠올랐는지 곧바로 원술에게 화를 누그러뜨리라고 눈짓한 후 진취에게 공손히 말했다.

"진취 장군, 잠시만 진정하십시오. 우리 주공께서 요즘 신경이 날카로워지셔서 말이 앞선 모양입니다. 일단 역관으로 돌아가 쉬고 있으면 우리 주공과 상의한 후 만족할 만한 답을 드리겠습니다."

염상의 말에 진취는 고개를 끄덕인 후 거드름을 피우며 호위병을 따라 대당을 나갔다.

진취가 나가자마자 원술은 책상을 발로 걷어차며 염상을 보고 소리쳤다.

"무례한 도적놈을 죽여 분을 풀어도 시원찮을 판에 왜 내 명을 가로막은 것이냐?"

"주공, 잠시만 화를 가라앉히십시오. 함부로 설치는 소인 놈 하나 죽이는 데 주공의 칼을 더럽혀서야 되겠습니까? 방금 전 제게 묘안이 하나 떠올랐습니다. 이 계책이면 서주군과 형주군을 반목시키고 아군이 중간에서 어부지리를 취해 담판에서 유리한 고지를 선점할 수 있습니다."

이 말에 원술은 갑자기 화색을 띠며 다그치듯 물었다.

"오, 무슨 계책인지 얼른 말해 보게나."

"이 계책은 별도로 진행해야 합니다. 먼저 서주군이 사방을 포위한 탓에 양초를 나를 수 없다는 핑계를 대고 형주군에게 환현을 약탈하든 알아서 양초를 보급하라고 하십시오. 여기에 환현은 매우 부유하여 민간에 비축한 식량만으로도 형주군이 족히 두 달은 넘게 먹을 수 있다고 귀띔하십시오. 탐심으로 가득한 유반과 황사는 분명 쾌재를 부르며 이에 응할 것입니다."

원술은 환현을 버리기 아까워 잠시 머뭇거렸지만 이 난국을 타개할 수만 있다면 어떤 희생도 감수해야 했기에 다시 염상을 다그쳤다.

"그럼 다음은 어떻게 해야 하는가?"

"간단합니다. 환현은 비교적 외진 곳에 위치해 있지만 전량이 매우 풍족하여 서주군이든 형주군이든 이를 경시하기 어렵습니다. 또 유훈의 심복인 환현 수장 이술(李術)은 충성심이 강한 데다 근처에 대별산(大別山)이 있어서 지세가 험요하고, 성안의 수비군도 4천가량 있어서 어느 정도 버티는 데는 무리가 없습니다."

여기까지 얘기한 염상은 잠시 숨을 고른 후 말을 이었다.

"주공께서는 이술에게 밀서를 보내 환현을 절대 형주군에게 넘겨주지 말라고 명하십시오. 또한 형주군이 너무 잔혹해 백성들이 유표군이 아니라 서주군에게 항복하길 원하니 제발 구원병을 보내 도탄에 빠진 환현 군민을 구해 달라고 간청하는 편지를 도응에게 보내라고 하십시오. 그러면 도응은 필시 환현에 구원병을 보낼 것입니다. 이리하여 양군이 환현을 두고 다툼을 벌인다면 아군은 그저 사태를 관망하며 그 안에서 어부지리를 취하기만 하면 됩니다."

"절묘하구나!"

원술은 손뼉을 치며 크게 기뻐했다. 하지만 그것도 잠시, 원술은 이맛살을 찌푸리며 말했다.

"한데 교활하고 간사하기로 이름난 도응이 이 계책을 간파한다면 우리는 닭 쫓던 개 지붕 쳐다보는 격이 되는 것 아닌가?"

"그건 아무 염려 마십시오. 설사 도응이 이 계책을 알아챈다 해도 반드시 계책에 떨어지게 돼 있습니다. 환현에 형주군이 잔학하다는 소문이 퍼지면 성안의 백성들은 공포에 벌벌 떨게 됩니다. 이때 이술이 현지 문벌 사족과 지방 관료를 종용하여 도응에게 환현을 구해달라고 청원하도록 하면 군자인 체하는 도응은 설사 환현이 거대한 함정인 줄 안다 해도 뛰어들 수밖에 없습니다."

원술은 몇 차례 얼굴 근육을 실룩거리더니 마음을 정한 듯 이를 앙다물고 말했다.

"좋다. 그리하도록 하자! 서주군이든 형주군이든 환현을 공격한다면 아군으로서는 저들을 구할 여력이 없다. 이런 상황에서 환현을 미끼로 양군의 반목을 이끌어내는 것도 좋은 방법이다. 게다가 이 계책이 성공한다면 이술이 서주군에 잠입해 내응이 될 수 있으니 일거양득이다!"

이는 자기 백성의 희생을 미끼로 한 잔혹한 이호경식지계였다. 하지만 자포자기 상태에 빠진 원술로서는 이를 실행에 옮기지 않을 수 없었다.

원술은 먼저 형주군 사자 진취를 불러 서주군이 서현 사방을 포위한 관계로 양초를 옮길 수 없으니, 환현의 양초를 형주군에게 제공하겠다고 약속했다. 또한 동맹의 성의 표시로 그 자리에서 환현 수장 이술에게 성을 버리고 주력군과 합류하라는 편지를 쓰라고 명했다.

원술의 친필 명령을 본 데다 염상으로부터 환현이 매우 부유하고 번화하여 전량이 풍족하다는 얘기를 들은 진취는 속으로 기쁨을 감추지 못했다. 하지만 진취는 냉정을 유지한 채 형주군은 환현을 접수한 후에야 서현으로 출병해 서주군과 대적하겠다고 말했다.

원술이 짐짓 눈살을 찌푸리며 이에 응낙하자, 진취는 유반과 황사를 대신해 맹약에 서명하고 기쁜 마음으로 작별 인사를 고했다.

진취가 종양으로 돌아와 모든 사실을 전하자 탐욕이 한이 없는 유반과 황사는 뛸 듯이 기뻐하며 즉각 5천 군사를 이끌고 환현으로 출격했다.

하지만 이미 원술의 밀명을 받은 이술은 환현에 형주군의 악행을 퍼뜨려 백성들의 공포심을 유발했다. 이어 그는 사람들 앞에서 자신은 환현의 군민과 존망을 같이하며 절대 형주군에게 환현을 넘겨주지 않겠다고 표명했다.

이튿날 이술은 환현의 문벌 대족 대표들을 긴급 소집해 원술이 환현을 형주군에게 넘겨주라는 명을 내렸다고 알렸다. 그러나 자신은 결코 이 명령을 따르지 않을 것이며 형주군과 끝까지 대적하겠다고 밝혔다. 또한 서주군에게 환현의 호적부와 관인(官印)을 바치며 구원병을 요청할 수 있도록 문벌 사족과 자신이 연명으로 서주 도 사군에게 편지를 보내자고 부탁했다.

이밖에 이술은 자신의 절박한 뜻을 도응에게 전하기 위해 그 자리에서 손목을 그어 피로써 편지를 썼다.

환현의 문벌 사족들은 형주군의 잔학함을 이미 들은 데다 이술이 팔목을 그어 편지를 쓰는 것을 보고 감격해 마지않았다.

이에 이들도 잇달아 손가락을 깨물어 이술의 혈서에 자신의 이름을 적고 도응에게 위난에 빠진 환현을 구해달라고 간청했다. 이리하여 모든 준비가 갖춰지자 이술은 즉각 사람을 시켜 혈서와 환현의 호적부를 가지고 도응에게 달려가 구원을 청하라고 명했다.

환현에서 서현까지의 거리는 170리이고, 종양까지는 70리 남짓인 관계로 이술이 보낸 사자가 서현으로 달려가는 와중에 형주군이 환현으로 들이닥쳤다.

황사는 군사를 이끌고 환현성 아래로 가 원술의 친필 명령을 보여주며 즉시 환현을 자신에게 넘기라고 요구했다.

*　　　　*　　　　*

"주공, 이는 원술의 이호경식지계가 분명합니다. 환현을 미끼로 아군을 꾀어 형주군과 개전하도록 유도해 어부지리를 취하려는 계책입니다."

유엽은 도응의 안색을 살피며 계속 말을 이었다.

"제가 이술을 몇 번 만난 적이 있어서 그의 됨됨이를 잘 알고 있는 데다 현재의 형세로 봤을 때 이 안에는 협사가 끼어 있을 가능성이 다분합니다. 또한 이술의 항복 요청은 차치하고라도 형주군이 이미 환현성 아래까지 쳐들어간 상황에서 아군이 출격한다면 필시 형주군과 충돌이 일어나 유표와의 관계가 악화될 소지가 큽니다. 이는 결국 회남에 온전히 자리 잡겠다는 대계에 영향을 미쳐 득보다 실이 많습니다."

도응은 유엽의 끊임없는 권유에도 불구하고 아무 말 없이 그저 이술의 혈서만 뚫어져라 바라볼 뿐이었다. 거기에는 이술의 선혈만이 아니라 환현 문벌 사족 23명의 피까지 함께 있어서 도응은 쉽사리 결정을 내리지 못했다.

노숙과 가후는 비록 유엽의 견해에 찬성했지만 도응의 의중 또한 잘 알고 있었기에 입을 꾹 다물고 있었다.

침묵이 길어지는 가운데, 도응이 마침내 쉰 목소리로 말을 꺼냈다.

"이술의 항복 요청을 받아들여 환현을 접수하기로 합시다!"

유엽이 깜짝 놀라는 표정을 짓자 도응은 그를 제지하며 차분한 목소리로 말했다.

"자양의 뜻은 내 잘 알고 있소. 내 어찌 이것이 원술의 계략임을 모르겠소? 하지만 여기에는 이술 외에 환현 사족 23명의 이름까지 적혀 있소. 내가 만약 이 항복 문서를 본체만체한다면 이는 단지 이 23명의 마음에 상처를 입히는 것뿐만 아니라 여강 모든 사족의 마음에 비수를 꽂는 것이 되오."

도응의 마음이 이미 굳은 것을 본 유엽은 더 이상 권유하지 않고 순순히 물러났다. 이에 가후가 도응에게 말했다.

"주공, 사태가 확산되는 것을 막기 위해 선례후병(先禮後兵)을 쓰는 것도 좋은 방법입니다. 먼저 형주군에게 사자를 보내 환현 쪽에서 아군에게 항복을 청해왔음을 알리고 환현을 건드리지 말라고 권유하십시오. 만약 저들이 순순히 이에 응하면 전량으로 보상하면 그만이고, 이를 수락하지 않는다 해도 아군에게는 출사의 명분이 생깁니다."

도응은 고개를 끄덕이며 가후의 의견에 찬동을 표했다.

"그럼 허맹을 다시 형주군에게 보내도록 합시다. 저들이 아군과 환현을 두고 다투지 않는다면 성안 전량의 절반을 감사의 뜻으로 보내겠다고 하시오."

노숙이 즉각 사람을 시켜 허맹에게 명을 전하라고 이른 후 도응이 계속 말을 이었다.

"그리고 이번에는 내 친히 군사를 이끌고 환현으로 가야겠소. 형주군과의 관계가 얽혀 있기 때문에 아무래도 다른 장수를 보내기는 꺼림칙하오. 대군은 잠시 자경이 맡아 통솔하고, 문화 선생이 돕도록 하시오. 중군에는 대장기를 계속 꽂아두어 내가 여전히 군중에 있는 것처럼 꾸미도록 하시오. 내 이번에는 도기의 이름으로 출정하도록 하리다."

그 자리에서 도응은 도기의 군자군 및 허저, 조성이 거느린 1만 보병과 함께 출정하기로 결정했다. 환현까지의 거리는 170여 리 정도여서 기동력이 당대 최고인 군자군에게는 고작 하루도 안 되는 여정에 불과했다.

이튿날 아침, 도응은 군자군과 1만 보병을 이끌고 출격했다.

서현성의 회남군은 서주군이 남쪽으로 출격하는 것을 목격했지만 아무런 반응도 보이지 않은 채 환현에서 소식이 올 때까지 인내심을 가지고 기다릴 뿐이었다.

* * *

서주군은 이틀이 지나 서현에서 110여 리 떨어진 거소(居巢)

에 이르렀다. 도응은 하루라도 빨리 형주군과 교섭을 벌일 요량으로 허저, 조성에게 후군을 맡긴 채, 군자군만 이끌고 60리 밖의 환현 전장으로 먼저 달려갔다.

그런데 군자군이 채 20리도 가지 않았을 때, 앞서 형주군 진영에 사신으로 파견한 허맹이 도응을 보고 울상을 지으며 달려와 보고했다.

"주공, 소인이 황사를 만나 우리의 의향을 전달했는데, 황사가 글쎄 편지를 찢어발기고 환현은 원술이 자신에게 허락한 성지라며 버럭 화를 내는 것 아니겠습니까? 또 환현을 점령한 후 혈서를 쓴 자를 모두 색출해 죽인 다음 군사를 휘몰아 서현으로 북상해 아군과 결사전을 벌이겠다고 말했습니다."

도응은 이 보고를 받고 웃음을 지으며 말했다.

"어린놈이 가문을 등에 업고 군대를 통솔하더니 과연 제멋대로구나. 그래, 환현의 상황은 어떠하오? 황사가 공성에 들어갔소?"

"벌써 공격에 들어갔습니다. 하지만 환현은 성지가 매우 견고하고 지세가 비교적 험요해 손실을 크게 입었습니다. 이에 종양에 이미 원군을 청한 모양입니다."

이 말에 잠시 생각에 잠겼던 도응이 허맹에게 다시 물었다.

"현재 황사 수중의 병력은 어느 정도요?"

"많지는 않습니다. 기껏해야 5천 남짓입니다."

순간 도응의 얼굴에 화색이 돌았다. 도응은 먼저 허맹에게 허저, 조성이 거느린 대오와 합류하라고 명한 후 도기를 바라보며 웃으며 말했다.

"황사 놈 수중에 병력이 많지 않은 데다 대영을 지키고 환현의 원술군을 방비하려면 출동할 수 있는 병력이 더 적을 것이다. 이 기회에 우리가 이 어린놈을 혼내주는 건 어떻겠느냐?"

"좋고말고요!"

몸이 근질근질했던 도기는 쌍수를 들고 환영했다. 하지만 갑자기 궁금증이 생겨 도응에게 물었다.

"형님은 줄곧 형주군과 충돌을 피해야 한다고 말해놓고 왜 지금은 싸우기로 결정한 겁니까?"

"나도 형주군과 충돌을 피하고픈 마음이 간절하다. 하지만 황사 어린놈이 얼마나 오만한지 너도 보지 않았느냐? 그래서 일단 그의 기를 꺾어놓은 다음 천천히 수습책을 생각해 봐야겠구나."

황사는 서주군 사자를 쫓아낸 지 두 시진 만에 척후병으로부터 동쪽 벌판에 갑자기 서주군 기병 1천여 명이 출현했다는 보고를 받았다. 이에 황사는 크게 기뻐하며 당장 휘하 제장들을 소집해 자신이 직접 3천 군사를 거느리고 가 적을 맞이하겠다고 말했다.

황사가 이런 결정을 내리자마자 진취가 앞으로 나와 반대했다.

"적군의 선봉대 뒤에는 필시 대군이 접응하고 있을 것입니다. 적의 동정이 불명한 상황에서 함부로 출전했다간 위험을 자초하게 됩니다. 게다가 불가피한 상황이 아니라면 절대 서주군과 대치하지 말라는 주공의 엄명이 있었습니다. 그러니 유반 장군의 원군이 도착한 뒤에 대책을 논의해도 늦지 않습니다."

하지만 황사는 얼굴에 노기를 띠고 소리쳤다.

"이술 놈이 이미 서주군에게 항복을 청한 상황에서 서주군이 성안으로 들어가는 걸 빤히 눈뜬 채 지켜본다면 원술이 약속한 환현의 전량을 고스란히 바치는 꼴이 되지 않소? 내 결심은 확고부동하니 출전 여부는 장군이 알아서 결정하시오!"

황조의 명을 받아 소장군의 안전을 책임진 진취는 하는 수 없이 황사를 따라 서주군을 맞이하러 출전했다.

황사가 군사를 이끌고 5, 6리쯤 달려갔을 때, 동쪽 개활지에서 지축을 흔드는 말발굽 소리가 울리며 5열 횡대를 이룬 서주 기병이 나는 듯이 달려오고 있었다.

이 광경을 유심히 지켜보던 황사의 입가에는 절로 미소가

지어졌다.

저들이 대체 전술을 아는 자들이란 말인가? 기병과 기병 사이의 간격이 매우 넓고, 열을 이룬 기병 간에도 사이가 벌어져 집단 돌격은 물론 상호 엄호에도 크게 불리했다. 척 봐도 전장에 처음 나온 신참 장수의 부대가 분명해 보였다.

황사의 얼굴에 서주군을 비웃는 듯한 표정이 가득하자 진취가 낮은 목소리로 그를 일깨웠다.

"소장군, 적이 약해 보인다고 절대 얕잡아 봐서는 안 됩니다. 경적은 필패이니 신중을 기하십시오."

그사이 서주군은 황사의 전방 2백 보 밖까지 달려와 말을 멈춰 섰다. 마음이 급했던 황사는 진취의 충고를 무시한 채 곧장 앞으로 달려 나가 큰소리로 외쳤다.

"형주의 황사가 여기 있다. 적장은 나와서 이름을 밝혀라!"

그러자 서주군 진영에서 젊은 장수 하나가 앞으로 나와 황사에게 공수하고 만면에 웃음을 띠며 대꾸했다.

"황사 장군의 대명은 오래전부터 들었소이다. 나 도기는 서주자사 도 사군의 아우로 형님의 명을 받들어 장군과 환현 문제를 논의하러 왔습니다. 다른 뜻은 없으니 오해는 말아 주십시오."

이 말에 황사는 흥 하고 콧방귀를 뀐 후 소리쳤다.

"논의는 필요 없다! 환현은 우리 형주 웅병이 회남을 구원한 대가로 원술이 이미 선물로 바친 성이다. 낭중지물과 다름 없는 성을 두고 무슨 흥정을 벌이겠단 말이냐! 돌아가 네 형에게 전해라. 회남에서 당장 철수하지 않으면 아군 손속의 무정함을 뼈저리게 느끼게 될 것이라고 말이다!"

하지만 젊은 서주 장수는 전혀 흥분하지 않은 채 차분한 목소리로 대답했다.

"그대들이 환현을 차지하려는 목적을 아군도 잘 알고 있소이다. 바로 환현의 전량 때문 아니오? 환현이 자발적으로 아군에게 항복을 청했으니, 장군이 환현을 우리에게 넘겨준다면 그 보답으로 성안의 전량 절반을 떼어주겠소. 물론 장군이 좀 더 원한다면 그 이상도……."

"헛소리 집어치워라!"

황사는 화를 버럭 내며 서주 장수의 말을 끊더니 창을 비껴 들고 크게 소리쳤다.

"환현을 원하느냐? 좋다. 네놈이 내 창을 받아낸다면 까짓것 논의해 보자꾸나!"

"그건……."

서주 장수는 잠시 우물쭈물하더니 불쌍한 표정을 짓고 말했다.

"닭 잡을 힘조차 없는 문약한 서생이 어찌 장군의 적수가 되겠소이까? 하여 대신 일원 장수를 출전시키리다. 만약 장군이 내 부장을 꺾는다면 순순히 군대를 물려 서현으로 돌아가겠소."

황사는 갑자기 광소를 터뜨리며 대답했다.

"하하, 좋다. 누구든지 보내라!"

이에 서주 장수가 감사를 표하고 본진으로 돌아가자 곧이어 장수 하나가 나는 듯이 출진했다.

황사도 말을 몰아 출전하려는데 곁에 있던 진취가 걱정이 돼 그를 가로막고 말했다.

"소장군, 닭 잡는 데 어찌 소 잡는 칼을 쓰려 하십니까? 다른 장수를 출전시키고 소장군은 귀한 몸을 보중하십시오."

"내 무예를 그대도 잘 알고 있지 않소? 서주 적병 따위가 무에 두렵다고 그러시오. 내가 적진을 휘저으면 그대는 그 틈을 타 군사를 몰아 접응하시오."

황사는 귀찮다는 듯 진취를 뿌리친 뒤 전마를 몰아 나는 듯이 앞으로 달려 나갔다. 이어 그는 손에 든 창을 휘두르며 고함을 질렀다.

"적장은 당장 머리를 내놓아라!"

"무명 잡배 놈이 입만 살았구나!"

그 서주 장수도 칼을 휘두르고 달려 나오며 큰소리로 외쳤다. 그런데 둘 사이에 무기가 채 맞부딪히기도 전에 서주 장수가 갑자기 꽁무니를 빼며 후방으로 달아나기 시작했다.

"쥐새끼 같은 놈이 어딜 달아나느냐!"

황사는 크게 노해 빠른 속도로 서주 장수의 뒤를 쫓았다. 그런데 이때 3열에 있던 서주 기병 3백여 명이 앞 두 열의 듬성듬성한 틈을 뚫고 일제히 앞으로 달려 나왔다. 이를 본 황사는 대경실색해 급히 말고삐를 당겨 뒤로 방향을 돌렸다. 후위에 있던 진취 등 형주 장수들도 혼비백산이 돼 재빨리 말을 몰아 황사를 구하러 달려갔다.

하지만 이미 때는 늦었다. 3백여 기병은 눈 깜짝할 사이에 황사를 따라잡았다. 그중 황사의 뒤를 바짝 쫓던 기병 십여 명이 손에 든 그물을 황사에게 던졌다. 가련한 황사는 몸을 피할 겨를도 없이 그물에 걸리고 말았다.

황사는 몸의 중심을 잃고 그대로 말에서 떨어졌고, 서주군은 벌 떼처럼 달려들어 몸부림치는 황사를 꽁꽁 포박했다.

"소장군—!"

멀리서 이 광경을 지켜보던 진취는 눈에 핏발이 서며 미친 듯이 울부짖었다.

그는 장수들을 이끌고 황사를 구하러 곧장 앞으로 내달렸지만 서주 기병이 어지럽게 쏘아대는 화살에 더는 전진하기가 어려웠다. 그는 비명을 지르며 적군에게 끌려가는 황사를 눈만 멀뚱멀뚱 뜬 채 바라볼 뿐이었다.

적장을 사로잡는 데 성공한 도응 형제는 서로의 얼굴을 바라보며 만면에 웃음을 띠었다. 곧이어 도기가 흥분된 목소리로 물었다.

"형님, 이제 어떻게 할까요?"

"잠시 퇴각해 적군을 유인했다가 본때를 보여주도록 하자. 황사가 우리 수중에 있으니 유반 놈도 얌전히 고개를 숙일 수밖에 없을 것이다."

한편 진취는 이대로 황사를 포기할 수 없어 연신 창을 휘두르며 군사들에게 서주군을 추격하라고 재촉했다. 그런데 마침 서주 기병도 화살 쏘는 것을 멈추고 잇달아 말 머리를 돌려 달아나는 것이 아닌가.

형주군은 적이 이미 전의를 상실했다고 여겨 조금의 주저도 없이 뒤를 쫓으며 큰소리로 외쳤다.

"돌격하라! 소장군을 구하러 가자!"

물론 형주군 내에서 이것이 적의 계략임을 아는 자가 적어도 한 명은 있었다. 그는 바로 형주군 도백으로 있는 위연이었다.

그는 기동력과 사기 면에서 우위에 있는 서주 기병이 자신들을 공격하기는커녕 시종 백 걸음 내외의 거리를 유지하며 달아나는 것을 보고 불길한 예감이 들기 시작했다.

"그래, 이건 적이 일부러 우릴 유인하려는 계략이 분명해!"

위연은 얼굴색이 돌변하더니 빠른 걸음으로 선두에 서서 적군을 쫓고 있는 진취에게 달려가며 큰소리로 외쳤다.

"진 장군, 서주 적군이 우릴 가지고 놀고 있습니다. 앞쪽에 분명 매복이 있습니다. 더는 쫓지 마십시오!"

"입 닥쳐라!"

진취는 눈이 시뻘개져 채찍을 들고 위연을 꾸짖었다.

"매복이 있어도 쫓아야 한다. 소장군을 구하지 못하면 내 절대 돌아가지 않을 것이다!"

위연은 답답한 마음에 발을 동동 굴렀지만 말단 군관에게 무슨 힘이 있겠는가. 그는 그저 명에 따라 적군을 필사적으로 추격하는 수밖에 없었다. 서주 기병은 여전히 형주군과 일정한 거리를 유지한 채, 때로는 적에게 따라잡을 수 있다는 희망을 주기도 하며 계속 적의 추격을 유도했다.

다행히 이 일대의 지형은 상당히 드넓어 매복이 가능한 곳은 거의 보이지 않았다. 이에 위연이 안도의 한숨을 내쉬고 있을 때, 십여 리를 달아났던 서주 기병이 갑자기 형주군을 향해 말 머리를 돌렸다.

무작정 적을 쫓느라 체력이 고갈된 데다 대오마저 크게 흐트러진 형주군은 적의 반격에 적잖이 당황했다. 서주 기병은 이 틈을 타 형주군에게 달려들며 큰소리로 고함을 질렀다.

"네놈들과 놀아주는 건 여기까지다! 자, 이제 각오해라. 군자군은 전원 돌격하라!"

와 하는 함성 소리와 함께 군자군은 형주군을 향해 일제히 화살을 발사했다.

이런 괴이한 기병 전술을 생전 처음 본 형주군은 미처 피할 새도 없이 화살에 맞아 잇달아 비명을 지르며 바닥에 쓰러졌다.

이를 바라보던 진취 등 형주 장수들은 입을 다물지 못했고, 뼛속 깊이 자만심으로 가득한 위연 역시 얼이 빠진 표정으로 믿기 어렵다는 듯 중얼거렸다.

"질주하는 전마 위에서 화살을 쏘는 것이 어떻게 가능하단 말인가? 이런 고난이도의 기술을 우습게 시전하는 저들은 대체 어떤 놈들이란 말이냐!"

서주 기병은 형주군을 몰살하려는 기세로 빗발치듯 화살비를 뿌려댔다. 순식간에 형주군 수백 명이 화살에 맞아 죽거나 부상을 입었다.

상황이 점점 험악하게 돌아가자 당황해 어찌할 바를 모르던 진취는 자신의 임무도 잊고 큰소리로 외쳤다.

"징을 쳐라! 빨리 징을 쳐라! 추격을 멈추고 모두 달아나라!"

이제는 전세가 역전돼 쫓는 자와 쫓기는 자가 뒤바뀌고 말았다. 기동력이 월등한 군자군은 반원형으로 형주군을 포위하고 일정하게 거리를 유지한 채 화살을 퍼붓기 시작했다. 천 년을 앞선 군자군의 기병 전술에 형주군은 대응할 방법을 몰라 그저 서쪽을 향해 죽어라 달아날 뿐이었다.

이미 혼란에 빠진 대오는 더욱 혼란이 가중돼 화살에 맞아 쓰러지는 자는 물론 동료의 발에 짓밟혀 죽는 자도 그 수를 헤아리기 어려웠다.

요리조리 화살을 피해 달아나던 위연은 문득 깨닫는 바가 있었다.

'적군은 내가 예상한 것처럼 매복으로 우리를 공격하려는 의도가 아니었어. 최대한 우리를 대영에서 멀어지게 한 다음 무지막지한 기동력으로 우리를 몰살하려는 계획을 세운 거야. 하, 이런 작전을 구사한 적장이 누군지 궁금하구나.'

군자군의 계속된 압박 공격에 진취가 거느린 형주군의 수는 채 5리도 가지 않아 절반 넘게 줄어들고 말았다. 남은 이들 역시 군자군의 화살을 피하지 못했고, 아예 대오를 이탈해 사방으로 흩어져 수풀 속으로 몸을 숨기는 자가 속출했다.

적의 대영이 가까워짐에 따라 원래 중기병에게 돌격을 명하려던 도응은 이 광경을 보고 생각을 바꿨다. 그는 곁에 있던 도기와 이명에게 즉각 명을 내렸다.

"경기병은 좌우에서 적을 포위하고 나머지는 적군을 섬멸하라!"

도기와 이명이 명을 받고 삼각 영기를 휘둘러 신호를 보내자 군자군 경기병 3개 부대는 즉시 좌우로 돌아가 형주군을 에워쌌다. 이에 진영을 빠져 나가려고 안간힘을 쓰던 형주군 사병들은 좌우의 군자군에 막혀 포위를 뚫지 못했다.

이런 급박한 순간에 위연이 진취 곁으로 달려가 북쪽 멀지 않은 곳에 자리한 작은 석산을 가리키며 크게 소리쳤다.

"장군, 일단 포위를 뚫고 산으로 올라가야 합니다. 이렇게 쫓기다간 몰살당하는 건 시간문제입니다!"

"그래, 내가 왜 그 생각을 못 했지?"

진취는 위연의 말을 옳다 여기고 즉시 잔여 부대에게 북쪽을 돌파하라고 명했다.

북면을 지키던 우상의 군자군은 연신 화살을 날려대며 방어했지만 끊임없이 밀려드는 형주군을 막아내기 어려웠다. 군자군은 근접전에서 약점을 보이는 터라 어쩔 수 없이 형주군에게 길을 터줄 수밖에 없었다. 형주군이 모두 빠져나간 뒤 군자군이 뒤를 추격하며 수십 명을 쓰러뜨렸지만 잔여 형주군은 이미 석산 위로 올라간 뒤였다. 이에 군자군은 석산을 겹겹이 포위하고 도응의 명을 기다렸다.

도응이 석산 아래에 이르자 우상은 무릎을 꿇고 도응에게 적을 놓친 죄를 청했다. 도응은 괜찮다고 그를 위무한 후 돌아가 자신의 명령을 기다리라고 말했다. 이어 도응이 곁에 있는 도기에게 물었다.

"허저와 조성이 거느린 보병은 어디쯤 당도했느냐? 얼마나 있어야 이곳에 이른다더냐?"

도기는 앞서 전령으로부터 받은 보고를 따져 본 뒤 대답했다.

"한 10여 리쯤 남은 걸로 보입니다. 한 시진 전후면 도착할 수 있습니다. 아니면 사람을 보내 정예병이라도 먼저 보내라고 재촉할까요?"

도응은 고개를 끄덕여 응낙한 후 말했다.

"적의 대영에 일부 병력이 남아 있어서 산 위의 적과 호응할 수도 있다. 시간을 지체하다가 유반의 원군이 당도하기라도 하면 골치 아파지니 최대한 속전속결로 마무리 지어야 한다."

도기가 명을 받고 막 전령을 보내려고 할 때, 옆에서 이 대화를 듣고 있던 황사가 갑자기 목이 터져라 소리를 질러댔다.

"도 장군, 도 장군! 내 장군께 투항하겠소! 날 죽이지 않는다면 산 위의 패잔병에게 항복을 권유하리다. 저들은 내 부친의 강하(江夏) 군사들이 아니라 내가 남양(南陽)에 있을 때 조련한 군사들이어서 내 명령이라면 무조건 복종하오. 날 살려준다면 책임지고 저들의 항복을 받아내겠소."

"내 잠깐 그대를 잊고 있었구려. 좋소. 지금 그대에게 공을 세워 속죄할 기회를 주리다."

도응은 웃음을 짓고 곁에 있는 이명에게 턱짓을 보냈다. 이명은 즉각 사병 10여 명과 함께 황사를 데리고 산 아래로 달려갔다.

황사는 이명 등이 재촉할 필요도 없이 알아서 산 위를 향해 자신의 부장 진취를 큰소리로 불렀다. 진취는 황사의 목소리를 듣자마자 무리를 뚫고 앞으로 달려 나가 애타는 심정으로 소장군을 바라보았다.

황사는 진취가 나온 것을 보고 크게 소리쳤다.

"진 장군, 내 전군 부장의 자격으로 명하겠소. 당장 무기를 버리고 산에서 내려와 서주군에게 투항하시오! 이는 명령이오. 명을 거역한다면 군법으로 다스리겠소!"

진취는 잠시 어이없는 표정을 짓더니 황사에게 대꾸했다.

"소장군, 죄송하지만 그 명은 따를 수 없습니다. 말장은 형주의 장령으로 주공을 위해 적과 싸우는 것이 말장의 본분입니다. 무기를 버리고 투항하는 치욕을 말장에게 강요하지 말아 주십시오!"

마음이 다급해진 황사는 진취를 보고 고래고래 소리를 질렀다.

"진 장군, 옛일을 절대 잊지 마시오. 그대가 주공께 발탁된 건 순전히 내 부친 덕 아니었소? 그런데 지금 날 버리겠다는 말이오! 그대가 투항하기만 하면 도기 장군이 날 죽이지 않고 예로써 대하겠다고 약속했소!"

"소장군, 말장은 절대 투항할 수 없습니다. 더 이상 말장을 난처하게 만들지 마십시오."

황사는 다급함이 이제 분노로 변해 노호했다.

"진취, 네놈이 내 명을 거역하려는 것이냐! 당장 투항하지 않는다면 오늘 일을 부친께 고해 네놈을 절단 내고 말겠다!"

"아, 황 장군은 어찌 저런 아들을 낳았단 말입니까!"

진취는 하늘을 우러러 탄식을 연발했고, 군자군 장사들 역시 비굴한 황사의 모습에 씁쓸한 웃음을 금할 길이 없었다.

바로 이때였다.

형주군 장수 하나가 산 위에서 나는 듯이 황사를 향해 달려 내려왔다.

그 뒤로는 형주군 병사 30여 명이 따르고 있었는데, 보아하니 군자군의 방비가 느슨해진 틈을 타 황사를 구하려는 모양새였다. 갑작스러운 사태에 군자군이 놀라 저들을 막으려 하는데, 황사가 돌연 비명을 질러댔다.

"위연 놈아, 네놈이 공적인 일을 구실로 사적인 원한을 갚으려는 것이냐! 진취는 빨리 위연을 제지하라!"

고래고래 고함을 치던 황사는 군자군 장사들이 말릴 새도 없이 몸을 돌려 재빨리 뒤로 달아나기 시작했다. 군자군이 이 틈을 타 앞으로 뛰어나와 산을 내려오려는 형주군을 향해 일제히 화살을 발사했다. 이를 본 위연은 분통이 터져 큰소리로 외쳤다.

"소장군, 지금 제정신이오? 내 장군을 구하러 왔단 말이오!"

하지만 황사는 몸을 돌려 위연에게 욕을 퍼부었다.

"흥, 나를 구하러 왔다고? 일전에 네놈을 둔장(屯將)으로 승진시키지 않은 일 때문에 내게 원한을 품은 사실을 모를 줄 아느냐! 지금 내가 포로로 잡힌 것을 보고 날 죽일 심산 아니었더냐!"

위연의 대추 빛깔 얼굴은 금세 흙색으로 바뀌었다. 그가 손에 든 대도로 바위를 내려치자 바위는 굉음을 내며 두 동강이가 났다. 위연은 분노한 목소리로 포효를 내질렀다.

"맞소. 난 공적인 일로 사적인 원한이나 갚는 놈이오. 그대는 계속 포로로 잡혀 황 장군의 얼굴과 가문에 먹칠이나 하고 있으시오!"

그러더니 위연은 다시 산 위로 올라갔고, 위연 휘하의 병사들 역시 얼굴에 노기를 가득 띤 채 위연의 뒤를 따랐다.

이때 형주군이 도기로 알고 있는 도응이 황사에게 달려가 호기심 어린 목소리로 물었다.

"방금 전 그 위연이란 자의 자가 혹시 문장 아니오? 형주 의양(義陽) 사람이고요?"

"맞습니다."

황사는 무의식적으로 고개를 끄덕여 대답했다. 그런데 잠시 후 이상한 생각이 들어 물었다.

"장군이 어떻게 위연 놈을 아십니까?"

도응은 아무 대답도 하지 않고 잠시 생각에 잠기더니 산 위를 향해 크게 소리쳤다.

"진취 장군, 우리 거래를 한 번 해보는 건 어떻겠소? 그대가 위연을 내게 넘겨준다면 당장 황 장군을 돌려보내고 포위를 풀겠소이다!"

이 말에 황사와 진취는 반신반의하면서도 기쁨의 빛을 감추지 못했다. 하지만 정작 당사자인 위연은 갑자기 이게 무슨 날벼락인지 몰라 어안이 벙벙한 표정을 지었다.

도응은 이런 위연을 보고 허심탄회하게 얘기했다.

"위연 장군, 방금 전 아군의 긴장이 잠시 풀어진 틈을 노려 기습을 가한 건 세상에 보기 드문 책략이오, 바위를 단칼에 두 동강이 낸 무예는 천하에 손을 꼽을 만하오. 이런 인재가 형주 군영에서 고작 도백으로 있는 건 큰 재목이 작게 쓰이는 것과 다를 바 없소. 하여 장군만 원한다면 내 황사를 풀어주고 그대를 맞이하여 크게 중용하리다!"

형주군 내에서 한직에 머물며 울분이 가슴에 쌓였던 위연은 서주 장수의 칭찬에 기분이 으쓱하고 마음이 동하기 시작했다.

다만 체면상 자신의 입으로 이에 선뜻 대답하지 못했다. 외려 황사가 기쁜 빛을 감추지 못하고 크게 소리쳤다.

"위연, 들었느냐? 이 도기 장군은 서주 도 사군의 사촌동생이시다. 이토록 너를 마음에 들어 하시는데 뭘 꾸물거리고 있느냐! 당장 산에서 내려와 투항하라!"

그러자 이번에는 그 서주 장수가 위연을 향해 큰소리로 외쳤다.

"아니오. 위연 장군, 나는 도기가 아니라 바로 도응이오. 현재 서주자사를 맡고 있소!"

"네? 그대가 도 사군이라고요?"

위연의 입에서는 저도 모르게 괴성이 터져 나왔고, 황사와 진취 등도 악연히 놀라 눈이 휘둥그레졌다.

도응은 놀란 사람들을 뒤로 하고 말을 이었다.

"맞소이다. 그러니 얼른 이리로 오시지요. 형주군 내에는 백락이 없어서 천리마를 알아보지 못하잖소?"

이 말에 더욱 마음이 흔들린 위연은 슬쩍 고개를 돌려 진취의 안색을 살폈다. 진취는 한참 동안 주저하던 표정을 짓다가 큰소리로 물었다.

"도 사군, 지금 한 말을 믿어도 좋소? 위연을 보내면 정말 소장군을 돌려보낼 것이오?"

도응이 크게 고개를 끄덕여 보이자 진취는 위연을 돌아보고 말했다.

"문장, 자네에게 고백할 얘기가 하나 있네. 남양에 있을 때, 내 이미 자네 재주를 알아보고 등룡(鄧龍) 장군에게 자네를 곡장에 발탁하라고 건의한 적이 있었네. 그런데 애석하게도 자네의 출신과 성격 때문에 받아들여지지 않았네. 형주 군대는 자네에게 어울리지 않으니 서주로 가게나. 도 사군은 인재를 아끼기로 소문이 자자하다네. 출신 성분을 따지지 않고 오로지 재능만 중시하여 자네라면 큰 뜻을 펼칠 수 있을 걸세."

마침내 위연은 진취에게 예를 갖춰 공수한 후 저벅저벅 산을 내려갔다. 위연과 함께 서주군을 기습했던 병사 30여 명도 잇달아 위연의 뒤를 따랐다.

도응은 이미 몸에 걸치고 있던 은빛 갑옷을 풀고 기다리다가 위연이 산에서 내려오자마자 그에게 달려가 친히 갑옷을 입혀 주었다.

이 광경을 지켜보던 양군 사이에 쥐 죽은 듯 적막이 흐르는 가운데, 오직 황사만이 작은 목소리로 뇌까렸다.

"도 사군, 위연이 내 명에 따라 투항했으니 약속대로 날 놓아주시지요……."

*　　　　　*　　　　　*

도응은 약속을 지켜 황사를 풀어주었다. 갖은 추태를 보인 황사는 계면쩍은 얼굴로 진취와 합류해 패잔병을 이끌고 형주군 대영으로 돌아갔다. 하지만 크게 혼쭐이 난 황사는 감히 서주군과 환현을 두고 다투지 못한 채, 영채를 30리 밖으로 무르고 유반의 원군을 기다렸다.

형주군이 퇴각함과 동시에 허저, 조성이 이끄는 서주 보병도 전장에 당도했다. 도응은 장수들과 잠시 얘기를 나눈 뒤, 환현성 아래로 달려가 이술에게 즉각 성문을 열고 투항하라고 요구했다.

이렇게 되자 양군 사이의 다툼에서 어부지리를 취하려던 이술은 진퇴양난에 빠지고 말았다. 약정대로 성문을 열자니 서주군에게 자신의 거짓 항복이 들킬까 봐 겁이 났고, 그렇다고 요구를 거절하자니 환현성 안의 문벌 사족이 반발할 게 빤했다.

안팎으로 궁지에 몰린 이술은 고민을 거듭하다가 스스로 성을 지켜낼 수 없다는 판단하에 약속을 이행하기로 마음먹었다.

이튿날 아침, 이술은 성문을 활짝 열고 투항했다. 도응은 도기를 보내 이술의 항복을 받아들이고 그를 후대하라고 명하는 한편, 조성에게는 5천 군사를 거느리고 성안으로 들어가 방어 시설을 접수하고 방을 붙여 백성을 안심시키라고 분부했다.

또한 그날로 이술의 항병을 재편하여 종군을 계속 원하는 자는 남고, 원하지 않는 자는 돈을 받아 귀향하도록 했다. 이리하여 환현의 4천 군사가 대부분 해산되자 이술은 놀라고 당황해 어찌할 바를 몰랐다.

그날 저녁, 도기는 다시 이술 등 항장들을 서주 대영으로 초대해 연회를 베풀어주었다. 이술은 꺼림칙한 마음으로 연회에 참석했지만 도기는 좋은 말로 이들을 위로하고 금은과 비단을 꺼내 모든 환현 장령에게 선물로 나눠주었다.

한데 자신에게만 상을 주지 않는 것을 보고 이술이 마음속으로 불안해하고 있는데, 마침 도기가 다가와 웃으며 말을 꺼냈다.

"이술 장군은 저를 따라오시지요. 지금 뒤쪽 막사에서 장군을 기다리고 계십니다."

이술은 호기심과 함께 탐심이 생겨 재빨리 자리에서 일어나 도기를 따라나섰다.

북소리가 요란하고 시끌벅적한 대영과 달리, 뒤쪽 막사는 이상하리만치 고요했다. 등불이 환히 빛나고 있는 막사 안에서는 세 사람이 앉아 술잔을 주고받으며 이야기를 나누고 있었다. 얼굴이 반지르르한 젊은이가 가운데 높은 자리에 앉아 있고, 양옆에 장한(壯漢) 둘이 얼굴을 마주보며 대좌하고 있었다.

한 명은 비대한 몸집에 얼굴이 우락부락했고, 또 한 명은 몹시 붉은 대춧빛 얼굴에 사납기가 예사롭지 않아 보였다.

도기가 이술을 안내해 안으로 들어오자 얼굴이 번지르르한 청년이 먼저 예를 갖춰 인사한 후, 이를 드러내 웃어 보이며 입을 열었다.

"이술 장군, 어서 오시지요."

이술은 어리둥절한 표정을 지으며 도기에게 물었다.

"도기 장군, 이분은……."

도기는 그 청년 장군을 향해 손을 펼쳐 보이며 말했다.

"이분은 바로 서주의 자사이자 좌장군인 도응이십니다."

"네? 도 사군이시라고요?"

이술은 깜짝 놀라 다급히 한쪽 무릎을 꿇고 도응에게 공손하게 말했다.

"환현의 항장 이술이 도 사군께 인사 올립니다."

그런데 줄곧 온화하게 웃던 도응이 돌연 큰소리로 외쳤다.

"저자를 당장 포박하라!"

도응의 말이 떨어지기 무섭게 장한 두 명이 재빨리 달려가 양엽에게 이술의 팔을 끼고 바닥에 그를 꿇어앉혔다. 이술은 대경실색해 악을 썼다.

"이 술이 무슨 죄를 지었다고 이리 험히 다루십니까?"

도응은 냉혹한 웃음을 지으며 추궁했다.

"아직도 네 죄를 모른단 말이냐? 원술 놈이 환현을 미끼로 이호경식지계를 써 네놈에게 거짓 항복하게 한 후, 아군과 형주군이 개전하도록 유도한 사실을 모를 줄 아느냐?"

"억울합니다!"

이술이 억울함을 호소했지만 도응은 전혀 개의치 않고 냉소를 흘리며 말했다.

"억울하다고? 그럼 네놈들이 무슨 계략을 꾸몄는지 낱낱이 밝혀주마. 원술 놈이 네게 거짓 항복을 종용한 목적은 두 가지다. 첫째는 아군과 형주군의 개전을 유발하는 것이고, 둘째는 이 틈을 타 네놈이 아군 내부에 잠입해 혼란을 조장하는 것이다. 하지만 네놈은 막상 아군이 성 아래에 이르자 혹여 일이 발각될까 덜컥 겁이 나버렸다. 그렇다고 아군에게 대항할 힘이나 담력이 없는 데다 더욱이 내게 이미 마음이 기운 환현 문벌 사족의 반발이 두려워 일단 몸을 보전한 후 기회를 엿볼 생각이었다. 내 말이 틀리느냐?"

이술은 한 치의 오차도 없는 도응의 분석에 이마에서 땀이 비 오듯 흘러내렸다.

그는 계속 발뺌하다간 목이 온전하지 못할 것을 알고 머리를 연신 조아리며 순순히 죄를 자백했다.

"모두 사군이 말씀하신 바대로입니다. 하지만 죄장 역시 원술의 강요에 못 이겨 한 일입니다. 이것이 대역무도한 짓임을 알았지만 원술의 부하인 제가 어찌 그의 명을 거역할 수 있겠습니까? 사군께서는 죄장이 성을 바친 공을 생각해 한 번만 목숨을 살려 주십시오."

도응은 얼굴빛을 바꿔 온화한 미소를 띠고 말했다.

"그대가 순순히 죄를 인정했으니 목숨이야 당연히 살려 드려야죠. 한데 이 일을 또 누가 알고 있소?"

"죄장은 기밀이 새나갈까 두려워 휘하 장수 누구에게도 이 일을 알리지 않았습니다. 단지 원술이 보낸 사신 둘이 이 일을 알고 있습니다. 그들은 지금 죄장의 친병 신분으로 군중에 섞여 있는데, 그들 이름은……."

이술이 원술이 보낸 사신 둘의 이름과 신분을 알리자 도응은 흐뭇한 미소를 짓고 물었다.

"참, 일이 성공하면 원술은 무슨 상을 내리기로 약속했소?"

"일이 성사되면 금과 은 각각 천 냥을 상으로 주고, 죄장을 양렬(揚烈)장군 겸 여강상(相)에 봉하겠다고 했습니다."

"그렇구려. 나는 그대를 양무(揚武)장군에 임명하고, 상으로 금과 은 각각 2천 냥과 명주 백 알을 주리다. 여기에 그대를 여강태수로 봉할 생각인데, 나에게 투항할 의사가 있소이까?"

"여강태수라고요? 사군, 정말로 죄장을 여강태수로 봉한단 말씀이십니까?"

이술은 믿기 어렵다는 듯 눈이 휘둥그레져 도응을 바라보았다. 도응이 웃음 띤 얼굴로 고개를 끄덕이자 이술은 바닥에 이마를 찧으며 충성을 맹세했다.

"죄장, 주공께 진심으로 귀순하겠습니다. 주공을 위해서라면 견마지로를 다해 끓는 물과 타는 불도 마다하지 않겠습니다."

"좋소이다. 그럼 계속 원술에게 충성하는 척하며 아군 내부에 몰래 잠입한 것처럼 원술과 연락을 유지하시오. 무슨 말인지 알겠소, 이 여강태수?"

"알겠습니다!"

이술은 힘껏 고개를 끄덕여 대답했다.

이술이란 우환거리를 자기편으로 끌어들이고 항병을 재배치한 도응은 곧장 군사를 이끌고 서현으로 돌아가려고 했다.

그때 마침 척후병이 나는 듯이 달려와 유반이 거느린 형주군 6천 명이 환현 30리 밖에 영채를 세운 황사 부대와 합류했다고 알려왔다.

이에 도응은 부득불 계획을 수정해 다시 허맹을 형주군 진영에 파견했다. 충돌이 확대되길 원치 않았던 도응은 유반에게 환현의 전량 절반을 내줄 테니 우호 관계를 맺자고 제안했다.

노심초사하며 소식을 기다리던 도응은 허맹이 돌아와 유반이 제안을 수락했다는 말에 안도의 한숨을 내쉬었다. 유반은 서주군이 제시한 환현 분쟁 해결 방안에 전적으로 동의하고, 성의의 표시로 사신까지 파견했다.

사실 유반으로서도 달리 뾰족한 방도가 없었다.

만약 원소가 서주군 편에 서면 절대 서주군과 충돌하지 말고 우호 관계를 맺는 것은 물론, 심지어 서주군을 도와 원술을 협공하라는 유표의 신신당부가 있었기 때문이다.

그런데 지금 상황은 어떠한가. 자신과 황사의 무절제한 탐욕 및 황사의 오만무도함으로 인해 서주군과 격렬한 충돌이 일어나 다수의 군사를 잃지 않았는가. 따라서 유반은 유표의 질책을 피하기 위해서라도 서주군과 더 이상 충돌을 확대해서는 안 되는 상황에 이르렀던 것이다.

유반이 전전긍긍하던 차에 마침 허맹이 찾아왔으니, 유반으로서는 그의 제안을 덥석 받아들이지 않을 수 없었다.

물론 유반의 이런 결정은 서주군에게도 최상의 선택이 되었다. 원술을 장강 이남으로 내몬다는 목표가 거의 손아귀에 들어온 상황에서 쓸데없는 분쟁이 일어나길 원하지 않았을 뿐더러 영토를 맞댄 형주군과 반목하게 되면 자연히 힘이 분산되는 역효과를 가져오기 때문이었다.

이에 도응은 유반의 답변을 들은 뒤 형주군 사자를 융숭히 대접하고 그 자리에서 약속한 전량 절반을 내주었다.

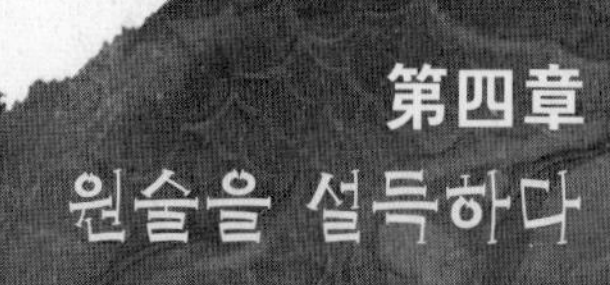

第四章

원술을 설득하다

도응은 큰일을 순조롭게 마무리 짓고 서현으로 돌아갈 채비를 서둘렀다.

우선 시간을 절약하기 위해 자신은 도기와 함께 군자군을 거느리고 먼저 출발하고, 허저와 위연에게 보병 부대를 이끌고 뒤를 따르도록 명했다. 이어 조성에게 4천 서주군을 서주군을 주어 환현을 지키게 하고, 새로 편제된 환현의 항병은 만일의 사태에 대비하기 위해 모두 허저와 위연을 따라갔다.

도응이 대영에 이르자마자 전령 하나가 바로 뒤따라와 원술의 사자인 염상이 찾아왔다고 보고했다. 도응은 먼지투성이인 얼굴을 닦을 겨를도 없이 염상을 안으로 들이라고 명했다.

잠시 후, 대영으로 들어온 염상은 도응의 온몸이 먼지를 뒤집어쓴 데다 얼굴이 땀범벅인 것을 보고 괴상하게 여겨 물었다.

"사군은 어딜 다녀오셨는지요? 몰골이 말이 아닙니다."

도응은 전혀 숨기지 않고 솔직하게 대답했다.

"방금 환현에서 돌아오는 길이오. 염 주부의 이호경식 묘계 덕분에 내 친히 환현으로 가 형주군과 분쟁을 해결하고 왔소."

"그럼 요 며칠 사군은 군영 안에 없었단 말입니까?"

자리에 앉으려던 염상은 깜짝 놀라 하마터면 의자에서 떨어질 뻔했다. 도응이 웃으면서 고개를 끄덕이자 염상은 탄식을 연발하며 자신의 무능함을 자책했다.

흐뭇한 미소를 짓던 도응이 찾아온 이유를 묻자 정신을 차린 염상이 단도직입적으로 말했다.

"우리 주공께서는 귀군과 아군의 분쟁을 해결하기 위해 담판을 재개하길 원하십니다. 담판 시간과 장소는 어디가 좋겠습니까?"

"담판 시간과 장소를 정하자고요? 선생, 먼저 내게 귀군과 담판을 재개할 용의가 있는지 묻는 게 순서가 아닌지요?"

염상은 도응의 뜻밖의 대답에 잠시 멈칫했다. 하지만 이에 전혀 개의치 않고 낭랑하게 말했다.

"전 사군이 담판에 나설 수밖에 없다고 생각했습니다. 무례를 범했다면 용서하십시오. 어쨌든 담판으로 사태를 해결하라는 건 사군의 악부인 원소의 뜻입니다. 악부를 실망시킬 마음은 없지 않습니까?"

"꼭 그렇지는 않소. 그대의 말이 틀리진 않지만 내 악부가 자신의 제안을 꼭 받아들여야 한다고 강요한 일 또한 없소. 이는 곧 내가 귀군의 담판 제안을 거절하고 무력으로 회남 문제를 해결할 수 있다는 말이오. 그리고 아군이 이미 형주군과 우호 관계를 맺은지라 귀군은 외부 지원이 끊긴 것과 다름없소. 따라서 지금은 아군이 공격을 감행해 후환을 영원히 제거할 기회라고 생각해 본 적은 없소?"

도응은 위협의 말을 건넨 뒤 매서운 눈초리로 염상을 쏘아보았다.

염상은 도응의 협박에도 전혀 두려운 빛이 없이 외려 웃음을 띠며 말했다.

"사군, 맘에도 없는 협박은 그만 거두시지요. 사군이 정말 아군을 철저히 궤멸하려 했다면 역양에서 출병할 때 왜 양안과 임호 길을 택하지 않고 멀리 합비까지 돌아갔다가 남하한 것입니까? 시간도 절약하고 유수구의 퇴로도 차단할 수 있었을 텐데 말입니다."

도응은 눈썹을 치켜 올리고 엄숙한 목소리로 물었다.

"혹시 이를 원 공에게도 알렸소이까?"

"아닙니다. 도 사군이 아군을 장강 이남으로 쫓아내려 한다고 주공께 알려봤자 괜히 심기만 건드리고 형세를 바꿀 수도 없어 일부러 알리지 않았습니다."

도응은 유감이라는 듯 고개를 내젓고 말했다.

"원 공이 마음의 준비를 할 수 있도록 이를 꼭 알렸으면 하오. 그리고 아시다시피 난 지금 그대와 홍정이나 하며 노닥거릴 만큼 인내심이 많지 않소. 양군의 전력 소모를 막기 위해서라도 그대가 나와 이 자리에서 회남 전쟁을 어떤 방식으로 끝낼지 결론을 내렸으면 좋겠는데… 난 말이 통하는 사람과 얘기하는 걸 좋아하오."

염상은 당연히 도응의 의도를 알아챘다. 하지만 곤란한 표정을 지으며 대꾸했다.

"이 상은 후장군부의 일개 주부에 불과해 주제넘게 도 사군과 담판을 진행할 자격이 없습니다. 더구나 이는 회남 대사와 관련된 일입니다."

도응은 짐짓 화를 내며 축객령을 내렸다.

"그럼 이만 돌아가시오. 담판을 질질 끌며 새로운 변수를 노리나 본데, 내 이런 잔꾀에 속을 만큼 어리석지 않소. 내일 내 친히 전군을 지휘해 무력으로 귀군을 장강 이남으로 몰아내겠소! 귀군이 회남에서 큰 피해를 입고 남쪽으로 내려가 과연 유요를 당해낼 수 있을지 두고 보리다."

염상은 전혀 동요하는 빛을 보이지 않고 차분한 목소리로 입을 열었다.

"여강 전역을 보존해 준다면 구강 전 영토와 전국옥새를 건네겠다는 것이 우리 주공의 마지막 제안입니다. 사군은 이를 받아들일 용의가 있으신지요?"

"받아들일 수 없소. 아군이 이미 여강 절반을 손에 넣은 마당에 귀군에게 여강에 주둔하도록 허하라니요? 귀군이 여강과 구강을 모두 양보하고 전국옥새를 내준다면 다른 조건은 충분히 협상할 용의가 있소이다."

염상은 고개를 가로저으며 간청하듯 말했다.

"우리 주공께서 절대 이를 응낙할 리 없습니다. 도 사군, 구강 전역으로도 만족하지 못한단 말입니까? 구강이 비록 여강만큼 넓지 않지만 전량과 인구는 배 이상이 많습니다."

"하지만 여강은 군사적으로 구강보다 훨씬 더 중요하오. 장강과 회수 상류가 위치한 이점만으로도 언제든지 구강과 광릉을 넘볼 수 있어서 나로서는 좌불안석일 수밖에 없소. 게다가 여강에 자리한 대별산맥은 서쪽의 강적을 방어하는 천연 장벽일 뿐 아니라 중요한 목재 생산지로 손색없소. 팽려택과 소호는 말할 것도 없이 항운과 수군 조련의 요지라 나 또한 절대 양보할 수 없소이다."

이 말에 한참 동안 침묵하던 염상이 이를 꽉 깨물고 입을 열었다.

"회남 전역을 포기하라고 주공을 설득하려면 시간이 필요합니다. 이밖에 아군이 철수할 때 서현과 임호, 양안의 전량을 모두 가지고 가고, 또 유수구의 수군과 함께 강을 건널 때까지 절대 아군을 추격하지 않겠다고 약속해 주십시오."

"그러리다. 그럼 내 그대에게 이레의 시간을 드리겠소."

"이레면 시간이 좀 모자란 감이……."

미간을 찌푸리던 염상은 곰곰이 생각해 보고서 대답했다.

"알겠습니다. 이레 안에 무슨 일이 있어도 사군에게 만족할 만한 답을 드리지요. 그리고 부탁이 하나 더 있습니다. 그 기간 동안 공성을 중단해 주십시오."

하지만 도응은 단호하게 거절하며 말했다.

"원 공의 성정은 그대가 가장 잘 알지 않소? 그에게 아무런 압력도 가하지 않는다면 두려운 마음은커녕 또다시 자만심이 생겨 설득하기 어려워질 것이오. 하여 그대의 부탁은 들어줄 수 없소. 이레 동안 단지 위협만 가할 뿐 군사를 이끌고 성으로 쳐들어가지 않겠다고 약속하리다."

그러고는 매섭게 염상을 노려보며 으르듯 말을 이었다.

"하지만 그 안에 만약 원술을 설득하지 못한다면, 여드레째 되는 날 전군을 휘몰아 총공격에 나설 것이오!"

염상은 전과 달리 침울한 표정을 지으며 고개를 끄덕인 후 대답했다.

"제가 최선을 다해 설득해 보겠습니다만 솔직히 자신은 없습니다. 하늘이 돕길 바라야지요."

그러자 도응이 미소를 짓고 염상에게 다가가 그의 어깨를 두드려 주었다.

"벌써부터 풀이 죽을 필요는 없잖소? 그대의 주공도 사리를 명확히 분별하리라 믿소. 그리고 내 예측이 틀리지 않는다면 며칠 안에 그대가 원 공을 설득하는 데 도움이 될 소식이 전해질 것이오."

이 말에 염상이 놀란 눈으로 도응을 바라봤지만 도응은 그저 웃음만 지을 뿐 아무 대답도 하지 않았다.

이튿날 아침, 도응은 약속대로 서현성 공격에 돌입했다. 벽력거 60여 대를 동원해 서현성에 일제히 포격을 퍼붓는 동시에 보병에게는 돌을 운반해 성 밖 해자를 메우라고 명했다.

수백 근이나 되는 대형 석탄에 성벽은 물론 성루까지 우습게 박살 나자 이를 처음 본 대다수 회남군은 위아래 할 것 없이 두려워 벌벌 떨었다.

동료들이 석탄에 가루가 되는 것을 보고 사기가 크게 저하된 회남군은 목을 베겠다는 장수들의 위협에도 불구하고 안전한 곳으로 몸을 숨기기 바빴다. 일부 장사들은 아예 성벽을 타고 내려가 서주군에게 투항하기도 했다.

이처럼 서현성 안은 온통 절망적인 분위기에 휩싸였는데, 그중에서도 가장 몸이 단 사람은 누구 뭐래도 원술 본인이었다.

절망과 두려움에 떨던 원술은 여러 차례 사신을 성 밖으로 보내 서주군에게 담판을 요청했다. 그러나 돌아온 대답은 도응의 단호한 거절과 벽력거가 내뿜는 무시무시한 석탄뿐이었다.

다급해진 원술은 결사대를 조직해 성을 나가 벽력거를 부숴 버리라고 명령했다. 하지만 이미 만반의 준비를 갖추고 기다리는 서주군 앞에서 원술의 5백 결사대는 벽력거 근처에 가보지도 못하고 겹겹이 포위를 당했다. 결국 5백 결사대는 한 명도 서현성으로 돌아오지 못한 채, 전장에서 목숨을 잃거나 서주군에게 포로로 잡히고 말았다.

이틀 동안 서현성 북문을 무자비하게 때려 부순 서주군은 사흘째가 되자 벽력거 진지를 서현성 서문으로 옮기고 또다시 맹공을 퍼붓기 시작했다.

분노에 치를 떨던 원술은 다시 1만 군사를 내보내 서주군과 결전을 벌이게 하고, 자신은 친히 성루에 올라가 사기를 북돋웠다.

그러나 유훈이 거느린 원술군은 성을 나가자마자 서주군에게 통렬한 공격을 받았다. 풍우군 1천여 명이 좁은 성문 앞쪽에 진을 치고 있다가 원술군이 나오는 것을 보고 일제히 우전을 날려댄 것이다.

비 오듯 쏟아지는 화살에 처절한 곡소리가 울려 퍼졌고, 시체가 산처럼 쌓여 성문이 닫히지 않을 지경이었다.

성을 나가 교전을 벌이려던 계획이 실패했음에도 원술은 아직 희망을 버리지 않았다.

다음 날이 되자 원술은 풍우군이 버티고 있는 서문 대신 동문 쪽으로 다시 1만 군사를 내보냈다. 성 밖에 진세를 펼치고 서주군에게 싸움을 걸어가자 도응도 이를 마다하지 않고 친히 군사를 거느리고서 적군을 맞이했다.

이때 얼마 전 서주군에 합류한 위연이 신들린 듯 적진으로 달려가 적장 셋의 목을 단칼에 베어버렸다. 이 틈을 타 허저와 서황이 좌우에서 돌격해 들어가자 회남군은 자중지란에 빠져 서주군의 공격에 추풍낙엽처럼 쓰러졌다. 대장 뇌박이 가까스로 성안으로 도망쳤을 때, 죽거나 다친 병사가 이미 절반이 넘었다.

뒤이어 원술이 뒷목을 잡는 일이 벌어졌다. 야전에서 참패한 날 저녁에 측근 원윤의 순라병이 성벽을 몰래 넘으려는 병사 하나를 체포했다. 원윤은 그를 단순한 탈영병으로 여겨 목을 베라고 명했는데, 갑자기 그가 자신은 여강 대장 한호가 서주군에게 보내는 밀사라고 크게 소리쳤다.

원윤은 대경실색해 그를 당장 원술 앞으로 끌고 갔다. 그의 몸을 수색해 보니 과연 한호가 서주군에게 항복을 청하는 편지가 발견되었다. 편지에는 심지어 성문을 열어 서주군을 맞이하겠다는 내용까지 적혀 있었다.

원술은 발연대로하여 그 병사의 목을 베라고 소리친 후, 당장 한호를 잡아들이라고 명령했다. 그런데 한호는 이미 일이 발각된 것을 알고 단기로 성을 빠져나가 서주군에게 투항했다.

원술은 크게 격분해 한호의 일가족을 모두 참수하라고 명하고, 여강군에 대한 감시를 한층 더 강화했다. 그러자 여강군 마음속에는 불만과 두려움이 가득 쌓여 성을 나가 투항하는 자가 외려 갈수록 더 늘어났다.

서현성 수비군의 사기는 더욱 저하되고 군심이 크게 동요해, 원술마저도 서주군이 총공격에 나서면 과연 막아낼 수 있을지 불안해지기 시작했다.

염상은 서주군 진영에 사신으로 다녀온 후, 원술에게 자신과 도웅이 비밀리에 나눴던 이야기를 낱낱이 보고했다.

물론 자신이 원술을 대신해 도응의 가혹한 조건에 이미 응낙했다는 사실만 숨기고 말이다.

원술은 당연히 이를 받아들이지 않았지만 이레라는 시간적 제약 때문에 마음이 흔들리는 것은 어쩔 수 없었다.

이후 며칠간 염상은 직접 혹은 간접적으로 원술에게 현재 사태의 심각성을 알리는 동시에 회남을 버리고 장강을 건너면 장밋빛 전망이 펼쳐진다며 설득 작업에 들어갔다. 장강 이남에는 유요 이외에 대항할 만한 강적이 없으므로 터를 잡기 용이할뿐더러 전에 남양을 버리고 회남으로 이주해 위세를 떨쳤던 선례를 들며 원술의 마음을 돌리고자 애썼다.

그리고 서주군이 공성에 나선 지 닷새째 되는 날 저녁, 서현성으로 유요와 관련된 소식이 날아들었다. 원술에게 복종하는 단양태수 주상이 사람을 보내, 유요가 무려 4만 병력을 이끌고 자신이 주둔 중인 완릉성을 공격 중이라는 것이었다.

병력이 크게 모자라 연전연패를 당하고 완릉성 사수에 들어갔으니 하루라도 속히 구원군을 파견해 달라고 요청했다.

서주군과 손을 잡은 유요는 원술이 궁지에 몰린 틈을 타 강동을 장악하기 위한 작전에 돌입했다. 도응은 이를 미리 간파하고 며칠 전 염상에게 곧 있으면 원술을 설득할 희소식이 전해질 것이라고 말했던 것이다.

이 소식을 듣자마자 염상은 재빨리 원술에게 권유했다.

"주공, 형세가 매우 위급합니다. 빨리 결단을 내리셔야 합니다. 서주군이 아군에게 약속한 기한이 이틀밖에 남지 않았습니다. 이틀 후, 도응 놈이 총공격에 나서 아군의 피해가 막심해지면 설사 장강 이남으로 물러나더라도 유요와 대적하기 어렵습니다. 대국을 위해 힘을 보전했다가 도강 후 유요군을 물리친다면 강동의 6군 81주가 손바닥 뒤집듯 쉽게 주공 손에 들어오게 됩니다. 또한 강동에는 장강이라는 천험의 요새가 있고, 백성과 전량이 풍족하여 주공께서 패업을 이루시는 데 전혀 부족함이 없습니다."

원술은 아무 대답도 없이 천천히 자리에서 일어나 달빛만 응시하고 있었다. 족히 반 시진은 미동도 하지 않고 서 있던 원술이 마침내 손을 벌벌 떨며 전에 도응이 맡아달라고 부탁한 전국옥새를 꺼내 들었다.

그는 옥새를 염상에게 건네며 분부했다.

"가서 도응에게 되돌려 주도록 해라. 그리고 그가 요구한 조건을 모… 모두 받아들이겠다고 일러라."

*　　*　　*

서주군과 원술군이 정식으로 정전 담판에 합의한 날, 이미 퇴병 준비를 마친 원술은 친히 전군을 이끌고 성을 나와 유수구로 출발했다.

서주군도 협약에 따라 평화롭게 서현성을 접수함으로써 다섯 달 남짓 지속된 회남 대전은 마침내 종지부를 찍었다.

전국옥새와 회남 전역을 고스란히 서주군에게 넘겨준 원술은 속으로 애써 울분을 집어삼켰다.

그는 장강을 건너가 숙적인 유요 및 약소한 강동 제후들을 제압하고 반드시 재기해 이 원한을 씻고 말리라 다짐했다.

비분으로 가득해 남하하는 회남군과 반대로 서주군 진영에서는 환호성이 터져 나왔다. 처음으로 나선 영토 확장 전쟁에서 쾌승을 거둔은 물론, 번화하고 부유하기로 천하에서 손꼽는 회남을 탈취함으로써 이들의 사기는 하늘을 찌를 듯했다.

도응은 모든 장사들에게 전공에 따라 상을 내리고, 장기간 전투를 치르느라 지친 사병들을 술과 고기로 위로했다.

하지만 정식으로 회남의 주인이 된 도응은 득의망형(得意忘形)하지 않고 여전히 냉정함을 유지했다.

비록 회남 전역을 손에 넣었다고 하나 이는 천하 제패의 꿈에 고작 첫걸음을 뗀 데 불과하다는 사실을 잘 알았기 때문이다. 앞으로 닥칠 장애물과 고난을 생각한다면 결코 현실에 안주할 수 없었다. 그리고 당장 회남을 수습하는 문제도 골칫거리로 남아 있었다.

회남군이 철수한 날 밤, 서주군 대영에서 도응은 고민 섞인 표정으로 다시 찾은 옥새를 만지작거리고 있었다. 노숙이 이를 눈치채고 먼저 입을 열었다.

"주공, 넋을 놓고 옥새를 바라보는 것이 무슨 걱정이라도 있습니까?"

이 말에 정신을 차린 도응이 옥새를 탁자에 내려놓고 솔직하게 말했다.

"회남을 누구에게 맡길지 고민하던 중이었소. 본래 장패가 적임자라고 생각했는데, 선고 형은 수전에 익숙지 않아 수군 구축의 중임을 감당하기 어렵겠다는 생각이 들더구려. 이밖에 수전에 능한 장흠과 주태는 아직 경력이 일천하여 대임을 맡기기는 무리요. 군사에게 묘책이 있으면 좀 말해 보시오."

"마침 그 일과 관련해 주공께 아뢰려던 참이었습니다. 주공, 제 군사직의 사임을 윤허해 주십시오."

충격적인 이 발언에 장중에 있던 관원들은 모두 놀라 멍하니 노숙을 바라보았다. 도응 역시 놀란 눈으로 다급히 물었다.

"자경, 대체 그게 무슨 말이오? 농담이 지나치시오."

노숙은 정중하게 예를 갖추고 대답했다.

"주공, 저에게 서주 수군교위직을 맡겨 주십시오. 사실 저에게 군사라는 직책은 어울리지 않았습니다. 임기응변에 능하지 못해 갑작스러운 사태가 발생할 때마다 매번 속수무책이었던 제 자신이 몹시 부끄러워 진즉에 사임할 마음을 먹었습니다. 반면 저는 어려서부터 물가에서 자라 수전에 익숙하니 이번 기회에 서주 수군을 조련하여 주공의 크신 은혜에 보답하고 싶습니다."

"사람은 본래 높은 곳을 바라보게 마련인데 자경은 어찌 반대로 행동하시오? 수군교위라면 이전 부하들의 지휘를 받게 되잖소?"

"주공의 말씀이 옳습니다. 사람은 높은 곳으로 향하고 물은 아래로 흐르지요. 저는 아마도 물의 속성을 지녔나 봅니다."

노숙은 우스갯소리 한마디를 건넨 뒤 간절하게 청했다.

"주공, 이는 결코 충동적으로 결정한 일이 아닙니다. 저 스스로 군사라는 직위에 적합하지 않고, 또 수상에서 제 능력을 최대한 발휘할 수 있다고 여겨 전부터 품었던 생각입니다. 청을 꼭 들어주시기 바랍니다."

이어 노숙이 길게 읍하고 마음에서 우러나온 뜻을 보이자 깊은 고민에 잠겼던 도응이 마침내 입을 열었다.

"좋소. 자경의 뜻이 정 그렇다면 받아들이리다."

노숙이 담담히 감사의 예를 올리자 도응이 말했다.

"이렇게 합시다. 내 조정에 표를 올려 그대를 구강태수 겸 서양(徐揚) 수군도독으로 임명해 서주와 양주의 모든 수군과 구강 병마를 통솔하도록 하겠소. 여강군에는 잠시 태수직을 설치하지 않고 그대의 지휘하에 서성이 여강상(相)을 맡아 여강을 지키는 동시에, 수전에 능한 장흠, 주태도 그대에게 맡기리다."

뜻밖에 도응이 새로 얻은 토지를 모두 노숙에게 맡기는 조치를 내리자, 노숙은 도응의 은혜에 크게 감격해 두 무릎을 꿇고 눈물을 보이며 울먹였다.

"주공께서 이토록 숙을 신임하시니 몸과 뼈가 가루가 되어도 주공의 대은을 다 갚기 어렵습니다!"

도응은 자리에서 일어나 노숙을 일으켜 세우며 말했다.

"자경, 말이 천하에서 부유한 회남을 맡기는 것이지, 실제로는 골칫덩어리를 넘기는 것과 다름없소. 원술 놈이 회남을 엉망으로 만들어 놓아 민생을 회복하기 쉽지 않을뿐더러 서주 수군은 백지 상태에서 시작하는 것과 같소. 아무래도 자경이 고생깨나 해야 할 거요."

"주공께서 맡기신 중임을 어찌 고생이라 할 수 있겠습니까? 숙이 온힘을 다해 지우지은(知遇之恩)에 보답하겠습니다."

도응은 고개를 끄덕이고 미소를 지으며 말했다.

"자경이라면 책임지고 해내리라 믿소. 참, 한 가지 더 신경 쓸 일이 있소. 강동에는 준걸이 많으니 인재를 망라하여 보잘것없는 재주를 가진 자나 신분이 미천한 자라도 과감하게 기용하고 내게 추천해 주시오."

노숙이 이에 대답하고 회의를 마무리 지으려 할 즈음에 가후가 불쑥 도응에게 건의했다.

"주공, 여강태수를 임명하지 않은 건 매우 고심해서 내린 결정이지만 적이 이 틈을 노려 흑책질을 할까 걱정입니다. 대공자 도상을 여강태수로 임명한다는 표를 올려 적에게 빈틈을 주지 않는 것이 좋을 듯합니다."

가후의 지적에 도응은 그제야 퍼뜩 깨닫는 바가 있었다.

효용이 다한 이술에게 여강태수를 맡길 수는 없는 노릇이라 여강태수는 공석으로 남기려 했는데, 그럼 천자를 끼고 있는 조조가 농간을 부려 멋대로 여강태수를 임명할 것이 빤했다. 그리하여 여강에 조조의 꼭두각시가 들어선다면 골치가 여간 아프지 않겠는가. 여기까지 생각이 미친 도응은 고개를 끄덕이고 말했다.

"문화 선생의 말이 심히 옳소. 그럼 자경을 구강태수로, 내 형님은 여강태수로 삼아 조조에게 틈을 노릴 기회를 주지 맙시다."

*　　　*　　　*

원술을 토벌했다는 첩보와 표를 담은 문서가 쾌마를 통해 조조의 새 근거지 허도(許都)로 전해졌다.

이 문서는 명목상으로 헌제에게 바치는 것이었지만 당연히 조조의 손에 먼저 들어갔다. 이를 본 조조는 얼굴이 철색으로 굳어 책상을 치며 노호했다.

"원술 필부 놈아, 겨우 다섯 달 만에 구강과 여강을 모두 잃었단 말이냐! 천하에 이리도 무능한 놈이 어디 있단 말이냐!"

곁에 있던 순유가 경계하며 말했다.

"주공, 도응이 서주를 관장한 이래로 병마를 모으고 인재를 임용하는 등 내정에 힘써 서주 5군이 날로 번창해진 데다 지금은 일거에 풍요로운 땅 회남을 접수한 터라 일찍 도모하지 않는다면 심복 대환이 될까 두렵습니다."

순욱과 정욱, 만총 등 조조의 모사들은 잇달아 순유의 의견에 찬동을 표하며 하루라도 빨리 군사를 일으켜 도응을 토벌해야 한다고 입을 모았다.

조조는 가까스로 모사들의 발언을 잠재운 후 한숨을 쉬며 얘기했다.

"내 어찌 도응을 제거하고 싶지 않겠소? 하지만 원소, 원소는 어쩔 것이오? 도응이 원소를 홀려 온전히 자기편으로 만든 데다 지금 우리는 천자의 일로 원소와 점점 관계가 악화된 상태요. 이때 아군이 서주로 출병한 틈을 타 원소가 쳐들어온다면 대책이 있소이까?"

만총이 대답했다.

"원소가 강하다고 하나 숙적인 공손찬이 견제하고 있으니 너무 염려 마십시오. 공손찬이 죽지 않고 끝까지 버틴다면 원소도 전선을 확대할 수 없습니다. 설사 그에게 그럴만한 담력이 있다 해도 전군을 휘몰아 남하하진 못할 테니 우리도 군대를 나눠 그를 막고 주력군이 남정에 나서면 그만입니다."

하지만 이 의견은 곧바로 반대에 부딪혔다. 순욱이 이에 반박하며 말했다.

"백녕의 말도 일리가 있지만 너무 위험하오. 주공께서 주력군을 이끌고 남정에 나선다 해도 간사한 도응을 단기간 내에 격퇴하기가 쉽지 않습니다. 그사이 도응이 원소를 꼬드겨 아군에게 협공을 가하기라도 하면 대사를 그르칠 겁니다."

조조가 쓴웃음을 지으며 물었다.

"문약은 이를 잘 알면서 왜 내게 도응을 빨리 제거하라고 권한 것이오?"

"제 말을 끝까지 들어봐 주십시오. 도응을 제거하는 것 외에 그의 힘을 약화시키는 방법도 있습니다. 도응의 실력이 약화된다면 아군에게는 이익이 될 뿐 해가 전혀 없습니다."

조조가 검고 굵은 눈썹을 치켜뜨며 그 방법을 묻자 순욱이 낮은 목소리로 대답했다.

"가장 좋은 방법은 적들이 서로 공격하고 싸우게 만든 다음 우리는 그 안에서 어부지리를 취하는 것입니다. 천자가 아군 수중에 있어서 주공의 명이 곧 천자의 명이 됩니다. 하여 도응의 이웃에게 천자의 명을 빌미로 도응을 공격하도록 유도하십시오."

조조는 순욱의 말에 동의를 표하며 크게 고개를 끄덕였다. 이어 다시 물었다.

"도응의 이웃으로는 아군 외에 원소, 유표, 원술, 공손찬, 유요 등이 있는데, 그중 누구를 이용하는 것이 가장 좋겠소?"

"주공께서 원하신다면 원소를 포함한 5로 제후가 모두 도응과 반목하도록 만들 수 있고, 나아가 도응을 협공하게 하는 것도 가능합니다."

이 말에 조조는 정신이 번쩍 들어 몸을 곧추세우고 말했다.

"문약은 어서 소상히 말해 보시오."

"5로 제후 중 일단 원술과 유요를 움직이기가 가장 쉽습니다. 원술은 도응에게 여강과 구강을 빼앗겨 원한이 골수에 사무친지라 기회만 있다면 당장이라도 복수에 나설 것입니다. 유요도 도응과 동맹을 맺었다지만 도응이 일부러 원술을 장강 이남으로 쫓아낸 상황이어서 맹약을 어긴 도응에게 필시 이를 갈고 있을 것입니다. 주공께서는 먼저 원술과 유요에게 천자의 명의로 사신을 파견해 순망치한의 이치를 들어 둘 사이의 분쟁을 중재하고 힘을 합쳐 도응에게 대항하도록 권하십시오. 다음으로 도응의 형 도상을 양주자사에 봉해 양주 모든 군을 다스리라는 천자의 명을 내리십시오. 이어 다시 원술, 유요에게 몰래 사람을 보내 양주자사에 임명된 도상이 강동을 병탄하러 나설 예정이라고 알린다면 그 둘은 반드시 손을 잡고 도응에게 대적할 것입니다."

순욱은 잠시 숨을 고르고 말을 이었다.

"얼마 전 황사가 도응에게 대패한 일이 있었습니다. 황사는 바로 유표의 애장 황조의 아들이어서 황조가 이 소식을 들으면 대로할 것이 분명합니다. 이때 주공께서 황조를 여강태수로 임명하시면 황조는 도응을 원수로 여겨 여강을 병탄할 마음이 생기게 됩니다. 또한 유표에게도 조서를 내려 회남으로 출격하라고 명한다면 유표는 성격상 감히 어지를 거역하지 못하고 여강 공격에 나설 수밖에 없습니다."

조조는 손뼉을 치고 기뻐하며 급히 다시 물었다.

"그럼 공손찬과 원술은?"

"공손찬 쪽은 조서 한 통이면 해결됩니다. 주공께서 도응에게 조서를 내려 공손찬이 역모를 꾸몄으니 청주로 출병해 공손찬의 부장 전해를 공격하라고 명하십시오. 도응이 조서를 받들지 않는다면 반역의 누명을 씌우면 되고, 조서를 받는다면 공손찬과 전해는 도응에게 앙심을 품게 됩니다."

“오, 그거 참 절묘하오. 도응이 출병하지 않더라도 천자의 영을 어긴 셈이니 명성은 바닥에 떨어지겠구려.”

“저에게 도응을 반드시 청주로 출병하게 할 묘책이 하나 있습니다. 이 계책이면 원소와 도응의 관계도 이간할 수 있습니다. 아시다시피 원소는 도응에게 마음이 쏠려 있고 원상도 도응과 매우 친밀한 반면, 원담은 도응을 철천지원수로 여기고 있습니다. 적의 적은 나의 친구요, 아군은 또 원담과 비교적 친하니 원담에게 청주를 공격하도록 설득하십시오.”

하지만 조조는 주저주저하다가 입을 열었다.

“이 계획이 성공한다면 원소와 도응의 사이를 갈라놓을 절호의 기회인 것은 분명하오. 하나 원담의 마음을 움직인다 해도 과연 원소가 이에 응하겠소?”

“쉽진 않지만 희망이 없는 것도 아닙니다. 원담은 원소의 장자임에도 총애를 받지 못해 공을 세우는 데 혈안이 돼 있습니다. 따라서 그를 설득하는 건 어렵지 않습니다. 게다가 전에 천자께 표를 올려 원소를 대장군 겸 태위, 기주, 유주, 병주 삼주 주목에 봉해 원소의 비위를 맞춘 적이 있습니다. 인심을 쓰는 김에 원소에게 청주목도 줘버리십시오. 원소가 이 호칭을 얻으면 청주에 욕심이 생기지 않겠습니까? 여기에 원담까지 청주를 토벌하자고 청한다면 그를 움직이기는 어렵지 않습니다.”

이를 곰곰이 듣고 있던 곽가가 손뼉을 치며 찬탄했다.

"오, 실로 묘책입니다. 원소가 일단 청주 출병을 결정한다면 필시 도응에게 도움을 청할 것이니, 도응의 병력을 한층 더 분산시킬 수 있습니다."

조조도 큰소리로 호쾌하게 웃으며 말했다.

"좋소, 그리 합시다! 먼저 도응의 이웃을 움직여 도응의 힘을 약화시킨 연후, 원담을 이용해 도응과 원소의 사이를 갈라놓고서 도응이 취한 전량이 풍부한 땅을 접수하러 갑시다!"

第五章
원소가 청주를 노리다

원술이 장강을 건너려 한다는 소식이 전해지자 당황한 유요는 즉각 아들 유기를 서현으로 보내 도응에게 맹약을 이행하라고 요구했다. 하지만 도응은 유요군이 전에 역양에서 진분의 수군을 섬멸하지 않고 퇴각한 일을 거론하며 누구의 책임이 더 큰지 가려보자고 따졌다.

유기는 꿀 먹은 벙어리가 돼 난감한 표정을 짓다가 재빨리 화제를 돌렸다.

"사군, 그렇다면 맹약을 새로 맺는 건 어떨까요? 귀군과 아군이 연합해 원술을 토벌한다면 서로의 이익에 부합하니, 이

번 기회에 역적의 싹을 완전히 잘라 버립시다."

도응은 의자에 비스듬히 앉아 거드름을 피우며 대꾸했다.

"맹약을 수정하자고요? 좋소이다. 하지만 조금만 기다려 주시오. 원술군이 장강을 건너면 아군이 귀군과 손잡고 원술을 토벌하겠소. 내 원술에게 강을 건너기 전까지는 절대 공격하지 않기로 약속했거든요. 유기 공자, 장부의 약속은 중천금이라 반드시 지켜야 하지 않을까요?"

이 말에 유기는 속이 부글부글 끓어올라 욕이라도 한바탕 퍼부어주고 싶었다. 하지만 감히 입 밖으로 낼 용기가 없어 씩씩거리는 얼굴로 당장 그 자리에서 빠져나와 강동으로 돌아갔다.

도응은 그의 뒷모습을 보고 코웃음을 치더니 모사들에게 얘기했다.

"강동 쪽은 유요와 원술이 치고받는 상황을 보고 대처하도록 합시다. 사실 지금 내 유일한 걱정은 유표 쪽이요. 유표가 비록 문 지키는 개라고 하나 남쪽 전선의 가장 강력한 적수여서 그와의 관계를 원만히 처리하지 못하면 골칫거리가 될 것이 분명하오. 흠, 진응은 간 지가 언젠데 아직까지 소식이 없을꼬?"

유엽이 도응을 위로하며 말했다.

"큰 문제는 없을 겁니다. 형주군이 아직 종양으로 철수하진 않았지만 유반은 아군과의 충돌을 최대한 억제하고 있습니다. 이는 곧 유반이 유표의 명을 성실히 따르고 있다는 증거지요. 유표는 아군과 우호적으로 지내길 바랄 터이니, 진응이 분명 좋은 소식을 가지고 곧 돌아올 것입니다."

"그러길 바라야지요."

도응도 고개를 끄덕이며 유엽의 말에 수긍했다.

유기가 떠난 지 엿새째 되는 날 아침, 형주에 사신으로 갔던 진응이 마침내 서현으로 돌아왔다. 그런데 그는 회하가 아니라 유표군의 호위를 받으며 양양에서 배를 타고 장강을 따라 종양으로 내려왔다. 도응은 이 소식을 듣고 크게 기뻐 친히 성을 나가 진응을 맞이했다. 도응이 진응을 보자마자 물었다.

"그래, 간 일은 어찌 됐소?"

진응이 공수하고 대답했다.

"무난히 처리하고 돌아왔습니다. 제가 유표 공을 만나 유반, 황사가 아군을 핍박한 일과 회남 전쟁에 대한 원소의 태도를 소상히 전하자, 유표 공이 그 자리에서 버럭 화를 내며 유반, 황사를 꾸짖고 아군에게 유감의 뜻을 표했습니다. 이어 아군과 우호 관계를 맺고 상호 무역을 열길 원한다고 밝히는 한편, 형주 노장 왕위(王威)를 보내 유반과 황사를 즉각 강하로 철수시키라고 명했습니다."

도응은 가슴에 안고 있던 돌덩이를 내려놓은 듯 안색이 환해지더니 다시 물었다,

"그럼 아군이 환현에서 황사와 충돌한 일에 대해 유경승(景升)은 어떤 태도를 보였소?"

경승은 유표의 자다. 그런데 진응은 고개를 갸웃거리며 되물었다.

"아군이 환현에서 황사와 충돌했다고요? 그런 일이 있었습니까? 저는 금시초문입니다."

이번에는 외려 도응이 의아한 표정을 지으며 물었다.

"모르고 있었소? 그대가 양양으로 떠난 지 한 달이 다 되어 가는데, 이 소식이 아직까지 양양에 전달되지 않았단 말이오?"

"제가 엿새 전에 양양을 출발했습니다만 그때까지도 아군과 형주군이 충돌했다는 소식을 듣지 못했습니다. 유표 공이 나루에서 절 전송하면서도 그 일은 전혀 언급하지 않았습니다."

"이상하구려. 이미 스무 날이나 지난 일인데… 종양에서 양양까지는 수로로 연결돼 있어서 이처럼 중대한 소식이 그리 늦게 전달될 리가 없을 터인데……."

이때 가후가 끼어들며 말했다.

“이는 두 가지로 해석할 수 있습니다. 첫째는 유반과 황사가 두려운 마음에 감히 유표에게 환현 일을 알리지 않았을 가능성입니다. 둘째는 황조가 이 정보를 듣고도 중간에서 묵과했을 수 있습니다. 자기 아들의 과오 때문에 불이익을 받을까 염려해 숨긴 것이죠.”

도응은 가후의 말에 고개를 끄덕인 후, 갑자기 무슨 생각이 났는지 환한 얼굴로 얘기했다.

“차라리 잘된 일인지도 모르오. 황조 부자와 유반이 밝히고 싶어 하지 않으니 우리도 굳이 이 일을 끄집어내 황조의 미움을 살 이유가 없소. 우리가 입을 꾹 다물고 있으면 추후 황조와 마주쳤을 때 도움이 될 것이오.”

도응의 의도는 좋았지만 사태는 도응이 원하는 대로 흘러가지 않았다. 그들에게 걸림돌이 등장했으니, 그는 바로 진응과 함께 남하하여 유반, 황사에게 철군 명령을 전하러 온 형양(荊襄) 장수 왕위였다.

유표 부자의 충신 중 하나인 노장 왕위가 종양에 막 당도했을 때는 특별히 이상한 분위기를 감지하지 못했다. 그러나 사병들의 수가 많이 모자라고 부상병도 꽤 많은 것을 보고 갑자기 의심이 들어 조사에 착수했다.

곧이어 부상병으로부터 환현에서 서주군과 충돌한 경과를

자세히 듣고, 왕위는 유반과 황사를 찾아가 이런 군정 대사를 왜 유표에게 보고하지 않았느냐고 추궁했다.

왕위의 엄한 추궁에 유반은 할 말이 없이 고개를 떨어뜨렸고, 당사자인 황사는 부끄러운 마음에 귀까지 빨개져 결국 왕위 앞에 무릎을 꿇고 방성대곡하며 한 번만 이 일을 눈감아 달라고 애걸했다.

이번 일만 넘어가 주면 부친 황조에게 말해 중히 사례하겠다고 간청했지만 강직한 성품의 왕위는 들은 체도 않고 이 사실을 유표에게 보고했다.

유표는 황사가 전장에서 대패한 것은 물론 온갖 추태를 보였다는 말에 노발대발해 당장 황사의 군직을 박탈하고 고향으로 돌아가라고 명했다. 이어 유반과 황조에게도 윗사람을 기만했다는 죄를 물어 관직 두 등급 강등의 명을 내렸다.

이 일로 크게 낙담한 황조는 유표에게 글을 올려 죄를 청하는 한편, 도응에게는 이를 바득바득 갈며 훗날 반드시 이 치욕을 씻겠다고 다짐했다.

한편 회남 전쟁이 막을 내리기 전, 조조에게 크게 우롱당한 원소는 허도로 출병해 헌제를 빼앗아오려고 마음먹었다. 하지만 원소가 이 결정을 내리자마자 관원들이 즉각 반대하고 나섰다.

원담 일당은 물론 전풍과 저수까지 아직은 시기가 무르익지 않았다고 여겨 지금은 서산낙일(西山落日)의 공손찬을 궤멸하는 것이 급선무라고 권고했다.

우유부단한 원소가 쉽사리 결정을 내리지 못하고 있을 때, 전방에서 갑작스러운 변고가 전해졌다. 적의 영토까지 깊숙이 들어가 신나게 공손찬을 쫓던 원소군 대장 국의가 불의의 일격을 당해 급히 퇴각하며 구원병을 요청해온 것이다. 원소는 이 소식을 듣자 하는 수 없이 허도로 진격하려던 계획을 포기하고 북쪽으로 대규모 증원군을 파견했다.

때마침 조조도 원소의 비위를 맞추기 위해 천자의 명의로 원소에게 한실의 최고위직인 대장군과 태위직을 내리고, 더불어 기주, 유주, 병주 3개 주의 주목으로 임명했다. 이에 원소의 화가 조금 누그러져 악화일로로 치닫던 둘의 관계도 어느 정도 완화되었다.

그런데 다시 원소에게 청주목까지 포함해 4개 주의 주목으로 봉한다는 서신이 도착한 것이다. 이때 조조의 사주를 받은 원담이 앞으로 나와 말했다.

"소자가 청주로 출격해 공손찬의 부장인 전해를 공격하겠습니다. 그리하여 공손찬의 우익을 철저히 제거하고, 또 부친의 진정한 청주목 직위를 위해 청주를 빼앗아 오겠습니다."

"청주를 공점하겠다고?"

원소는 머뭇머뭇하다가 말을 이었다.

“청주의 병력이 염려할 만큼 강하진 않다만 현재 아군 주력 부대가 대부분 북상해 다시 군대를 나누기가 마땅치 않다. 네 무용이 뛰어나다는 건 알지만 청주와 유주를 동시에 점령하기에는 힘이 부족하단 생각이 드는구나.”

원담이 몰래 곁에 있던 곽도에게 눈짓을 하자, 곽도가 그 뜻을 알아채고 앞으로 나와 원소에게 공수하고 말했다.

“그건 아무 염려 마십시오. 아군이 청주를 점령하는 데 그리 많은 병마와 전량을 동원할 필요가 없습니다. 저에게 한 가지 계책이 있는데, 대공자에게 병마 만 명만 지원해 주시면 손쉽게 청주 전역을 취할 수가 있습니다.”

원소는 귀가 솔깃해져 다급한 목소리로 물었다.

“공칙, 무슨 묘계인지 얼른 말해 보시게.”

곽도는 미소를 짓고 차분히 대답했다.

“주공께서는 사위인 서주의 도 사군을 잊으셨습니까? 며칠 전 허유가 사람을 보내 원술이 주공의 뜻에 따라 화해 조정을 받아들이고 서주군에게 회남 전역을 넘겨준 후 강동으로 이주하기로 했다고 보고했습니다. 전쟁이 마무리되어 도응은 곧 군사를 이끌고 서주로 귀환할 터이니, 주공께서는 어찌 도 사군에게 청주로 출병해 아군을 도와 함께 전해를 토벌하라고 명하지 않으십니까?”

신평이 기회를 엿보다가 곽도의 말을 거들었다.

"공칙의 말이 일리가 있습니다. 도 사군이 순조롭게 회남을 점령한 건 모두 주공께서 그의 뒤를 봐주셨기 때문입니다. 북쪽 전선의 근심을 완전히 해소해 줌은 물론 아직 싸울 여력이 남아 있는 원술에게 장강 이남으로 물러가도록 강요함으로써 회남 전역을 손에 넣을 수 있었던 것이죠. 게다가 주공의 영애까지 도응에게 시집보냈으니 이런 지극정성이 어디에 있겠습니까? 이제는 도응이 주공께 보답할 차례입니다."

모사들의 추어올림에 기분이 한껏 고양된 원소는 손뼉을 치고 기뻐하며 말했다.

"그대들의 말이 맞소. 이번에는 도응이 이 악부에게 보답할 차례지. 그럼 이렇게 합시다. 당장 도응에게 사신을 보내 다른 보답은 필요 없고, 내가 청주를 손에 넣는 데 최대한 협조하라고 이르시오."

이 말을 듣자 원상은 마음이 다급해져 원담 대신 자신이 이번 출격에 나서겠다고 말하려고 했다. 이때 곁에 있던 심배가 재빨리 원상의 옷깃을 잡아당기고는 귓속말로 나직이 물었다.

"혹시 대공자와 이번 청주 출병의 통솔권을 다투려는 것입니까?"

원상이 맞다며 고개를 끄덕이자 심배가 낮은 목소리로 속삭였다.

"불가합니다. 청주의 전해는 도 사군 부자에게 대은을 베푼 은인입니다. 따라서 도 사군이 억지로 출병에 응한다 해도 힘을 다하지 않을 것이 분명해 쉽게 청주를 손에 넣을 수 없습니다. 이런 상황에서 공자가 청주로 출격한다면 도 사군을 더욱 난처하게 할 뿐입니다. 그러니 차라리 대공자를 보내 도 사군과 대공자의 관계를 더욱 악화시킨다면 도 사군을 확고하게 우리 편으로 만들 수 있습니다. 공자께서는, 몰래 도 사군에게 연락을 취해 대공자를 궁지로 몰아넣도록 사주하십시오."

이 말에 원상의 두 눈이 번쩍 뜨이면서 반 보 앞으로 내민 오른발을 천천히 거둬들였다.

*　　　*　　　*

거듭된 논의 끝에 서주군은 회남의 치소를 합비로 정하기로 확정했다.

이는 역사적으로 조위(曹魏)의 선택이기도 했다. 회남 전역을 종람했을 때 합비는 어떤 성지보다 군사적으로 중요했기 때문이다.

합비의 최대 우위는 바로 교통이다. 육로가 넓고 평탄하며,

수춘과 역양, 서현 3대 요해지 중심에 위치에 있어서 상호 연락이나 군대 이동이 매우 편리했다. 수로 역시 전선이 항행할 수 있는 시수가 소호 및 유수구와 곧바로 연결돼 있었다. 소호는 천연의 수군 조련지요, 유수구는 실제로도 조조와 손권이 이곳을 차지하기 위해 수없이 전투를 벌였을 만큼 강남 전장의 필쟁지지(必爭之地)였다.

이밖에도 합비 주변의 비수가 작피호와 회하로 곧장 통해 태항산의 목재 및 수춘과 안풍, 심지어 광릉, 하비의 전량까지 빠르고 안전하게 합비로 공급하는 것이 가능했다. 이런 이유들도 인해 도응은 회남의 전략적 요충지를 합비로 정하고, 합비 재건에 온 힘을 쏟아 부었다.

서주군이 각종 후속 조치를 마무리 지었을 때는 홍평 3년 세밑(한 해가 끝날 무렵)이었다.

새해 전까지 서주로 돌아가기 어려워지자 도응은 아예 회남에서 새해를 맞이하기로 결정했다.

삼군에 풍성한 음식을 하사하라고 명해 군영의 모든 장수와 사병들이 즐겁게 섣달 그믐날을 보냈다.

한편 새해는 조조가 연전에 헌제에게 바친 연호 건안(建安)에 따라 건안 2년(197년)이 되었다.

또 이 기간 동안 도응은 현자를 초빙한다는 방을 붙여 대대적으로 인재를 모집했다.

이때 찾아온 자 중 유명한 이로는 자가 자익(子翼)인 장간(蔣幹)과 자가 문표(文表)인 진송(秦松)이 있었다. 그리고 명성이 자자한 또 한 사람, 장소가 도응에게 몸을 의탁했다.

청풍령에서 은거하던 장소는 친한 벗인 진단(陳端)을 만나러왔다가, 먼저 도응에게 투신한 진단의 권유로 도응을 찾아갔다.

도응은 장소가 찾아왔다는 소식에 기쁨을 감추지 못하고 맨발로 달려 나가 장소를 맞이했다. 도응은 내정에 있어서 탁월한 능력을 발휘하는 장소에게 서주 치중이라는 높은 관직을 내리고, 노숙을 도와 회남의 민정을 다스려 달라고 부탁했다.

진단, 진송 등 회남 명사들에게도 각기 맞는 벼슬을 내리고, 장간은 종군 모사로 삼았다.

서주를 오래 떠나 있었던 도응은 건안 2년 정월 초닷새에 서주로 개선하기로 결정했다. 철수 준비가 모두 끝나자 도응은 출발 전날 합비성에서 성대한 연회를 베풀고 회남을 지키게 될 노숙 등과 아쉬운 이별의 술잔을 기울였다.

다들 술이 거나하게 취해 흥겹게 놀고 있을 때, 대당 밖에서 호위병 하나가 급히 안으로 뛰어들어 왔다. 그는 도응에게 긴급 문서를 바치며 후방의 진등과 조표가 쾌마로 급보를 알려왔다고 말했다.

홍을 깨는 전갈에 도응은 인상을 찌푸린 채 한 손에는 술잔을 들고, 나머지 손으로 편지를 읽어 내려가다가 그만 손에서 술잔을 놓치고 말았다.

탁 하는 소리가 나며 도응이 놀란 표정을 짓자 대당 안은 순간 적막으로 휩싸였다. 이를 본 노숙이 급히 달려가 물었다.

"주공, 무슨 일인데 이리 놀라십니까?"

침중한 얼굴로 미동도 하지 않던 도응이 한참 만에 입을 열었다.

"조조가 천자의 명의로 서주에 조서 두 개를 내렸소. 하나는 내 형님을 양주자사로 봉한다는 것이고, 또 하나는 나를 서주와 양주 주목으로 봉하고 역적 공손찬의 부장 전해를 토벌하라는 것이오."

도응의 말이 떨어지자 노숙을 비롯한 서주의 모사들은 갑자기 낯빛이 하얗게 질리고 말았다. 반면 장내의 무장들은 서로의 얼굴을 바라보며 도응이 왜 놀라는지 의아해했다.

그중 진도가 궁금해 물었다.

"조적이 천자의 명의로 주공을 이 주 주목에 봉하고, 주공의 형님을 양주자사에 임명한 건 경축해야 할 일 아닙니까? 그런데 왜 기뻐하지 않고 외려 놀라십니까?"

도응이 쓴웃음을 짓더니 대답했다.

"난 내 형님을 여강태수에 임명해 달라고 표를 올렸는데, 조조가 냅다 그를 양주자사에 임명한 건 다 속셈이 있어서요. 양주 5군 중 우리가 구강과 여강, 두 군밖에 손에 넣지 못한 상황에서 장강 이남의 원술, 유요, 왕랑, 엄백호 등이 이 소식을 듣는다면 나에게 적의를 품을 것이 분명하오. 이것이 바로 조조가 노리는 바요."

가후가 사태를 분석한 후 말했다.

"여기에는 필시 후속 조치가 따를 것입니다. 조조가 주공을 양주목에 봉해 명목상으로 강남 군웅들을 다스리게 했지만 저들의 마음속에는 주공에 대한 불만으로 가득 차게 될 것입니다. 조조는 이를 노려 원술과 유요 등이 아군을 공격하도록 책동할 수 있습니다."

도응은 고개를 끄덕이며 진등의 편지를 들고 침중한 목소리로 말했다.

"게다가 아주 골치 아픈 놈을 상대해야 할 수도 있소. 진원룡이 보낸 문서에는 아직 진위가 확인되지 않은 정보가 하나 더 있소. 허도에 잠복해 있는 아군 세작 말에 따르면, 조조가 강하의 황조를 여강태수에 봉했다는 소문이 돈다고 하오."

유엽이 신음성을 내뱉으며 대답했다.

"음, 이는 사실일 가능성이 매우 높습니다. 황조의 아들 황사가 아군에게 대패한 소식은 분명 세작을 통해 조조 귀에 들어갔을 것입니다. 이에 조조는 일부러 황조를 여강태수에 임명해 아군과 충돌을 유도할 테고, 성미가 불같은 황조도 여강태수의 봉작을 받으면 필시 아군을 원수로 여겨 말썽을 일으킬 것입니다."

도응의 대답이 채 떨어지기도 전에 서주 무장들이 잇달아 앞으로 달려 나와 자신이 선봉에 서서 황조를 상대하겠다고 외쳐 댔다. 도응은 손을 들어 이들의 자원을 제지한 후 미소를 띠며 말했다.

"황조 필부 놈이 무에 대단하다고 소 잡는 칼이 필요하겠소? 황조 놈쯤이야 일개 아장으로도 충분히 상대할 수 있소이다. 자, 자! 그 얘긴 그만두고 계속 술이나 마십시다. 취하지 않으면 절대 돌려보내지 않을 테니 다들 코가 삐뚤어지도록 마셔 봅시다!"

도응이 잔을 들어 건배를 외치자 도응의 칭찬에 기분이 고조된 뭇 장수들은 호탕하게 웃으며 단숨에 술잔을 비웠다.

한편 가후와 노숙 등은 굳이 말하지 않아도 도응의 의도를 알아채고 입을 꾹 다문 채 술잔을 기울였다.

서주군의 연회는 밤새 계속 이어져 이경 때가 돼서야 술기운을 못 이긴 도응이 술자리를 파하라고 명했다. 서주 문무 관원이 잇달아 작별 인사를 고하고 자리를 떠났을 때, 가후와 노숙, 유엽 등 몇몇 심복 모사들은 알아서 후당으로 발길을 돌렸다.

한참 후에야 관원들을 모두 전송한 도응이 취기 가득한 얼굴로 후당으로 돌아왔다. 하지만 그는 방문을 들어서자마자 언제 그랬냐는 듯 재빨리 정신을 차리고, 진등의 편지를 꺼내 심복들에게 돌려보게 한 다음 단도직입적으로 물었다.

"조조가 천자의 명을 빌려 내게 청주를 공격하라고 명한 건 무슨 뜻이오? 아군이 전해와 사이가 가까워 내가 면종복배(面從腹背)하고 출병하지 않거나 혹은 출병하더라도 힘을 다하지 않을 것임을 그도 잘 알 터인데 말이오."

가후가 먼저 얘기를 꺼냈다.

"당금에 한실이 쇠미하여 천자가 위엄을 잃어버린 지 오래라, 제후에게 조서를 내려도 겉으로만 받들고 속으로는 명을 따르지 않고 있습니다. 조조가 뻔히 이를 알면서도 주공께 조서를 내린 건 분명 뒤에 어떤 음모가 도사리고 있음을 말해 줍니다. 하여 주공께서는 반드시 이에 대비해야만 합니다."

도응이 고개를 끄덕이며 대답했다.

"나 역시 같은 생각이오. 아군이 회남 전역을 손에 넣자 조조는 필시 이를 질투해 휴지나 다름없는 천자의 조서로 청주를 공격하라고 명했을 것이오. 여기에 분명 조조의 속임수가 숨어 있을 텐데, 대체 그것이 무엇인지 공들의 고견을 듣고 싶소이다."

유엽은 물론 노숙, 진응 등은 고개를 절레절레 흔들며 난감한 표정을 지을 뿐이었다. 이때 가후가 잠시 뜸을 들이다가 대뜸 말했다.

"어쩌면 이 일은 원소와 관련이 있을지도 모릅니다."

이 말에 도응은 정신이 번쩍 들며 다그치듯 물었다.

"그게 무슨 뜻인지 얼른 말해 보시오."

"아주 단순한 이치입니다. 아군이 청주를 공격하면 물론 조조가 잠자코 옆에서 구경만 하다가 어부지리를 취하겠지만 가장 직접적인 관련자는 오히려 원소입니다. 따라서 원소도 이를 좌시하지 않을 테니 그의 거동을 유심히 살피며 만일의 사태에 대비하십시오."

도응은 가후의 말뜻을 알아듣고 한참 동안 생각에 잠겼다가 명을 내렸다.

"우선 조굉에게 편지를 보내 기주 방면의 탐문과 정보 수집을 강화하라고 이르시오. 그리고 진등에게는 내 이름으로 허유에게 후한 뇌물을 주고 당분간 서주에 붙잡아두라고 이르시오. 사태가 명확해지면 허유는 틀림없이 이용가치가 있을 것이오."

이에 주부 진응이 쾌마로 서주에 보낼 편지를 쓰는 사이,

도응이 모사들을 돌아보며 물었다.

"참, 남쪽 전선 일은 어찌 처리하면 좋겠소? 조조의 간계가 통한다면 보통 골칫거리가 아닐 텐데……."

이번에는 유엽이 먼저 말을 꺼냈다.

"남쪽 전선의 관건은 바로 황조입니다. 원술과 유요가 아군을 증오한다지만 그들은 실력이 미약해 단독으로는 아군에게 위협이 되지 않습니다. 설사 둘이 손을 잡는다 해도 불공대천의 원수 사이인 이들이 동심협력하기는 어려워 족히 두려워할 바가 못 됩니다."

유엽이 계속 말을 이었다.

"하지만 황조는 이들과 다릅니다. 아군과 지척인 강하에 주둔하고 있어서 언제든지 회남을 위협할 수 있고, 또 그가 작심하고 분란을 조장한다면 형주와 전면전이 일어나는 것도 간과할 수 없습니다. 그리하여 대전이 발발한다면 조조가 큰 이익을 누릴 뿐 아니라 원술과 유요도 이 틈을 타 준동해 회남 전선이 더욱 악화될 수 있습니다. 따라서 아군 입장에서는 황조라는 말썽거리를 해결하는 것이 가장 시급합니다."

도응이 미간을 찡그리며 대꾸했다.

"자양의 말이 맞소만 이 골칫거리를 어떻게 해결한단 말이오? 황사의 일로 황조가 아군을 증오해 그를 매수하거나 관계를 완화하기가 여간 어려운 일이 아니오."

유엽이 우물쭈물하며 아무 대답도 못 하자 가후가 미소를 지으며 말했다.

"이는 손바닥 뒤집듯 쉬운 일이니 주공은 너무 걱정 마십시오. 유표는 군자로 이름이 높지만 내심으로는 의심이 많고, 그의 심복인 채모(蔡瑁) 형제도 어진 이를 질시하는 소인배입니다. 주공께서는 양양에 사람을 보내 황조에 대한 유언비어를 퍼뜨리십시오. 유표가 처남인 채모 등을 중용하고 자신을 변방으로 내몬 데 대해 앙심을 품어 몰래 조조와 내통해 반란을 꾸미고 있다고 말입니다. 그런 다음 주공께서 유표와 우호 관계를 맺은 데 대한 답례를 구실로 형주에 사신을 보내 채모 형제와 교분을 맺고 이 사실을 한층 더 각인시키십시오. 조조가 뜬금없이 황조를 여강태수로 봉한 데다 채씨 형제까지 중상모략에 나서면 유표는 황조를 심히 의심할 수밖에 없습니다. 그리 되면 유표가 설사 영을 내려 황조를 소환하지는 않더라도 필시 심복을 보내 엄히 감시할 터이니 황조가 감히 경거망동하기는 어려워집니다."

도응은 손뼉을 치고 기뻐하며 가후의 계책에 찬탄해 마지않은 후, 생글생글 웃는 얼굴로 한 사람을 응시했다.

"이 일은 그대가 맡아줘야겠소. 우리 군중에서 그대만 한 적임자를 찾기 어렵소이다."

양굉 역시 미소를 짓고 웃는 낯으로 화답했다.

얼마 후, 원소가 도응에게 청주를 공격하라고 요구했다는 소식이 서주 군중에 전해졌다. 이로써 5로 제후를 움직여 도응을 궁지로 몰아넣으려는 조조의 흉계가 마침내 드러났다.

앞서서 이 중요한 정보를 도응에게 발설한 이는 바로 원상이었다. 그는 도응에게 밀서를 보내 원소의 결정을 알리는 것 외에 두 가지 소식을 더 전했다.

첫째는 이 결정이 원담 및 그 일당의 부추김에 의해서라는 것과 둘째는 원담이 이미 청주도독으로 임명돼 1만 2천 군사를 이끌고 평원으로 출발할 준비를 하고 있다는 것이었다.

전부터 원소군이 점거한 평원군을 전진 기지로 삼아 서주군과 연합해 일거에 청주를 집어삼킬 예정이므로 무슨 일이 있어도 원담을 물 먹일 방법을 꼭 강구해 달라고 요청했다.

원상이 나서서 일의 자세한 경과를 누설한 목적은 당연히 도응과 원담의 관계를 한층 더 악화시켜 도응을 든든한 외원으로 삼기 위함이었다.

이 소식을 통해 도응은 이 사건의 배후에 조조의 그림자가 도사리고 있음을 확신할 수 있었다. 천자의 명의로 전해를 공격하라는 명이 떨어짐과 동시에 원소도 같은 명을 내린 건 우연치고는 정말 공교로웠다.

위험의 냄새를 맡은 건 도응뿐만 아니었다. 노숙을 대신해 정식으로 서주 군사에 임명된 가후도 사태가 심상치 않음을 깨닫고 진언했다.

"주공, 원담 일당이 갑자기 아군과 청주를 치겠다고 원소에게 권한 건 배후에서 조조가 사주한 것이 분명합니다. 조조의 목적이야 청주와 서주에 전란을 일으켜 아군의 힘을 분산, 약화시키고 또 원담과 아군의 충돌을 유도해 원소와 주공 사이를 갈라놓으려는 것이겠죠."

이어 유엽이 나서서 부언했다.

"조조가 주공을 양주목에 봉하고 주공의 형님을 양주자사에 책봉한 건 아군을 뼛속까지 증오하는 원술, 유요에게 적의를 더욱 부채질하기 위함이요, 이어 일부러 황조를 여강태수에 봉한 건 황조에게 아군과 개전하도록 종용한 것이며, 원소와 공손찬 쪽은 방금 문화 선생이 말한 바와 같습니다. 5로 제후를 이용한 계략 중 하나라도 성공한다면 나머지 제후들이 득달같이 달려들어 아군은 돌이킬 수 없는 재난에 빠지게 되고, 이어 조조가 서주로 출격해 아군에게 치명타를 가할 것입니다!"

도응은 가후와 유엽의 견해에 즉답을 피하고 곰곰이 생각에 잠겼다가 한참 만에 입을 열었다.

"조조의 간계를 간파했으니 그걸로 됐소. 우리는 기존의 방침대로 대처합시다. 5로 제후 중 가장 관건이 되는 이는 바로 원소요. 원소만 잘 구슬려서 계속 우리의 보호막이 되어 준다면 조조가 함부로 서주를 넘보지 못할 것이오. 하찮은 유요, 원술 따위야 족히 근심할 바가 못 되고요."

하지만 진웅은 그렇게 낙관적이지 않았다. 이에 도웅의 의중을 떠보았다.

"원소도, 천자의 조서도 아군더러 청주의 전해를 공격하라는데, 대체 싸워야 합니까, 말아야 합니까?"

"당연히 싸워야지요. 전해가 서주에 대은을 베푼 것은 맞지만 원소의 은혜도 그에 못지않소. 또한 천자의 명을 거역하면 공개적으로 반란을 꾀하는 것이 되므로 서주 5군을 불충과 불의의 땅으로 만들 수가 있소."

그러자 유엽이 조심스럽게 물었다.

"주공, 이번에 겉으로는 청주를 공격하겠다고 말하고 실제로는 행동을 취하지 않거나 소수 병력을 보내 공격하는 시늉만 하려는 것 아닙니까? 그리해도 조조야 우리를 어찌 해볼 방법이 없다지만 원소에게는 뭐라고 설명할 생각입니까?"

"악부가 날 후대했는데 내가 악부를 섭섭케 해서야 되겠소? 이번에 아군이 순조롭게 회남을 점령한 건 원소가 북방 전선을 보호해 준 덕분이니, 당연히 그 은혜에 보답해야지요. 내 친히 대군을 이끌고 북상해 청주를 손에 넣어 악부에게 바칠 생각이오."

가후와 유엽, 진응은 도응이 제정신인가 싶어 눈만 멀뚱멀뚱 뜨고 도응을 바라볼 뿐이었다. 이를 아는지 모르는지 도응은 전혀 개의치 않고 당당하게 말했다.

"물론 여기에는 또 한 가지 이유가 있소. 바로 원상 때문이오. 우리는 청주를 빼앗은 공로를 아군과 적대하는 원담이 아니라 원상에게 넘겨줘야만 하오."

이어 도응은 낯빛 하나 변하지 않고 진응에게 분부했다.

"진응은 내 대신 원상에게 편지 한 통만 써주시오. 구체적인 내용은 크게 세 가지요. 먼저 원담이 청주에 이르러도 내 절대 그를 편히 두지 않겠다고 이르시오. 다음으로는 내 친히 청주로 북상해 악부와 처남의 은혜에 보답하기로 결정했으니, 개세의 대공이 거저 원담 손에 넘어가지 않도록 그의 병권을 빼앗을 방법을 강구하라고 이르시오. 나 역시 최선을 다하겠다고 덧붙이고요."

여기까지 얘기하고 잠시 생각에 잠겼던 도응이 다시 입을 열었다.

"마지막으로 아군 주력 부대가 회남에서 반년 넘게 전쟁을 치르느라 장수와 사졸 모두 크게 지쳐 있고, 군수와 전량도 단시간 안에 조달하기 어려우므로 가을밀을 수확할 때까지만 잠시 쉬면서 군대를 정비할 수 있도록 원소에게 잘 말해 달라고 이르시오. 그리고 그 석 달여 동안 원담이 먼저 전해와 교전을 벌일 수밖에 없도록 압력을 행사할 방법도 찾아보라고 하시오. 그리하면 원담에게서 병권을 빼앗을 기회가 생긴다는 말과 함께요."

그제야 가후 등은 도응의 의도를 알아채고 절묘한 계책에 혀를 내둘렀다.

진응이 기주의 원상에게 보낼 편지를 다 쓰고 필묵을 거두려 할 때, 도응이 재빨리 제지하며 말했다.

"잠시만. 한 통 더 보낼 서신이 있소. 이번에는 전해에게 보낼 투항 권유 편지요. 원담의 종용을 받은 원소와 천자의 이름을 빌린 조조의 핍박으로 아군이 어쩔 수 없이 청주로 출병하게 됐다는 사실을 빠짐없이 적으시오. 그런 다음 아군에게 투항하면 자사직을 영원히 유지할 뿐 아니라 부귀영화와 권세가 지금보다 더하면 더했지 줄지 않을 것이라고 이르시오."

편지를 적어 내려가던 진응은 깜짝 놀라며 물었다.

"전해는 오로지 공손찬에게만 충성을 다해 미약한 병력으로도 지금까지 원소에게 무릎을 굽히지 않았는데, 과연 우리의 투항 권유를 받아들일까요?"

도응은 천천히 미소를 지으며 대답했다.

"투항 권유의 성공 여부는 중요하지 않소. 중요한 건 선례후병이오. 서주에 은혜를 베푼 전해에게 선전포고도 하지 않고 손을 쓰는 건 도의에 어긋나는 짓이므로 이 편지는 반드시 보내야 하오. 게다가 밀이 익은 후에 출병하겠다고 알리면 그 역시 마음의 준비를 할 시간이 충분하고요."

진웅은 도웅의 설명에 고개를 끄덕이고 계속 편지를 써 내려갔다.

가후와 유엽 또한 마음속으로 복잡한 사안을 단순 명료하게 처리하고 변고에 직면해서도 태연자약한 도웅의 태도에 탄복해 마지않았다.

*　　　*　　　*

일사천리로 모든 문제를 처리한 도웅은 서주 주력군을 이끌고 반년간이나 떠나 있었던 팽성으로 마침내 돌아왔다.

도상과 진등, 조표 등은 서주 문무 관원은 물론 수많은 군민들을 거느리고 성 밖 30리까지 나가 열렬히 도웅의 개선 부대를 맞이했다.

많은 병사들이 오랫동안 헤어졌던 가족과 상봉해 기쁨의 눈물을 흘렸지만, 반면 전장에서 아들과 남편, 형제를 잃은 사람들은 바닥에 주저앉아 눈물을 뿌리며 통곡했다. 도웅은 말에서 내려 일일이 이들을 부둥켜안고 그들의 희생 덕분에 원술을 토벌하는 데 성공했다며 감사를 표시했다.

백성들은 병사를 가족처럼 아끼는 도웅의 마음에 감동해

엎드려 절을 올리며 도 사군을 연호했다.

백성들을 위무하며 행진하던 도응은 환영 인파 속에서 원소군 모사 허유를 발견하고 진등에게 미소를 지어 보였다. 그러자 진등도 이에 화답하고 낮은 목소리로 말했다.

"허유는 과연 주공께서 편지에 쓰신 대로 재물을 탐하고 여색을 좋아하더군요. 이에 등이 뇌물을 듬뿍 안기고 날마다 주연을 베풀었더니 미첩의 치마폭에 빠져 기주로 돌아갈 생각을 아예 잊었습니다. 그런데 무슨 이유로 그를 서주에 붙잡아두는 것입니까?"

"그를 어디에 이용할지 아직까지 결정된 바는 없소. 일단 원소에게서 편지가 오면 그때 다시 얘기합시다."

이어 도응은 길게 늘어선 관원과 백성 인파의 뜨거운 환영을 받으며 성안으로 들어갔다.

혼인한 지 사흘 만에 부군과 이별했던 도응의 정처 원예는 도응의 귀환에 기쁨을 감추지 못했다. 도응은 서주로 돌아온 후 조령과 미정의 질투를 무릅쓰고 연이어 사흘 밤을 원예의 처소에서 보냈다.

나흘째 날 밤도 원예의 처소를 들른 도응은 운우지정을 나눈 후 갑자기 한숨을 내쉬며 말했다.

"휴, 부인과 함께할 시간도 이제 얼마 남지 않았소. 며칠 있으면 또 군사를 이끌고 출정해야만 하오."

원예가 놀란 눈으로 물었다.

"돌아오신 지 얼마나 됐다고 또 출정이에요?"

"방법이 없소. 나도 가고 싶지 않지만 가지 않을 수가 없다오."

그러고는 원상이 편지를 보내 알려온 소식과 원담이 원소를 종용해 자신에게 청주로 출병하라고 명한 일을 원예에게 몽땅 털어놓았다. 끝으로 도응은 수심 가득한 얼굴로 탄성을 내질렀다.

"하, 이는 부인 부친의 명이라 내가 아무리 원하지 않아도 반드시 가야만 한다오."

성심이 온유하고 착한 원예는 도응이 안쓰러워 측은한 목소리로 물었다.

"부군께서 이제 막 얼굴이 홀쭉해져 회남에서 돌아왔는데 좀 더 쉬었다가 출정하면 안 되나요?"

"나는 상관없소. 하지만 피곤에 지친 군사들이 충분히 쉬지도 못하고 출병했다가 불만이 가득할까 걱정이오."

만면에 시름이 가득한 도응은 괴로운 어조로 말했다.

"본래는 전국옥새를 기주에 보낼 때 사신을 통해 밀이 익을 때까지만 기다려달라고 악부께 청할 생각이었소. 하지만 악부께서 시간을 일부러 지체한다고 의심할까 두려운 데다 원담 형님이 옆에서 나와 악부의 관계를 이간할 가능성이 높아서……."

원예는 도응의 하소연을 듣고 환한 얼굴로 대답했다.

"그건 아무 염려 마세요. 부군은 계획대로 소첩의 부친께 사신을 보내 해명하세요. 소첩도 모친께 편지를 보내 부군의 사정을 소상히 설명하고, 부군의 출병 날짜를 밀 수확 이후로 연기하도록 청해달라고 얘기해 볼게요."

"그게… 가능하겠소?"

원예는 천진난만하게 웃음을 지었다.

"물론이에요. 부군은 모르겠지만 소첩의 부친은 내 어머니의 말이라면 거스른 적이 한 번도 없다고요. 어머니가 부군의 사정을 얘기하면 부친의 동의를 얻어내는 건 일도 아니에요."

도응은 기쁜 빛을 띠고 원예를 향해 활짝 웃어 보였다. 그런데 갑자기 도응의 표정이 다시 시무룩해지며 어렵게 입을 뗐다.

"부인, 하나만 더 도와줄 수 있겠소? 악부께 맹주의 신분으로 조조에게 청주로 출병하도록 명해 세 집안이 함께 청주를 토벌하도록 청해 주시오."

원예가 의아한 표정을 지으며 물었다.

"소첩이 정사에는 비록 어둡지만 부군과 조조는 철천지원수로 알고 있는데, 왜 함께 출병하려는 것이에요?"

"조조가 나와 원한이 깊기 때문에 반드시 함께 출병해야만 하오. 악부의 주력 부대가 이미 유주로 북상한지라 거리낄 것이 없어진 조조는 내가 청주로 출격한 틈을 타 서주를 노릴 가능성이 높소. 따라서 조조를 청주 전선으로 끌어들여야만 서주의 안전을 보장할 수 있는 것이오."

원예는 잠시 주저하다가 말을 꺼냈다.

"그럼 이렇게 하세요. 부군이 제 모친께 서신을 보내 사정을 명확히 설명하세요. 저도 모친께 편지를 쓸게요. 우리 부부가 힘을 합쳐 도와달라고 청하면 모친도 분명 힘써 주실 거예요."

第六章
위조 편지

허유가 서주에서 주색에 빠져 방탕하게 놀고 있을 때, 원소의 사신이 팽성에 당도했다. 사신은 허유를 만나 청주 토벌에 관한 일과 함께 전국옥새를 언제 기주로 보낼지 도응에게 묻도록 했다.

도응을 접견한 허유는 도응 부자와 전해의 관계를 잘 알고 있었기 때문에 어떤 방법으로 청주 출병의 확답을 받아내야 할지 속으로 곰곰이 고민 중이었다. 그런데 허유의 예상과 달리 도응은 인상 한번 찌푸리지 않고 호쾌하게 대답했다.

"당연히 출병해야지요. 자원 선생은 기주로 돌아가 악부께서 베푸신 은혜에 이 사위가 반드시 보답하겠다고 전해 주십시오."

도응이 이렇게 시원시원하게 응낙할지 전혀 몰랐던 허유는 잇달아 칭송의 말을 건넨 후 조심스럽게 다시 물었다.

"그런데 사군, 전국옥새는 언제쯤 보내실 예정입니까?"

이번에도 도응은 흔쾌히 대답한 뒤 진중한 목소리로 입을 열었다.

"한데 서주에서 기주까지는 길이 너무 멀고, 또 중간에 조조가 훼방을 놓을 수도 있어서 선생에게 맡기거나 사신을 보낼 경우 유실될 우려가 있습니다. 선생을 못 믿어서가 아니니 선생은 먼저 기주로 돌아가 악부께 언제, 어떤 방식으로 옥새를 전달하면 좋을지 여쭈십시오. 저는 악부께서 원하시는 대로 따르겠습니다."

허유는 크게 기뻐하며 급히 공수하고 말했다.

"이 유가 기주로 돌아가 사군의 천금연낙(千金然諾: 천금같이 귀중한 허락)을 주공께 사실대로 고하겠습니다. 내일 당장 출발할 예정이니 사군은 주공께 전할 서신 한 통만 준비해 주십시오."

"그럼 선생이 너무 번거롭지 않습니까? 하여 제 막하의 장간을 함께 보내겠습니다. 그가 이 응을 대신해 악부와 청주 출병과 전국옥새에 관한 일을 의논할 수 있도록 선생은 자리만 마련해 주시면 됩니다."

허유가 흔쾌히 이에 응하자 도응은 크게 기뻐하며 그 자리에서 많은 재물을 하사하고 성대한 연회를 베풀어 주었다.

이튿날 허유와 장간 일행은 도응의 전송을 받으며 기주로 출발했다.

그들이 조조의 영토인 연주를 지날 때, 조조의 수하들은 온갖 방법을 동원해 청주 출병에 대한 도응의 입장을 알아내려고 시도했다. 돈으로 매수하고 성대한 주연을 베푊은 물론 미녀까지 총동원했지만 허유와 장간은 어떤 말도 일절 꺼내지 않았다.

조조 측은 더 이상 방법이 없자 허유와 장간 일행이 연주를 거쳐 기주 경내로 들어가는 것을 눈 뜬 채 바라만 볼 뿐이었다.

그다지 급한 공무가 아닌 관계로 이들 일행은 노정을 서두르지 않아 스무 날이 지나서야 업성에 도착했다. 그런데 허유와 장간은 그날 조조의 사자인 만총도 업성에 당도한 것을 보고 깜짝 놀랐다.

만총은 원담의 심복 신평의 안내로 이미 원소를 만나고 있었는데, 구체적으로 무슨 얘기가 오고갔는지는 몰랐다.

그리고 더 놀라운 일이 벌어졌다. 그들이 역관에서 옷을 갈아입고 원소를 방문하려 할 때, 원담이 평원에 기주군을 남겨 둔 채 심복 모사 곽도만 데리고 갑자기 기주로 돌아온 것이다.

원담이 곧장 대장군부로 달려가자 업성 안의 기주 중신들은 큰일이 터졌음을 직감하고 잇달아 장군부로 몰려들었다.

허유 역시 상황이 심상치 않음을 깨닫고 서둘러 장간과 함께 원소를 만나러 갔다.

이들이 대장군부로 들어섰을 때, 대당 안은 긴장되고 무거운 분위기에 휩싸여 있었다.

장내가 쥐 죽은 듯 고요한 가운데 원상 무리는 모두 고개를 숙인 채 낭패한 표정을 짓고 있는 반면, 원담 무리와 만총은 남의 불행을 즐기듯 득의양양한 얼굴로 묘한 미소를 흘리고 있었다.

한편 노기등등해 얼굴이 잔뜩 굳어 있는 원소는 허유와 장간을 잡아먹을 듯 노려보았다. 등골이 오싹해진 허유와 장간이 예를 올리기도 전에 원소가 다짜고짜 장간을 보고 물었다.

"그대가 도응이 파견한 사자 장간인가? 도응은 무슨 일로 그대를 보낸 것인가?"

원소의 준엄한 목소리에 안절부절못하던 장간은 품에서 도응의 친필 편지를 꺼내 원소에게 바치며 조심스럽게 대답했다.

"원 공께 아룁니다. 제가 바로 도 사군의 사자 장간으로, 청주 토벌과 전국옥새 반환 문제를 상의하러 왔습니다."

원소가 아무 대꾸도 하지 않고 봉랍한 편지를 뜯어보려고 하는데, 당 아래에서 원상이 갑자기 소리쳤다.

"부친, 잠시만요!"

"왜 그러느냐?"

순간 원소는 편지를 찢으려다 말고 원상을 멍하니 바라보았다.

방금 전까지만 해도 고개를 숙이고 있던 원상은 어깨를 으쓱하며 자신만만한 표정으로 말했다.

"봉랍한 편지 봉인에 뜯긴 흔적이 있는지 자세히 살펴보십시오."

원상의 의문 제기에 원담과 그 일당 및 만총의 안색이 순식간에 변해 버렸다. 한편 장간은 자신이 주공의 편지를 몰래 뜯어보았다고 의심하는 걸로 여겨 식은땀을 줄줄 흘렸다.

원소 역시 얼떨떨한 표정을 지으며 서신의 봉인을 자세히 살펴본 후 의문 섞인 목소리로 원상에게 물었다.

"이 문제를 제기한 이유가 무엇이냐? 아무리 봐도 뜯긴 흔적은 없구나."

원소의 말에 새파랗게 질려 있던 원담 등의 안색이 다시 펴졌고, 장간은 비로소 안도의 한숨을 크게 내쉬었다. 하지만 원상은 전혀 개의치 않고 미소 띤 얼굴로 만총을 바라보며 말했다.

"백녕 선생, 귀군의 서신 위조 능력이 상당하구려. 부친의 눈까지 속이다니 정말 대단하오, 대단해!"

원소가 깜짝 놀라 다시 봉랍을 꼼꼼히 조사해 봤지만 어디에서도 위조 흔적은 보이지 않았다. 만총 역시 인상을 찡그리며 원상에게 말했다.

"삼공자가 무슨 말을 하는지 저는 도무지 모르겠습니다."

"일의 진상을 선생보다 더 잘 아는 사람은 없을 텐데요."

원상은 만총을 향해 웃음을 날린 후 다시 원소에게 공수하고 말했다.

"부친, 백녕 선생이 찾아온 게 이상하단 생각은 해보지 않으셨습니까? 그의 말로는, 도응이 감히 청주로 출병하라는 부친의 명을 거역하고 전에 전해에게 입었던 은혜를 핑계로 청주 공격을 포기하라고 요구한다고 했습니다. 이런 중요한 기밀을 백녕 선생이 어떻게 알았을까요?"

"조맹덕이 서주에 심어놓은 세작으로부터 들었다고 하지 않았느냐?"

원상은 그저 고개를 끄덕일 뿐 아무 대답도 하지 않다가 이번에는 원담을 돌아보고 물었다.

"형님은 평원에서 급히 돌아와 도응이 청주 출병을 거절하고 전해를 도와 아군과 대적하려 한다고 부친께 아뢰었습니다. 그렇다면 이 소식은 어디서 들은 것입니까?"

원담은 낯빛이 굳으며 우물쭈물하더니 언짢은 투로 대답했다.

"세작에게 보고를 받았다."

"그럼 이 소식을 전한 세작의 이름은 무엇이고, 어떤 직위에 있습니까? 또 언제, 어디서 이런 중요한 기밀을 들었답니까?"

원상의 추궁에 납빛처럼 굳어 있던 원담의 얼굴이 새하얗게 질리고 말았다. 그는 한참만에야 인상을 쓰며 소리쳤다.

"이는 청주의 군정 대사다. 너와는 무관하니 더는 묻지 마라!"

하지만 원담의 행동이 어딘지 모르게 어색하다고 느낀 원소가 다그치듯 말했다.

"그럼 내게 대답해 봐라. 상이가 제기한 문제의 답을 이 아비가 듣고 싶구나."

원담은 말문이 막혀 아무 대답도 하지 못한 채 이마에 송골송골 땀이 맺히기 시작했다. 이를 바라보던 원상이 재빠르게 질문을 던졌다.

"형님, 도응이 아군과 연합해 조조를 공격하자고 제안한 사실을 아십니까?"

"알……."

혼비백산이 된 원담은 저도 모르게 고개를 끄덕이며 대답하려다가 퍼뜩 정신을 차리고서 급히 고개를 가로젓고 대답했다.

"아니, 모른다, 모른다. 내 줄곧 평원에서 전쟁 준비 중이었는데 어떻게 이 소식을 들을 수 있단 말이냐?"

원상은 얼이 빠진 원담을 바라보며 가만히 미소만 짓고 있었다. 곽도와 신평 등은 얼굴이 사색이 되었고, 만총은 땀을 비 오듯 흘리며 어찌할 바를 몰라 했다.

하지만 원상은 궁지에 몰린 원담을 더 이상 몰아붙이지 않고 원소에게 물었다.

"형님이 한사코 부인하는데, 부친께서는 어찌 생각하시는지 궁금합니다."

줄곧 큰아들의 표정을 주시하고 있던 원소는 침통한 얼굴로 탄식했다.

"담아, 네가 갈수록 이 아비를 실망시키는구나! 면전에서조차 이 아비를 속이려 드는 것이냐?"

원소의 꾸지람에 원담은 아우가 죽이고 싶도록 미워 고개를 숙이고 이를 바드득 갈았다. 원소 역시 더 이상 잘잘못을 가릴 기분이 아니었는지 원상을 돌아보고 물었다.

"대체 이게 어찌된 일인지 숨기지 말고 솔직히 말해 보아라. 또 도응이 아군과 연합해 조조를 공격한다는 건 무슨 소리야?"

원상은 즉각 공수하고 큰소리로 대답했다.

"이 일은 얘기하자면 깁니다. 사실 수 개월 전부터 도응은 이상한 낌새를 챘습니다. 그건 바로 부친과 매부 간에 공개적인 경로로 왕래하던 문서의 내용을 누군가 미리 알고 있었다는 것입니다. 이런 정황들이 속속 드러나자 매부는 이를 이상하게 여겨 사전에 대비책을 세우기 시작했습니다."

이 말에 원소도 짐작 가는 바가 있어 만총을 노한 눈으로 노려보았다. 만총은 놀란 가슴을 진정시키고는 코웃음을 치며 물었다.

"삼공자는 마치 특정인을 지목해서 말하는 것 같습니다. 그런데 증거는 있습니까?"

"당연히 있지요. 제가 부친 앞에서 어찌 아무 근거도 없이 사람을 모함하겠습니까?"

"그럼 증거를 보여 주시지요."

원소도 몹시 궁금해 원상을 다그쳤다.

"상아, 증거는 대체 어디 있는 것이냐?"

원상은 피식하고 웃어 보이고는 잠시 뜸을 들이더니 원소 손에 든 도응의 편지를 가리키며 큰소리로 말했다.

"바로 부친 손에 있습니다. 매부가 사신을 통해 바친 그 서신이 바로 증거입니다!"

"이 편지가 증거라고?"

원소는 깜짝 놀라 다시 한 번 손 안의 편지를 유심히 살펴보았다.

이어 원상이 한 걸음 더 앞으로 나가 말했다.

"매부가 미리 소자에게 밀서를 보내 장간이 가지고 가는 서신은 고의로 위조한 것이라고 알려왔습니다. 매부는 거짓으로 전해가 서주에 큰 은혜를 베풀었기 때문에 부친의 청주 공격 요구를 거절한다는 내용과 부친과 연합해 조조를 공격하고 어가를 업성으로 모셔 와야 한다는 글을 적고서 저들이 몰래 훔쳐보도록 유인했습니다. 아니나 다를까, 이 서신을 보게 된 저들은 발등에 불이 떨어져 황급히 사신을 기주로 보내 부친과 도응의 옹서 관계를 이간하려 나선 것입니다."

잠시 숨을 고른 원상은 원담을 힐끗 쳐다보고 한마디 더 덧붙였다.

"매부의 이 조치는 본래 아군과 서주군 간의 공문서를 몰래 훔쳐본 추악한 짓과 맹주인 부친께 면종복배하는 모인(某人)의 위선을 밝히려 한 것인데, 뜻밖에도 모인과 정보를 교류하던 대어 한 마리가 걸려들었습니다."

원소의 눈빛은 사납다 못해 잡아먹을 듯 원담을 노려보았다.

가련한 원담은 감히 고개를 들지 못하고 땀만 비 오듯 흘릴 뿐이었다. 만총 역시 속으로는 긴장되고 겁이 났지만 아무렇지도 않다는 표정으로 원상에게 물었다.

"몇 번째 묻습니다만 아군이 기밀문서를 훔쳐봤다는 증거가 대체 어디 있단 말입니까? 무슨 증거로 우리를 이리도 모함하는지 모르겠습니다그려."

원상은 흥 하고 코웃음을 치며 대답했다.

"선생은 관을 보지 않으면 눈물을 흘리지 않을 기세로군요. 귀군은 편지를 몰래 뜯어본 뒤 내용을 베껴 쓰고 나서 원본을 봉랍으로 다시 밀봉했으니 감쪽같다고 여겼겠지요? 하지만 내 매부는 진즉에 그대들의 수작을 간파하고 또 한 가지 대비책을 마련해 두었소이다."

원소를 비롯한 장중의 모든 눈이 원상에게 쏠린 가운데, 원상이 단호하게 입을 열었다.

"위서 편폭 안에 머리카락 한 올을 넣어 두었소! 모인이 서신을 펼치는 순간, 그 머리카락은 저절로 유실이 되는 것이오!"

"머리카락을 넣어 두었다고……."

만총은 자기도 모르게 그 자리에서 몸이 얼어붙고 말았다.

"만총 선생, 내 편지를 뜯어 과연 머리카락이 있는지 확인해 봐야겠소이다."

원소는 태연자약하게 말을 내뱉었지만 어조에는 당장에라도 만총의 목을 베고 싶다는 의지가 담겨 있었다.

만총은 꿀 먹은 벙어리처럼 아무 말도 하지 못했고, 원담 역시 고개를 푹 숙인 채 일그러진 표정을 지었다. 이때 장간이 어리둥절한 얼굴로 소리쳤다.

"위서라고요? 주공이 제게 위서를 전하라고 했다고요? 그럼 주공의 진짜 편지는 어디에 있단 말입니까?"

"바로 여기 있소이다!"

후당에서 홀연 여인의 날카로운 목소리가 울려 퍼지더니, 원소의 후처 유부인이 사뿐사뿐 안으로 걸어 들어와 원소 곁에 앉았다. 그녀는 또 다른 편지 한 통을 원소에게 건네며 말했다.

"이것이 바로 우리 사위 도응이 부군에게 보낸 진짜 편지입니다. 보세요. 사위는 적들이 훔쳐보는 것을 방지하기 위해 봉랍으로 입구를 봉하고, 봉랍이 식기 전 그 위에 동인(銅印)을 찍었습니다. 군중 문서의 기밀을 지키는 데 아주 효과적인 방법입니다."

원소가 자세히 들여다보니, 봉랍 위에는 확실히 '서주자사'라는 글자가 정교하게 찍혀 있었다. 원소는 고개를 끄덕이며 말했다.

"실로 좋은 방법이로다. 오늘 부로 기주의 기밀문서도 이 방법을 따르도록 하라."

유부인이 이 틈을 타 온유한 목소리로 말했다.

"부군, 절대 외부인의 꼬드김에 속지 마세요. 우리 예 부부는 효성이 지극한 아이들입니다. 예가 편지에서도 말했지만 사위는 눈살 한번 찌푸리지 않고 부군의 요구에 응했다고요. 다만 그가 금방 회남에서 돌아와 병마가 피로하고 양초가 부족해 가을밀이 익은 후에 청주로 출병하겠다고 요청한 것이에요. 이는 매우 합당한 요구이니 부군께서 사위의 고충을 조금만 헤아려 주세요."

원소가 흡족한 웃음을 지으며 고개를 끄덕이자 유부인은 재빨리 말을 이었다.

"한 가지가 더 있어요. 부군은 원, 도, 조 삼군 연맹의 맹주입니다. 기왕 사위에게 청주를 토벌하라고 명해 놓고, 왜 조조에게는 출병을 명하지 않으십니까? 삼가가 연합해 전해를 공격하면 손쉽게 청주를 점령할 수 있을뿐더러 우리와 사위의 부담도 덜 수 있으니, 일거양득 아니겠어요?"

원상도 급히 자리에서 일어나 말했다.

"모친의 말씀이 옳습니다. 조조가 부친을 청주목에 봉하라는 표를 올려놓고 청주 공벌에 관여하지 않는 건 사태를 관망하다가 어부지리를 취하려는 의도 아니겠습니까? 부친께서는 맹주의 자격으로 조조에게 수만 군사를 보내 전해 토벌에 동참하라고 명하십시오."

원소는 아들의 말을 옳다 여기고, 손가락으로 만총을 가리키며 소리쳤다.

“돌아가 조맹덕에게 이르시오. 일전에 아군의 기밀문서를 훔쳐본 일로 나와 척을 지고 싶지 않다면 청주 토벌에 힘을 보태는데, 최소한 3만 군사 이상이 필요하다고 말이오!”

만총은 또다시 발이 얼어붙어 꼼짝도 못하고 있는데, 원소가 싸늘한 목소리로 말했다.

“예전 여포의 일 때 기주에서 5만이 넘는 군사가 출동하고 전량 수십만 휘를 들여 조맹덕을 도왔고, 후에는 천자의 일까지 참고 넘어갔소. 조맹덕이 여전히 면종복배하는 잔꾀를 부리거나 이 맹주를 안중에 두지 않는다면 사위가 위서에서 밝힌 제안을 심각히 고려해 보리다.”

*　　　　*　　　　*

조조는 쾅 하고 책상을 내려쳤다. 하지만 크게 소리를 지르거나 길길이 날뛰지는 않았다. 그저 얼굴에 노기를 띠고 이를 바드득 갈며 분을 삭일 뿐이었다.

금방 기주에서 돌아온 만총은 물론 순욱, 순유, 곽가, 정욱 등은 아무 말도 하지 않은 채 조조의 화가 가라앉기를 기다렸다.

잠시 후, 감정을 추스른 조조가 흥 하고 코웃음을 치며 말했다.

"도응 놈에게 또 한 번 당했구려. 하지만 상관없소. 편지에 이런 치졸한 수작을 부렸다고 대세에 지장을 주진 않으니 다음부터 조심하면 그만이오."

입에 발린 말로 스스로를 위로한 조조는 다시 말을 이었다.

"하지만 이 방법은 배워둘 만하오. 아군의 군정 문서와 기밀 편지도 이 방법으로 보안을 강화해 적이 자그마한 틈도 노리지 못하도록 하시오."

모사들이 일제히 이에 대답한 연후, 정욱이 조심스럽게 물었다.

"그런데 주공, 청주 출병 건은 어찌 결정할까요? 원소가 맹주의 명의로 우리에게 3만 군사 이상을 요구했는데, 만약 이를 거절한다면 행여나……."

이 말에 조조는 다시 낯빛이 굳어졌다. 잠시 고민에 잠겼던 조조가 갑자기 만총에게 물었다.

"백녕, 그대가 기주를 떠날 때 원담 일은 어찌 마무리되었소? 원담이 아군과 내통한 일에 대해 원소가 어떤 처벌을 내렸소?"

"사실 그날 오후 평원 전선에서 급보가 날아왔습니다. 전해와 공융이 상호 동맹을 맺고서 전해는 청주 주력군을 이끌고 저현(著縣)으로 출격했고, 공융의 원군도 저현으로 향하는 중이라고 했습니다. 저들이 평원에 선제공격을 가하려는 의도로 보이자, 원소는 군사들을 내팽개치고 주둔지를 이탈한 원담을 크게 나무랐습니다. 욕을 한바탕 먹은 원담은 그날 밤 당장 평원으로 돌아갔고요. 총이 그 소식을 듣고 급히 달려갔지만 원담은 이미 업성을 떠난 뒤였습니다. 저에게 편지 한 통, 전언 한마디 남기지 않은 걸로 보아 아무래도 아군에게 불만을 품은 듯합니다."

조조는 알겠다며 고개를 끄덕여 답한 후 만총에게 다시 물었다.

"혹시 원소가 원담을 교체하려는 의중을 보이지는 않았소? 또 원상이 원소에게 원담의 청주 병권을 넘겨달라고 요구한 일은 없었소?"

"두 가지 일 다 없었습니다. 원상은 아군에게 청주로 출병하라고 종용한 것 외에는 어떤 요구도 제기하지 않았습니다. 원소 역시 장자인 원담을 좋아하진 않았지만 그의 통솔력을 상당히 믿는 눈치였습니다. 그래서 원담의 병권을 박탈한다는 따위의 말은 전혀 꺼내지 않았습니다."

"잘됐구려. 도응 놈이 아군을 끌어들이는 데는 성공했을지 몰라도 중요한 것 하나를 빼먹었소. 바로 원상을 이용해 원담의 병권을 빼앗지 않은 것이오. 도응아, 원소를 대신해 3로군을 지휘하는 원담이 과연 네놈 부대를 편히 놓아둘 것 같으냐!"

음흉하게 웃음을 지어 보인 조조는 결심을 굳힌 듯 이를 앙다물고 말했다.

"좋소. 이번 출병은 지난번 여포 일에 대한 보답으로 칩시다. 조인에게 3만 군사를 이끌고 청주로 출격해 원담을 도우라고 하시오. 원담과 좋은 관계를 유지한다면 병마와 전량의 손실은 그리 크지 않을 것이오."

이때 침묵을 지키던 곽가가 입을 열었다.

"주공, 잠시만요. 아무래도 마음에 걸리는 일이 있습니다. 도응 같은 간적이 원담의 지휘를 받게 되면 위험에 빠질 수 있다는 사실을 모를 리가 없습니다. 그렇다면 절호의 기회가 온 이때에 원상을 종용해 원담의 병권을 빼앗는 것이 당연한데, 왜 전혀 손을 쓰지 않았을까요?"

이어 순욱이 끼어들어 말했다.

"병권이 원상 손에 넘어가면 아군이 원상과 사이가 좋지 않다는 핑계로 출병을 거부할까 봐 염려했기 때문일지도 모릅니다. 그래서 일부러 원상에게 병권 박탈을 권하지 않고, 아군이 합류한 뒤 방법을 강구하려 들 것입니다."

"원소를 너무 바보로 보지 마시오. 전쟁에 임해서 장수를 교체하는 건 병가의 큰 금기요. 원상이 아무리 총애를 받는다 해도 중간에 원담의 병권을 빼앗기는 그리 쉽지 않을 것이오."

하지만 조조 역시 꺼림칙한 기분이 들었는지 명령을 조금 수정했다.

"그래도 조심하는 것이 상책이겠지. 도응이 밀이 익는 4월 말이나 5월 초에 출병한다고 했으니, 조인에게는 만반의 준비를 갖추고 있다가 3월 중순쯤 청주로 출격하라고 이르시오. 원담을 도와 몇 차례 승리를 거둔다면 원담의 지위가 매우 공고해져 도응이 절대 손을 쓰지 못할 것이오."

이리하여 청주 출병에 관한 논의가 마무리되었을 때쯤, 남양에서 달려온 유성마가 급보를 전해왔다. 조조군 세작이 알려온 소식은 대략 이러했다.

장안에 둥지를 튼 동탁의 잔당 장제(張濟)는 연이은 흉년으로 식량 수급이 어려워지자 어쩔 수 없이 군사를 이끌고 동관(潼關) 약탈에 나섰다. 하지만 동쪽으로 계속 진출했다간 조조와 마찰이 생길까 우려해 아예 무관(武關)을 통해 남양으로 남하했다.

남양에 주둔한 유표의 군대는 장제군의 공격을 당해내지 못하고 단수, 석현, 남향, 역국을 잇달아 빼앗겼다. 현재 장제의 군대는 기세등등하게 순양까지 진격했다.

이 소식을 들은 조조는 손뼉을 치며 기뻐했다.

"하하, 유표 필부 놈이 콧대만 높아 내게 불복하더니 인과응보로구나! 장제가 이참에 양양까지 곧장 쳐들어가 유표를 괴롭힌다면 나는 가만 앉아서 어부지리를 취할 수 있겠어!"

이때 순유가 조조를 일깨우며 말했다.

"유표가 증오스럽긴 하나 장제가 유표에게 중상을 입히기는 거의 불가능합니다. 장제 대오는 식량 약탈을 위해 모인 오합지졸이라 잠깐 기세를 드높일 순 있지만 지속되기는 어렵습니다. 유표가 풍족한 전량을 무기로 소모전에 나선다면 형양 일대의 밀집된 수로망은 틀림없이 장제군의 무덤이 될 것입니다. 또 한 가지는 정반대의 상황으로, 장제군이 요행히 남양 북부에 발을 붙이게 되면 허도가 오히려 장제에게 위협받을 수도 있습니다."

조조는 순유의 말뜻을 깨닫고 급히 되물었다.

"그럼 공달은 유표에게 사신을 보내 동맹을 맺고 장제를 토벌하라는 말이오?"

순유는 고개를 끄덕이며 대답했다.

"맞습니다. 여기에는 세 가지 이점이 있습니다. 첫째는 아군이 이 기회에 남양에 발을 들여놓고 남양 북부를 통제하며 형양을 노려볼 수 있습니다. 둘째는 장제라는 후환을 제거해 허도의 안전을 확보할 수 있습니다. 셋째는 유표와 동맹을 맺고 기회를 엿보다가 형주의 수군을 이용해 회남을 공격할 수가 있습니다."

조조는 순유의 설명을 듣고 크게 기뻐하며 당장 사자를 양양으로 보내라고 명했다.

이때 만총이 나서서 사신을 자청했다.

"총이 기주에 사신으로 갔다가 아무 소득도 없이 오히려 주공을 곤란에 빠뜨렸습니다. 하여 이번에 양양으로 가 속죄할 기회를 주십시오. 유표가 아군과 동맹을 맺도록 꼭 설득하고 돌아오겠습니다."

조조는 만총의 결연한 태도에 더는 그를 만류하지 못하고 기주에서 돌아온 그날 다시 유표에게 사신으로 보냈다. 명예를 회복하고 싶은 만총은 기쁜 마음에 조조에게 예를 행한 후 바로 길을 재촉했다. 하지만 양양에서는 그가 전혀 예상하지 못한 상대가 기다리고 있었으니…….

第七章

형주로 간 양굉

양양성 내 역관에서는 떠들썩한 웃음소리와 함께 대낮부터 술판이 벌어지고 있었다.

"하하, 세 장군은 맘껏 드십시오! 세 장군이 조조와 결탁한 형양 반적의 본색을 만천하에 드러내신 공로는 무엇과도 비교하기 어렵습니다! 존경해 마지않는 세 장군께 이 굉이 술을 한 잔 올리겠습니다!"

얼굴색 하나 변하지 않고 이런 사탕발림을 내뱉는 자는 물론 양굉이었다. 그는 서주에서 가져온 미주를 잔에 가득 부어 앞에 앉은 장수들을 치하했다. 양굉의 아부에 기분이 한껏 고양된 채훈(蔡塤), 채중(蔡中), 채화(蔡和) 형제는 호탕하게 웃으며 단숨에 잔을 비웠다.

이어 양굉은 슬그머니 보물 상자를 채훈 형제에게 내밀며 물었다.

"황조의 반란 의도가 이미 드러났으니 세 장군과 채모 장군은 언제 유 부군(府君)께 아뢰고 반적을 처치할 예정이십니까?"

채훈이 웃으며 대답했다.

"선생은 염려 마십시오. 내일 기별이 있을 겁니다. 원래는 당장 자형께 아뢸 생각이었으나 황조 놈이 형양의 중신이어서 자형의 신임을 깊이 받고 있습니다. 경솔하게 진언했다가 채납하지 않는다면 일을 그르치고 맙니다. 그래서 가형이 먼저 누님을 만나 오늘 밤 자형에게 넌지시 이 사실을 알리게 한 후 내일 바로……. 헤헤."

양굉은 손뼉을 치고 기뻐하며 다시 이들에게 술을 가득 따라주었다. 의기가 투합한 이들의 술판은 밤늦게까지 이어졌다가 겨우 자리를 파했다. 채씨 형제들이 역관을 나가려 하는데 양굉이 은근슬쩍 이들을 떠보았다.

"세 장군은 황조를 무너뜨린 후 왜 강하태수직을 취할 방법을 찾지 않으십니까? 강하는 전량이 풍족하고 병마가 많은 형양의 요지입니다. 설마 마음이 없으신 겁니까?"

채훈 형제는 애매한 미소만 지은 채 아무 대답도 하지 않았다. 그들에게 왜 강하를 취할 마음이 없겠는가? 하지만 이를 공개적으로 드러내고 싶지 않을 뿐이었다.

눈치 빠른 양굉은 저들의 얼굴에서 이미 그 뜻을 헤아리고 환한 웃음으로 화답했다.

양굉은 다음 날 아침 일찍 소식을 정탐하러 형주자사부로 향했다. 하지만 그는 서주 사자인 관계로 회의에 참가할 자격이 없었다. 이에 형주의 안전을 책임지는 장전도위 채중의 안내를 받아 객방에서 전갈이 오기만을 기다렸다.

반 시진쯤 후, 초조하게 소식을 기다리는 양굉의 객방으로 채중이 부리나케 달려왔다. 그는 다짜고짜 양굉의 옷깃을 잡아당기며 다급한 목소리로 입을 열었다.

"큰일 났습니다. 황조를 처치하려던 계획이 물거품으로 돌아가게 생겼습니다."

양굉이 크게 놀라며 이유를 묻자 채중은 침중한 목소리로 대답했다.

"제갈현(諸葛玄)이란 놈이 일을 망쳐놨습니다. 이자는 최근 막빈으로 들어왔는데, 황조 토벌 논의 중에 갑자기 일어나더니 이는 자형과 황조 사이를 이간하려는 외부인의 계략이므로 절대 속아서는 안 된다고 목소리를 높였습니다. 또한 조조가 황조를 여강태수로 임명한 목적은 형주와 서주 간에 불화를 일으켜 조조의 원수인 서주 도 사군을 견제하려는 것이지 형주에 대한 악의는 전혀 없으므로, 이 기회에 조조와 우호관계를 맺고 어부지리를 노리는 것도 좋은 방법이라고 권했습니다."

'제갈현이라, 어디서 많이 듣던 이름인데……?'

하지만 양굉은 지금 이를 생각할 겨를이 없어 다급한 목소리로 물었다.

"그래서, 유 부군은 뭐라고 대답했소?"

채중의 안색이 더욱 침울해지더니 이를 갈며 대답했다.

"형주 중신인 괴량, 괴월 형제는 물론, 종사중랑 한숭과 별가 유선까지 제갈현의 말에 찬동하고, 이 사건 뒤에 필시 도 사군과 중명 선생의 꿍꿍이가 숨어 있을 것이라고 말했습니다. 자형도 크게 노해 제 형님에게 시비를 분간하지 못하고 중신에게 억울한 누명을 씌웠다며 욕을 퍼부은 후, 황조 반란 소문을 퍼뜨린 자가 누군지 반드시 색출해 내라고 명했습니다. 형님은 선생이 부중에서 대기하고 있음을 알고 자형에게 들킬까 염려해 저를 보내 역관으로 속히 돌아가라고 이르도록 했습니다."

양굉이 눈을 휘둥그레 뜨고 말문이 막혀 어찌할 바를 모르자 채중이 재촉했다.

"중명 선생, 이곳에는 보는 눈이 많으니 일단 역관으로 돌아가십시오. 지금 대당에서는 장제의 남양 침입 건을 논의 중이라 언제 회의가 끝날지 모릅니다. 만일 선생이 여기 있는 걸 누가 보기라도 하면 일이 더 골치 아파집니다."

양괴은 그제야 정신을 차리고 총총히 채중에게 작별 인사를 고한 후, 고랑 등 수종들을 데리고 부중을 빠져나와 역관으로 향했다.

양괴은 마음이 진정이 안 돼 가만히 앉아 있을 수가 없었다. 방 안을 계속 서성이며 초조하게 소식을 기다리고 있는데, 정오 때쯤 채화가 급히 역관으로 달려와 청천벽력 같은 소식을 전했다.

유표가 제갈현의 건의를 받아들여 조조와 동맹을 맺고 조조의 손을 빌려 형주를 침입한 장제 군대를 물리치기로 결정했다는 것이다.

양괴의 간담을 더욱 서늘하게 만든 건 제갈현이 동맹의 성의 표시로 양괴을 잡아들여 허도로 압송하자고 권했다는 얘기였다. 물론 이 건의는 유표를 비롯한 많은 형주 관원들의 반대에 부딪혔지만 언제 유표의 태도가 돌변해 자신을 조조에게 바칠지 모를 일이었다.

양괴이 분한 마음에 입에 거품을 물고 제갈현에게 욕을 퍼붓자 채화가 다급히 권했다.

"지금 이럴 때가 아닙니다. 상황이 심각하니 선생은 가능한 빨리 양양을 떠나십시오. 제갈현 놈은 우리 형제에게 맡겨 주십시오. 훗날 반드시 기회를 노려 선생을 위해 꼭 복수하겠습니다."

양광은 채화에게 거듭 감사를 표한 후, 수중의 금은보화를 답례로 건넸다. 채화가 사양하지 않고 이를 접수한 뒤 자리를 뜨자 양광도 고랑 등에게 서둘러 짐을 챙기라고 명했다.

양광은 유표에게 인사조차 하지 않은 채 몰래 양양성 서문을 빠져나갔다. 그 길로 한수(漢水)로 달려가 배를 타고 평춘에 이르러 왔던 길을 따라 서주로 돌아갈 계획이었다.

하지만 이는 양광만의 달콤한 계산이었다. 형주의 수로 요해지는 양광의 생각처럼 그리 허술하지 않았다. 양광이 수종들을 이끌고 한수 나루에 다다르자 수비병들은 그에게 통행증을 요구했다. 통행증이 있을 리 만무한 양광이 돈을 찔러주며 한 번만 눈감아 달라고 부탁했지만 수비병들은 꿈쩍도 하지 않았다.

이리하여 양광 일행이 수비병과 실랑이를 벌이는 사이, 양양성 안에서 갑자기 일지 군마가 튀어나왔다. 양광 앞으로 달려온 대장 문빙(文聘)은 급히 논할 대사가 있다며 성안으로 돌아오라는 유표의 말을 전했다.

양괭은 두 눈을 부릅뜨고 노려보는 문빙의 위세에 눌려 감히 저항하지 못하고 그를 따라 자사부로 가 유표를 접견했다.

양괭이 자사부 대당 안으로 들어갔을 때는 이미 낯을 익힌 채모와 괴량, 괴월 형제 외에도 수많은 관원이 자리하고 있었다. 올해 나이 육순에 가까운 유표는 당상에 곧추앉아 알쏭달쏭한 표정으로 양괭을 바라보았다.

양괭이 전전긍긍하며 예를 행하자 유표는 인사도 받지 않고 단도직입적으로 물었다.

"중명 선생은 서주 사절로 왔으면서 왜 인사도 없이 바삐 떠난 것이오? 형주 관원들의 대접이 시원찮았소이까?"

양괭은 두 손을 절레절레 흔들며 대답했다.

"그건 부군의 오해입니다. 여강 일에 대한 답례를 모두 마쳐 떠나려던 것뿐입니다. 또한 공무로 바쁘신 부군께 폐를 끼치고 싶지 않아 작별을 고하지 않았습니다."

이때 생전 처음 본 중년 문사 하나가 호기심 가득한 미소를 지으며 물었다.

"그런데 왜 공교롭게도 그 날짜가 바로 오늘인지 대답해 줄 수 있습니까?"

양괭은 쓸데없는 꼬투리를 잡히고 싶지 않아 그 문사에게 쏘아붙이듯 반문했다.

"제가 언제 떠나든 선생과 무슨 상관이 있단 말입니까?"

그 중년 문사가 황당한 표정을 짓자 유표가 웃으면서 일어나 말했다.

"혹시 나와 황조 사이를 이간하려는 계획이 실패해 서둘러 떠나려던 것 아니었소?"

뜨끔하고 놀란 양굉이 시치미를 떼고 대답했다.

"부군께서 무슨 말씀을 하시는지 도무지 모르겠습니다."

"양양성 안에서 중명 선생이 누구보다 이를 잘 아실 텐데요? 방금 전까지도 난 귀군과 사이좋게 지내고 상호 침범하지 않으려는 생각이었소. 여러 차례 강하 군대를 단속해 귀군과 충돌이 발생하지 않도록 한 것도 그 일환이고요. 그런데 귀군이 아군을 이간하는 유언비어를 퍼뜨린 건 너무 지나친 처사 아니오?"

"그건 정말 오해입니다."

양굉이 끝까지 딱 잡아떼자 유표가 냉소를 지었다.

"오해라고요? 그렇다면 오늘 내가 이간계를 간파하자마자 떠나려 한 건 어찌 설명할 거요? 그것도 아주 바삐 말이오."

"그건… 그건……."

양굉의 이마에서는 식은땀이 흘러나왔다.

이에 분노가 치민 유표가 갑자기 책상을 치며 소리쳤다.

"선생이 만약 일의 연유를 제대로 설명하지 못한다면 험한

꼴을 당해도 날 탓하지 마시오!"

"제가 어찌 감히 부군을 속이겠습니까? 인사도 없이 떠난 건 절대 부군의 의심 때문이 아니라 다른 일 때문이었습니다."

양굉은 이마를 타고 흐르는 땀을 닦으며 잠시 시간을 끌었다. 이때 그의 머릿속으로 한 가지 생각이 스쳐 지나갔다.

"부군께서 조조와 동맹을 맺으려 한다는 얘기를 들었습니다. 저는 전부터 조조의 사람됨을 경시하던 터라 분연히 떠났던 것입니다!"

양굉의 이 말이 떨어지자마자 채모의 낯빛이 순간 돌변했다. 유표도 크게 의아한 표정을 지으며 물었다.

"선생은 이 일을 어찌 알았소? 이 결정을 내린 건 불과 몇 시진 전인 데다 관원 대부분이 아직 대당을 뜨지 않았는데 어떻게 소식을 들은 것이오?"

유표의 추궁에 채모의 낯빛은 점점 더 굳어져 갔다. 하지만 양굉이 누구인가. 그는 자신이 살자고 채모 형제를 궁지로 몰 만큼 어리석지 않았다. 곧이어 양굉의 입에서 되술래잡는 발언이 나왔다.

"바로 부군 막하의 제갈현 선생에게 들었습니다. 그가 제게 사람을 보내 조조와의 동맹 사실을 알리고, 동맹 선물로 저를 조조에게 바치려 한다고 경고했습니다. 저는 조조와 불공대천의 원수인지라 놀람과 분노의 감정이 교차해 하는 수 없이……."

"헛소리 집어치워라!"

양굉의 말이 채 끝나기도 전에 방금 전 양굉에게 핀잔을 들은 중년 문사가 노한 얼굴로 소리를 질렀다.

"내가 널 언제 봤다고 형주의 기밀을 네게 알린단 말이냐!"

'흥, 네놈이 바로 제갈현이로구나.'

양굉은 속으로 코웃음을 친 후 냉랭한 목소리로 말했다.

"저 역시 일면식도 없는 제갈 선생이 왜 제게 이토록 중요한 기밀을 발설했는지 영문을 모르겠습니다."

양굉은 이때 문득 제갈현이란 이름이 귀에 익었던 이유가 떠올랐다. 바로 도웅이 틈날 때마다 얘기하던 제갈량의 숙부가 아니던가. 이에 그는 다시 한 번 기지를 발휘해 실눈을 뜨고 제갈현을 바라보며 응큼한 목소리로 말했다.

"몰래 소식을 알려주러 온 자가 자칭 선생의 조카라고 하던데… 이름이 뭐였더라? 제갈 뭐라고 했는데……."

그러자 양굉의 의도를 알아챈 채모가 안도의 한숨을 내쉰 뒤 양굉의 말을 거들었다.

"중명 선생이 말한 자가 혹시 열댓 살 정도 된 소년 아니었습니까? 그는 다름 아닌 제갈 선생의 조카 제갈량입니다."

"맞습니다, 맞아요. 제갈량이라고 했습니다!"

양굉은 옳다구나 손뼉을 치며 격앙된 목소리로 외쳤다.

양굉의 말에 제갈현의 얼굴은 사색이 되고 말았다. 그렇다고 채모에게 분노를 터뜨릴 담도 없었다. 자신이 힘써 변호한 황조가 형주 중신이라지만 지금 자리에 없는 데다 유표의 큰 처남인 채모의 세도에 감히 비할 수 있겠는가?

이에 제갈현은 유표 앞에 두 무릎을 꿇고 큰소리로 해명했다.

"주공의 고명한 판단을 바랍니다. 제가 아무리 담이 커도 감히 외부인에게 회의 기밀을 누설하겠습니까! 게다가 조조와 동맹을 맺자고 가장 먼저 건의한 건 바로 저입니다. 그런데 어떻게 서주 사자에게 고의로 이 일을 발설한단 말입니까? 세상에 이런 이치는 없습니다."

유표 역시 제갈현의 말이 모두 사실임을 잘 알고 있었다. 그렇다고 자신의 오랜 벗을 모함하는 양굉을 벌하자니 채모 형제가 그의 손을 들어주고 있었고, 또 계속 책임을 추궁해 나가면 일이 점점 더 확대돼 형주와 서주 간의 관계가 악화될 수 있었다.

보신주의자 유표가 막강한 도응을 상대로 먼저 도발을 일으킬 리가 만무했다.

이에 유표는 서둘러 이 일을 마무리 짓고 싶은 생각이 간절했다. 하지만 양굉은 이를 아는지 모르는지 계속해서 제갈현에게 시비를 걸어갔다.

"제갈 선생, 이것이 왜 말이 되지 않는다고 우기십니까? 조조와 암암리에 결탁한 자가 한편으로는 유 부군께 조조와 동맹을 맺으라고 권해 늑대 같은 조조군을 형주로 끌어들이고, 또 한편으로는 고의로 이 사실을 서주 사자에게 알려 형주와 서주의 우호 관계를 이간할 수도 있잖습니까?"

제갈현은 대로해 두 눈을 부릅뜨고 양굉을 노려봤다. 하지만 양굉도 지지 않고 제갈현을 똑바로 쳐다보다가 유표에게 공수하고 말했다.

"제가 비록 외부인이지만 귀군이 조조와 동맹을 맺는 일에 부득불 참견해야겠습니다. 왜냐하면 이는 승냥이를 집 안으로 끌어들이는 일이기 때문입니다!"

잠시 유표의 얼굴을 살핀 양굉이 계속 말을 이었다.

"조조가 누구입니까? 바로 세상이 다 아는 간적입니다. 예전에 그의 부친 조숭이 황건 잔당에게 피살되었는데 흉수는 그냥 놔둔 채 일부러 서주 5군에 분풀이를 했습니다. 그 목적이 무엇이겠습니까? 바로 부유하고 번화한 서주 5군의 토지 때문임을 모르는 사람은 없습니다. 형양 9군의 부유함도 결코 서주에 못지않습니다. 부군께서 만약 조조와 동맹을 맺고 남양을 침범한 장제를 소탕해 달라고 청한다면 장제 소탕이야 어렵지 않겠지만 형양 9군은 영원히 편할 날이 없을 것입니다! 형양 9군이 조조의 위세에 벌벌 떨어서야 되겠습니까!"

양굉이 비분강개하고 격앙된 어조로 급소를 찔러가자 유표의 마음도 흔들리기 시작했다. 유표는 양굉의 말을 듣고 자신이 왜 조조와의 동맹을 꺼림칙하게 생각했는지 그 이유를 비로소 깨달았다.

귀신은 부르기는 쉬워도 보내기는 어려운 법. 호랑 같은 조조의 군대가 남양에 진주하며 쉬이 물러가지 않는다면 양양의 안전까지 위협할 수 있었다.

유표의 표정에서 이미 마음의 동요를 읽어낸 제갈현이 다급한 목소리로 말했다.

"조조에게 동맹을 청하지 않는다면 누구와 손잡고 장제를 토벌하겠습니까? 설마 서주에 구원을 요청할 생각이십니까?"

"농담도 지나치십니다. 서주와 남양 간의 거리가 얼만데 제때 군대를 보낸단 말입니까?"

양굉은 냉소를 지은 후 다시 흰소리를 쳤다.

"장제쯤이야 족히 염려할 바가 못 됩니다. 제 편지 한 통이면 장제가 부군께 투항하도록 권할 수 있습니다. 그리 되면 남양의 화근을 제거할 수 있을뿐더러 장제를 선봉으로 삼아 조조군을 막는 것도 가능합니다."

이 말에 유표는 자리에서 벌떡 일어나 흥분된 목소리로 물었다.

"중명 선생, 정말 장제에게 투항을 권유할 수 있단 말이오?"

거짓말은 더 큰 거짓말을 낳는 법. 이미 허풍을 쳐 놓은 터라 양굉은 뱉은 말을 주워 담지 못하고 계속 큰소리를 쳤다.

"십 할은 장담드릴 수 없지만 칠팔 할은 무난합니다."

옆에 있던 형주 중신 괴량이 호기심이 들어 물었다.

"중명 선생은 장제와 친분이 두텁습니까?"

"그런 셈이지요. 서주의 군중 좨주인 가후는 서량 제장들과 매우 친합니다. 그중에서도 장제의 조카 장수(張繡)와는 혈육 같은 사이라 가후가 제 권유로 이각을 버리고 서주에 투신할 때, 가솔들을 모두 장수에게 맡겼습니다. 가후는 저와도 형제같이 정이 깊어 일찍이 장수를 제게 소개해 주었습니다. 장수도 굉을 예로써 공경하고 스승처럼 따라 편지를 보내 권하면 긍정적으로 생각하리라 확신합니다."

"오, 선생이 장제의 조카와 그 정도로 친분이 깊었구려."

기쁨을 감추지 못하던 괴량은 고개를 돌려 유표를 바라보고 진언했다.

"주공, 일전에 장제가 남양으로 쳐들어와 사방으로 공격을 퍼부었지만 전량만 약탈할 뿐 살육은 자제하는 걸로 보아 빠져나갈 구멍을 만드는 것 같다고 아뢴 일이 있었습니다. 주공께서도 장제를 회유할 마음이 있었지만 저들의 진짜 의도를 모르는 데다 괜히 약세를 보이면 저들이 형주를 더욱 깔보고 제멋대로 날뛸까 두려워 실행에 옮기지 못했습니다."

괴량은 잠시 숨을 고른 후 말을 이었다.

"그러니 중명 선생에게 부탁해 저들에게 편지를 보내 투항을 권유해 보는 건 어떻겠습니까? 중명 선생이 나선 일이라 장제가 우릴 얕보진 못할 테고요. 만약 일이 성사된다면 아군은 늑대를 끌어들일 일이 없을 뿐 아니라 강한 원군까지 얻을 수 있습니다. 장제를 남양 북부에 주둔시키고 중원 제후의 위협을 막게 한다면 육상 전력이 부족한 약점을 보완할 수 있어서 일거양득이 됩니다!"

유표는 괴량의 계책에 손뼉을 치며 찬동을 표했다.

"그거 정말 묘안이로다! 기왕 이렇게 된 일, 중명 선생이 수고 좀 해주시오. 만약 장제가 우리에게 귀순한다면 내 후한 상을 내리리다."

하지만 이때 양굉은 속으로 비명을 지르고 있었다. 장수 얘기는 가후에게 말로만 들었을 뿐, 장수를 한 번도 만난 적이 없었다. 이미 뱉은 말을 주워 담을 수 없었던 양굉은 미간을 찌푸리며 대답했다.

"염려 놓으십시오. 제가 최선을 다해 보겠습니다."

* * *

양굉은 장제 숙질에게 보낼 투항 권유 편지를 써준 뒤, 역관에서 거의 갇히다시피 지내고 있었다.

제 발 저린 양굉이 고랑 등을 시켜 빠져나갈 구멍을 찾아보라고 명했지만 워낙 철통같은 감시에 도망칠 곳을 찾지 못했다.

분통이 터진 양굉이 가만히 앉아 있지 못하고 방 안을 이리저리 서성이는데, 고랑이 고개를 갸웃하며 들어와 물었다.

"대인, 장제에게 투항을 권유하는 편지까지 써줬는데 유표는 왜 우리를 계속 잡아두는 것입니까?"

양굉이 시무룩한 표정을 지으며 대답했다.

"이는 괴가 형제 놈들의 수작 아니냐? 그놈들이 장제가 투항 권유에 응했는데 당사자인 내가 없으면 의심을 사게 된다고 내게 형주에 좀 더 머물며 유표를 도우라고 말했다. 서주로 돌아가는 문제는 장제가 투항하고 난 뒤 다시 논의해 보자고 하더구나."

고랑도 못마땅한 얼굴로 중얼거렸다.

"그런 법이 어디 있답니까? 대인이 유표의 신하도 아닌데 너무합니다요."

고랑의 말에 양굉은 다시 화가 치밀어 올라 이를 바득바득 갈았다.

"내 말이 그 말이다. 아무래도 유표는 투항 권유에 성공하면 서주에 사신을 보내 우리와 정식으로 동맹을 맺고 영원히 서로의 영토를 침범하지 않는다는 데 동의할 것이다. 또 황조를 단속해 괜한 분란이 일어나는 걸 막을 테고."

자신의 목숨이 중요하지, 이런 얘기에 전혀 관심이 없었던 고랑은 궁금한 듯 물었다.

"아까 전부터 묻고 싶은 것이 하나 있었습니다. 장제가 투항 권유에 응할 가능성은 얼마나 됩니까요?"

그런데 양괭은 그저 쓴웃음만 지을 뿐 아무 대답도 하지 않았다. 양괭과 고락을 같이한 고랑은 그의 표정이 무엇을 의미하는지 알고 순간 얼굴색이 변하며 놀라 소리쳤다.

"설마 전혀 가능성이 없단 말입니까?"

"쉿, 목소리를 낮춰라."

양괭은 입술에 손에 갖다 대는 시늉을 한 후 고랑을 안심시킨다고 말했다.

"걱정 마라. 아무 일 없을 것이다. 내가 장수와 친분이 있다고 허풍을 떨었지만, 상관없다. 설사 투항 권유에 실패하더라도 유표는 기껏해야 우리를 쫓아내는 것이 다일 것이다. 목숨을 잃을 일은 없으니 안심하란 말이다."

하지만 목숨 얘기까지 나오자 마음이 더욱 불안해진 고랑은 나가서 출구를 찾겠다며 쏜살같이 방을 빠져나갔다.

양굉 일행이 필사적으로 도망갈 곳을 찾기 위해 노력했지만 아무런 소득이 없이 또 며칠이 흘러갔다. 그런데 이때 양굉으로서는 전혀 예상하지 못한 일이 발생하고 말았다.

조조의 사자인 만총이 갑자기 양양을 찾아와 유표에게 동맹을 맺고 동심협력해 천하의 역적을 토벌하자고 제안한 것이다. 또한 동맹의 성의를 표시하기 위해 조조가 친히 군사를 이끌고 남하해 남양을 침범한 역적 장제군을 섬멸해 주겠다고 말했다.

양굉은 채가 형제들이 몰래 보낸 사람에게서 이 소식을 전해 듣고 대경실색했다. 두 손 놓고 가만히 기다릴 수 없었던 양굉은 당장 그날 저녁에 예물을 바리바리 싸들고 채부로 향했다. 일단 채가 형제들을 매수해 이들을 앞세워 유표와 조조의 동맹을 저지할 계획이었다.

물론 유표가 동맹에 대한 성의 표시로 자신을 조조에게 압송할 가능성을 막기 위한 목적이 가장 컸다.

그런데 양굉은 채부에 당도한 후 그만 얼이 빠지고 말았다. 만총이 자신보다 한발 앞서 채부에 도착해 이미 채가 형제들을 만나고 있었던 것이다. 그리고 채부 정문 앞에는 만총이 끌고 온 것으로 보이는 수레가 다섯 대나 있었다.

만총이 자신과 같은 목적으로 채부를 방문했다는 사실을 확인했지만 양굉은 결코 희망을 버리지 않고 채가 형제에게 당당하게 만남을 청했다. 그러나 양굉의 바람은 또 한 번 여지없이 무너졌다.

자신이 찾아왔다는 소식을 넣었는데도 하인이 그를 사랑채로 안내하는 것이 아닌가. 이어 양굉을 만나러 온 사람 역시 채가의 큰형인 채모가 아니라 둘째인 채훈이었다.

얼큰하게 취해서 나온 채훈은 양굉에게 술을 따르며 솔직하게 말했다.

"선생의 말대로 만총은 형주와 동맹을 맺으러 왔습니다. 또 일이 원만하게 진행되도록 자형께 잘 말해달라며 채부를 방문했고요. 하지만 걱정 마십시오. 우리는 절대 배은망덕한 사람들이 아닙니다. 중명 선생의 입장을 고려해 우리 형제는 조조와의 동맹에 반대도 지지도 하지 않고 중립을 지키며 자형의 결정을 무조건 따르기로 했습니다."

"네? 반대하지도 지지하지도 않겠다고요?"

양굉은 아연실색해 눈이 휘둥그레졌다. 유표 수하 중에 유선, 한숭은 조조와의 동맹을 지지하고 있었고, 괴량 형제도 이에 크게 반대하지 않았다. 황조 역시 조조 편에 설 것이 빤한데 채가 형제가 중립을 지킨다고 무슨 소용이겠는가.

양굉은 마음이 다급해져 조조와의 동맹을 막아달라고 애걸복걸했다. 하지만 채훈의 한마디에 그만 입이 얼어붙고 말았다.

"조조와의 동맹을 거부했는데 장제에 대한 선생의 투항 권유마저 실패한다면 형주는 어쩐단 말입니까?"

양굉이 아무 대답도 못하자 채훈은 얼마 전 누구처럼 흰소리를 쳤다.

"만총이 방금 전 이런 말을 하더이다. 우리 형제가 자형을 설득해 동맹 선물로 선생을 조조에게 보낸다면 선생이 준 예물의 두 배를 더 주겠다고 말입니다. 하지만 우리 형제는 의리를 중시하는 사람들이라 단칼에 이 요구를 거절했습니다."

양굉이 모골이 송연해져 몸을 벌벌 떨고 있자 채훈이 하품을 하며 말했다.

"후암, 난 바로 만총에게 가 봐야 하오. 선생이 만총과 만나봤자 자리만 불편할 테니 함께 가자고 청하지 못하겠습니다. 죄송하지만 조심히 살펴 가십시오."

이어 채훈은 곧바로 자리를 뜨며 하인들에게 양굉을 문 앞까지 전송하라고 명했다.

정신이 혼미해져 채부를 나온 양굉은 어떻게 왔는지도 모르게 역관에 도착했다. 심장이 두근거려 밤새 한잠도 이루지 못한 양굉에게 이튿날 아침 자사부로 오라는 유표의 전갈이 날아왔다.

양굉이 서둘러 자사부로 달려가자 유표가 거두절미하고 말했다.

"어젯밤 장제로부터 소식이 왔소이다. 저들은 투항 권유 편지를 받은 후 순양성에서 남하해 현재 양양성에서 150리도 떨어지지 않은 찬현과 음현 일대에 이르렀다고 하오. 저들은 형양 중신 한 명과 선생을 찬현으로 보내 노부의 성의를 보여주고, 또 투항 후 구체적인 보상에 대해 논의하자고 요구했소. 만일 이를 수용하지 않을 시 자신들을 농락한 죄를 물어 형주와 결사전을 벌이겠다고 전해 왔소."

유표는 말을 마치고 빙그레 웃으며 양굉의 반응을 살폈다. 당연히 당황해 어찌할 바를 몰라 하는 모습을 상상했는데, 양굉은 유표와 형주 관원들의 예상과 달리 외려 크게 기뻐하며 대답했다.

"부군은 안심하십시오. 제가 기꺼이 찬현으로 가 장제 숙질과 이야기를 나누고 투항 문제를 확실히 마무리 짓겠습니다."

어제 채모 형제를 만나 수모를 겪고 일이 심상치 않게 돌아가고 있음을 확인한 양굉은 차라리 장제에게 투신하는 것이 더 안전하겠다는 생각이 들어 이렇게 대답한 것이다. 하지만 유표는 이를 죽음도 두려워하지 않는 의기로 오해해 감동을 받은 듯한 표정으로 말했다.

"중명 선생의 호의는 마음으로만 받겠소이다. 사실 이는 선생은 물론 형주 중신의 목숨까지 걸린 일이라 내 감히 저들의 요구에 응하지 않으려 하오. 노부의 군대가 이미 집결해 장제군과 결전을 벌일 준비를 모두 마쳤고, 허도의 조 공도 사신을 보내 장제군 소탕에 힘을 보낸다고 하니 투항 권유는 여기서 접읍시다."

갑작스러운 유표의 변심에 마음이 다급해진 양굉이 재빨리 말했다.

"아닙니다, 부군! 외부인이 형주 일에 끼어들어 함부로 전쟁을 일으키게 할 수는 없습니다. 그리고 장제 휘하의 서량 장사들은 용맹하기로 이름이 높습니다. 퇴로가 막힌 저들이 목숨을 걸고 싸운다면 부군께서 설사 장제를 소탕하더라도 형양 군사 역시 피해가 막심해집니다. 재고해 주시기 바랍니다!"

서량군의 위용을 익히 들어 알고 있는 유표는 양굉의 말에 다시 한 번 마음이 흔들리기 시작했다. 양굉은 유표의 표정에서 이미 그가 동요하고 있음을 알고 서둘러 무릎을 꿇고 간곡하게 진언했다.

"굉이 보기에 장제가 군사를 이끌고 남하해 부군께 형주 중신을 보내라고 요구한 목적은 두 가지입니다. 하나는 무력을 뽐내 자신의 몸값을 높이려는 것이오, 다른 하나는 부군께서 자신들을 얼마만큼 수용할 뜻이 있는지 알아보려는 요량입니다. 이로써 보건대, 저들은 귀순 의지가 매우 강합니다. 이런 절호의 기회를 놓친다면 훗날 필시 후회막급이 될 것입니다. 굉이 비록 외부인이지만 잘못된 결정으로 형양 백성에게 화가 미치는 것을 차마 보고 싶지 않습니다!"

이때 괴량이 앞으로 나와 유표에게 말했다.

"주공, 중명 선생의 말이 매우 일리가 있습니다. 장제군은 용맹이 뛰어나 투항 권유에 성공한다면 막강한 원군을 얻음은 물론 남양도 전화의 재앙을 면할 수 있습니다."

유표의 마음이 더욱 흔들리고 있을 때, 스물대여섯쯤 된 청년이 자리에서 일어나 유표에게 공수하고 말했다.

"부친, 중명 선생은 비록 사절의 신분이지만 형양의 안녕을 위해 간언을 마다하지 않고 있습니다. 소자 역시 그의 건의대로 형양 중신을 찬현으로 보내는 것이 옳다고 여겨집니다."

이 청년은 다름 아닌 유표의 장자 유기(劉琦)였다. 그런데 유기의 말이 끝나기가 무섭게 분명 중립을 지키겠다고 선언했던 채모가 벌떡 일어나 실눈을 뜨고 말했다.

"주공, 말장 역시 충분히 시도해 볼 만하다는 생각입니다. 기왕 대공자가 찬현으로 가길 원하니 중명 선생과 함께 장제를 찾아가 주공의 성의를 보여주는 것이 어떨까 합니다."

이 말에 유기는 당황한 기색이 역력했다. 당상의 유표 역시 낯빛이 확 바뀌며 채모에게 소리쳤다.

"시끄럽다! 장제 놈이 진심으로 항복을 청하는지 확실치 않은 상황에서 어찌 기를 함부로 보낸단 말이냐!"

이때 양굉이 속으로 쾌재를 부르고 가슴을 두드리며 대답했다.

"부군은 염려 마십시오. 제가 목을 걸고 대공자의 안전을 보증하겠습니다. 장수는 저와 생사지교를 맺은 사이라 설사 담판이 결렬되더라도 대공자의 털끝 하나 건드리지 않을 것입니다."

이 틈을 타 채모가 유표를 부추겼다.

"중명 선생이 이렇게까지 보증하는데 무얼 걱정하십니까? 대공자가 친히 간다면 장제가 두마음을 품었다가도 우리의 성의에 감동해 반드시 주공께 귀순하리라 확신합니다."

채모가 무슨 꿍꿍이로 이런 음험한 말을 하는지 유표도 잘 알고 있었다. 하지만 분위기가 분위기인지라 유기 대신 다른 중신을 보내는 데 명분이 서지 않았던 유표는 생각을 정한 듯 정색하고 유기에게 말했다.

"기야, 이번에 네가 중명 선생과 함께 찬현으로 가 장제를 설득하도록 해라!"

유기는 속으로 두려운 마음이 가득했지만 감히 부친의 명을 거역할 수 없어 공수하고 이에 응했다.

사실 유표에게는 따로 계산이 서 있었다. 찬현에 도착하면 양굉을 먼저 적진에 보내 저들의 의사를 알아보게 할 요량이었다. 저들에게 협사가 있다면 양굉만 목이 달아나면 되고, 진심으로 투항하는 것이라면 유기가 대공을 세우게 되므로 형주의 후계 자리가 공고해질 수 있었다. 따라서 이는 형주의 막강한 권력자 채씨 일가에 대항할 수 있는 절호의 기회이기도 했다.

*　　　　*　　　　*

양굉과 유기는 그날로 찬현을 향해 출발했다. 이들 일행은 해가 질 때쯤 화성(和成) 나루에 당도했는데, 축양(筑陽)을 지키는 형주 대장 문빙이 보낸 군대가 미리 나와 이들을 맞이하고 있었다. 문빙의 수하들은 유기 일행을 호위해 축양으로 북상했다.

한편 넉살좋은 양굉은 행군 도중 이런저런 얘기를 꺼내며 유기의 말벗이 되어 주었다. 원래 숫기가 없고 소심한 유기였지만 붙임성 있는 양굉의 태도에 점점 말을 트게 되었다.

이들의 대화는 자연스럽게 형주의 현재 정국으로 옮겨갔다.

유기는 채씨 일가가 병권을 쥐고 전횡을 일삼는 이야기며, 계모와 채모가 자신 대신 둘째 유종(劉琮)을 후계자로 삼으려 한다는 얘기까지 양굉에게 속속 털어놓았다. 양굉은 유기가 불쌍한 생각이 들어 그의 말에 맞장구치고 조언을 아끼지 않았다. 그럴 때마다 연신 고개를 끄덕이던 유기가 가슴이 답답했는지 한숨을 내쉬고 간절하게 물었다.

"선생의 말씀이 제게 큰 위안이 되는군요. 그래서 말인데 제가 어떻게 해야만 부친의 기대를 저버리지 않고 제멋대로 판치는 채씨 일가를 몰아낼 수 있는지 고견을 듣고 싶습니다."

"별로 어렵지 않습니다. 일단 주위에 뜻이 맞는 형주 관원들을 모아 채씨 일가에게 대항하면 됩니다. 저들의 권세가 막강하다고 하나 형주 전 지역을 관장하기란 불가능합니다. 따라서 괴량, 괴월 형제와 문빙, 왕위, 황조 같은 형주 중신들을 공자 편으로 포섭해……."

순간 양굉은 무슨 중요한 생각이 떠올랐는지 말을 멈추고 유기에게 다급히 물었다.

"참, 공자는 성혼을 했습니까? 아니면 정혼한 처자가 있다던가요?"

유기가 고개를 가로젓자 양굉은 손뼉을 치며 기쁜 목소리로 말했다.

"잘됐습니다. 이번에 양양으로 돌아가는 대로 괴가에 혼담을 꺼내십시오. 남군(南郡)의 괴가는 채씨와 맞설 수 있는 유일한 가문입니다. 그러니 수단과 방법을 가리지 말고 혼약을 맺으십시오. 괴량, 괴월의 딸이 불가능하다면 그들의 질녀나 종질녀도 상관없습니다. 어쨌든 괴씨 집안 여자만 되니까요."

유기는 양굉의 말뜻을 알아듣고 잠시 생각에 잠겼다가 대답했다.

"선생의 가르침에 감사할 따름입니다. 마침 괴자유에게 혼기가 찬 천금이 있는 걸로 알고 있습니다. 양양성으로 돌아가는 즉시 부친께 아뢰고 괴가의 딸을 처로 맞이하겠습니다."

자유는 괴량의 자다. 양굉은 손뼉을 치며 호응한 후 또다시 조언했다.

"괴씨 집안 외에 채모 형제와 사이가 좋지 않은 형주 문무 관원들도 모두 공자 편으로 끌어들이십시오. 감언이설로 설득하든 선물을 안겨주든 모든 방법을 동원하십시오. 그들에게 존경의 뜻을 보일수록 저들도 좀 더 마음을 열고 공자를 따르게 될 것입니다. 여기서 중요한 건 절대 스스럼없이 저들에게 다가가야 한다는 겁니다."

양굉의 친절하고 자세한 설명에 유기는 경탄과 감사의 뜻을 표한 뒤 다시 물었다.

"그럼 제게 가장 필요한 건 무엇입니까?"

"당연히 병권입니다. 손 안에 군사가 있어야 마음이 두렵지 않은 법입니다. 채모 형제가 제멋대로 날뛸 수 있는 가장 큰 이유는 수중에 양양의 병권을 쥐고 있기 때문입니다. 따라서 잠시 그들과 적대하지 말고 병권을 장악할 방법을 최대한 강구하십시오. 어쨌든 공자는 유 부군의 장자이므로 부군께 말씀드리면 일부 군대를 관장하는 것쯤은 여반장처럼 쉬울 것입니다."

양굉의 말을 귀 기울여 듣던 유기는 알겠다며 크게 고개를 끄덕였다. 이어 유기가 조심스럽게 말을 꺼냈다.

"한 가지 더 묻고 싶은 말이 있는데, 선생은 솔직히 대답해 주십시오. 이번에 선생과 제가 장제를 설득할 가능성이 대체 얼마나 됩니까?"

양굉은 눈 한 번 깜빡하지 않고 뻔뻔스럽게 대답했다.

"당연히 십 할의 가능성이 있지요. 저는 장수가 숙부처럼 따르는 가후와 막역지교를 맺은 사이입니다. 공자는 아무 걱정 마십시오!"

이 말에 유기의 얼굴에는 전에 없던 결연한 빛이 서렸다. 이어 유기가 낮은 목소리로 말했다.

"사실 이번에 출발하기 전에 부친께서 만약 장제를 설득하는 데 성공한다면 군 하나를 저에게 맡긴다고 하셨습니다. 선생이 보기에 어느 군을 맡는 게 가장 좋겠습니까?"

"당연히 강하군이지요. 강하군은 서주와 영토를 마주한 데다 수로 교통이 편리하여 공자가 서주와 우호 관계를 맺는 데 가장 유리한 지역입니다. 우선 서주군은 공자와 절대 충돌을 일으킬 리 없으니 외환을 걱정할 필요가 없고, 또 공자가 어려운 일에 처하면 언제든지 쉽게 연락이 가능해 서주군이 바로 도울 수가 있습니다."

하지만 유기는 난처한 빛을 띠며 말했다.

"강하군은 형양 9군 가운데 양양 다음으로 중요한 요지입니다. 황조 장군이 부친의 두터운 신임을 받아 제가 그를 대신하기란 말처럼 쉬운 일이 아닙니다."

"그럼 장사군(長沙郡)은 어떻습니까? 교통도 비교적 편리하고요."

양굉은 자신이 이런 일까지 관여해야 하나 싶어 대충 생각나는 대로 둘러댔다. 하지만 양굉은 자신이 내뱉은 이 말로 인해 형주에 어떤 대란이 일어날지 이때는 상상도 하지 못했다.

유기는 양굉의 이 말을 가슴 깊이 새긴 뒤 정중하게 인사를 올리며 말했다.

"못난 저를 가르치고 지도해 주신 은혜는 평생 잊지 않겠습니다. 내일 찬현에 당도하면 제가 반드시 선생과 함께 장제 군영으로 가겠습니다. 절대 선생을 혼자 보내는 일은 없을 것입니다."

날이 어두컴컴해진 저녁, 이들 일행이 축양 본영에 당도하고서야 양굉과 유기의 대화도 끝이 났다.

이튿날 정오, 유기 일행은 문빙 대오의 호송을 받으며 찬현에 도착했다. 찬현성에 주둔 중인 등룡(鄧龍)은 친히 성을 나와 유기를 영접했다.

그런데 유기는 등룡과 인사를 나누자마자 당장 장제의 군영을 찾아가겠다고 얘기했다. 등룡은 유표의 밀령을 받은지라 처음에는 난처한 표정을 지었지만 유기가 장제의 대영으로 들어가지만 않으면 큰 문제가 없을 것 같아 유기의 요구를 수락했다. 다만 유기의 안전을 위해 5천이 넘는 군사로 유기를 호위하게 했다.

등룡이 갑자기 이렇게 많은 병마를 보내자 깜짝 놀란 장제도 만 명에 가까운 군사를 출동시켜 군영 앞에 진세를 펼치고 형주군과의 일전에 대비했다.

양군이 둥글게 원을 그리고 포진한 후, 유기는 양굉과 나란히 말을 달려 앞으로 나가 적진을 향해 큰소리로 외쳤다.

"나는 형주자사 유표의 장자 유기요. 부친의 명으로 귀군에게 투항을 권유하러 왔으니 장제, 장수 두 장군은 얼른 나와 대답하시오!"

마지못해 따라 나온 양굉도 크게 소리쳤다.

"난 서주 장사인 양굉이라 하오. 무위(武威)의 가후 선생과는 생사지교를 맺은 사이요!"

이때 장제군 진영에서 준수한 청년 장군 하나가 무기도 들지 않은 채 곧장 앞으로 달려 나왔다. 그런데 뜻밖에 그는 말을 멈춘 후 양굉에게 예를 갖춰 공수하고 말했다.

"가 숙부는 서주에서 잘 계시는지요? 가 숙부와 막역한 사이라면 제게 숙부와 다름없습니다. 조카 장수가 양 숙부께 인사 올립니다."

양굉은 위기를 모면하려고 내뱉은 허풍이 실제 상황이 되자 얼떨떨한 표정만 지은 채 아무 대꾸도 하지 못했다. 곧이어 장수는 두 팔을 활짝 벌려 양굉과 유기를 맞이한 후 장제군 영채 안으로 안내했다.

그런데 이들이 대영 안으로 들어섰을 때 장제가 이미 한 남자를 포박하고 양굉을 기다리고 있었다. 장제는 이 남자의 얼굴을 발로 힘껏 걷어차고 양굉에게 말했다.

"중명 선생, 누군가 첩자를 보내 선생을 해하려고 시도했더구려. 글쎄 이자가 선생이 홀로 아군 진영을 찾아와 내게 투항하라고 꼬드긴 뒤 나를 찬현성으로 불러 죽일 계획이라고 말하는 것 아니겠습니까! 아무래도 낌새가 이상해 그를 억류하고 있었는데, 오늘 보니 아니나 다를까 이놈이 우리를 이간하려던 것이더군요."

이 말에 양굉은 불같이 노하며 다그쳤다.

"이런 죽일 놈을 봤나! 널 사주한 자가 대체 누구냐?"

양굉의 말이 떨어지기가 무섭게 장제는 칼을 뽑아 들고 그 남자의 목을 겨누었다. 몸을 벌벌 떨던 그는 연신 머리를 조아리며 이실직고했다.

"모두, 모두 만총이 시킨 일입니다. 그는 장제 장군의 진의를 모르는 상황에서 유 부군이 감히 유기 공자를 장제 장군 대영에 보내지 못하고 먼저 양굉 선생을 시켜 진위를 알아보게 할 것이라고 말했습니다. 이 틈을 노려 장제 장군과 유 부군의 사이를 이간하고, 또 장제 장군의 칼을 빌려 양굉 선생을 해할 목적으로 소인을 보냈습니다."

이 말에 양굉은 만약 유기가 자발적으로 따라나서지 않았다면 저 칼에 자신이 난도질당했을 것이란 생각이 들자 머리카락이 쭈뼛 서고 말았다. 마찬가지로 모골이 송연해져 식은 땀을 흘리던 유기는 문득 의아한 생각이 들었다. 자신과 부친이 후당에서 나눈 밀담이 어떻게 조조군 사신 만총의 귀에 들어갔단 말인가?

재빨리 무언가를 깨달은 유기는 몰래 미소를 흘리고 장제에게 말했다.

"장 장군, 부탁이 하나 있습니다. 이 첩자 놈을 양양성의 부친께 압송해도 되겠습니까?"

"그게 무에 대수겠소! 여봐라, 이놈을 꽁꽁 묶어 대공자의 수하에게 넘겨주어라!"

장제는 흔쾌히 이에 응하고 나서 양굉과 유기에게 주연을 베풀라고 명했다.

만총이 보낸 첩자가 양양으로 압송되자, 모든 사실을 듣게

된 유표는 불같이 노해 당장 만총을 함거(檻車)에 실어 허도로 보내라고 명했다. 이어 유표는 형주의 기밀이 새나가게 된 이유를 철저히 조사하라고 명하는 한편, 친히 성 밖 30리까지 나가 장제 숙질을 영접했다.

이번 일은 유표는 물론 형주 문무 관원들까지 나약하고 무능한 줄로만 알았던 유기를 다시 보는 계기가 되었다. 심지어 유기가 3년 동안 울지 않던 새가 한 번 울어 세상을 깜짝 놀라게 했던 초장왕(楚莊王)이 아닐까 의심하는 이도 있었다.

양굉과 함께 양양성으로 개선한 유기는 부친이 기뻐하는 틈을 타 두 가지 일을 요청했다. 하나는 유표가 나서서 괴량 딸과의 혼사를 추진해 달라는 것이었고, 다른 하나는 자신을 장사태수에 임명해 달라는 것이었다.

유표는 자신의 아들이 드디어 머리가 트인 것을 보고 감격해 눈물이 나올 지경이었다. 그는 아들의 첫 번째 요구를 흔쾌히 응낙한 후 조용히 일렀다.

"장사태수 건은 조금만 더 기다려라. 이 아비가 자리를 마련한 다음 다시 얘기하자꾸나."

하지만 불행히도 유표의 이 말은 또 누군가의 입을 통해 현임 장사태수인 장선(張羨)의 귀에 들어가고 말았다. 모종의 일을 꾸미고 있던 장선은 이 소식에 화들짝 놀랐다.

"유표가 날 갈아치우려 한다고? 내가 영릉(零陵), 계양(桂陽)과 손잡고 거사를 일으키려 한다는 계획이 들통 난 게 분명해! 안 되겠다, 이대로 앉아서 죽음을 기다릴 순 없지. 얼른 영릉, 계양에 연락해 거사를 앞당겨야겠어!"

* * *

청주 경내에서는 원담이 거느린 원소군과 전해, 공융의 연합군 간에 치열한 전투가 벌어지고 있었다.

사실 전해가 공융과 손잡고 주동적으로 원소군을 공격한 데는 이유가 있었다. 조조의 의심처럼 도응의 수작이 숨겨져 있진 않았지만 어쨌든 도응과 관련이 있는 건 사실이었다.

도응은 청주 출병을 확정했을 때, 선례후병으로 전해에게 서신을 보내 자신의 출병 이유를 설명함과 동시에 가을밀을 수확한 후 출병하겠다는 것과 자신에게 귀순하면 후대하겠다는 뜻을 밝혔다.

공손찬에게 충성하는 전해가 도응의 말 몇 마디에 변절할 리는 없었다. 하지만 그는 도응의 편지에서 적을 격파할 희망을 보았다. 원소가 서주군을 움직여 청주를 공격하려는 속셈을 가지고 있고, 또 유주로 원소군 주력 부대가 이미 북상해 원담이 거느린 군대는 그다지 많지 않았기 때문에 전해는 서주군이 아직 출병하지 않은 틈을 타 선수를 쳐 원담을 제거하려는 계획을 세웠다.

물론 이것이 도응의 속임수라고 걱정하는 이도 있었다. 교활한 도응이 암도진창(暗渡陳倉) 계략으로 말로는 가을밀을 수확한 뒤 청주로 출격하겠다고 떠벌린 후, 실제로는 전해가 서진한 기회를 노려 텅텅 빈 후방을 공격하면 만사가 끝장이라고 진언했다.

하지만 전해는 이런 의심을 단호하게 부정했다. 먼저 서주군이 아직 청주와 접경지인 낭야에 집결한 흔적이 없고, 이어 도응은 절대 은인에게 이런 비열한 속임수를 쓸 자가 아니라고 확신했기 때문이다.

공융 역시 전해의 생각과 똑같았다. 이에 전해와 공융은 상호 동맹 아래 후방을 비워둔 채 주저 없이 5만여 군사를 이끌고 저현으로 출동했다.

이로 인해 기주에서 1만 2천 군사를 이끌고 온 원담은 평원에 주둔한 6천 군사를 합쳐 총 1만 8천 군대로 전해와 공융 연합군 5만 명을 상대해야만 했다. 원담 휘하의 병사들이 아무리 용맹하다고 하나 수적으로 크게 밀리는지라 고전을 면치 못했다.

이런 상황에서도 원담은 전공을 세우고 싶은 마음이 간절해 누음에서 적과 전투를 벌였다.

개전 시 일기토에서는 적장 셋의 목을 베며 기세를 한껏 드높인 원담이 총공격을 명하려고 할 때, 전해 대오에서 갑자기 한 장수가 튀어나왔다.

그는 바로 연전에 유주에서 청주로 온 공손찬의 아장, 조운이었다.

조운이 가볍게 두 장수의 목을 베자 원담은 자신 휘하의 맹장 고람(高覽)을 출전시켰다. 고람은 기세 좋게 조운에게 달려들었지만 겨룬 지 채 10합도 되지 않아 조운의 창에 호심경(護心鏡)이 깨지고 입에서 피를 토하며 본진으로 달아났다. 이에 전황은 다시 역전되었다.

전해와 공융의 연합군이 외려 승세를 타 총공격에 나서자, 대패한 원담은 하는 수 없이 군대를 다시 평원으로 무르고 천험의 요새 황하에 의지해 적의 반격을 가까스로 막아냈다.

예상치 못한 조운의 출현으로 원소군은 2천여 명의 군사를 꺾이고, 누음의 일부 성지와 양초까지 빼앗겼다. 하지만 원담은 전혀 기가 죽지 않고 친신인 곽도, 신비와 절치부심 반격의 기회를 노리고 있었다.

그런데 바로 이때 악몽 같은 소식이 들려왔다. 황하 이남의 고당현(高唐縣)이 제대로 한 번 싸워보지도 않고 적에게 항복했다는 것이다. 대형 하류의 근거지를 빼앗는 것이 얼마나 어려운지는 굳이 설명할 필요가 없다. 이에 원소군은 황하 요지를 적에게 고스란히 바치고 황하 이북으로 물러날 수밖에 없었다.

연이어 큰 손실을 입은 원담은 분기탱천해 원소군 동진의 교두보인 고당현을 다시 빼앗아 오라고 명했다. 아예 원담이 친히 군사를 이끌고 고당으로 출격하려 하자 곽도, 신비가 그의 앞을 가로막았다. 곽도가 간했다.

"공자, 절대 충동적으로 행동해서는 안 됩니다. 아군이 고당으로 출병하면 역적 유평(劉平)은 필시 전해에게 구원을 요청할 것입니다. 아군의 병마가 청주 연합군보다 강하다고 하나 지리적 이점을 잃은 상황에서는 무용지물이나 다름없습니다. 함부로 강을 건넜다가는 길보다 흉이 많습니다."

원담이 침통한 표정을 지으며 아무 말도 없자 곽도가 미소를 지으며 말했다.

"공자, 우리의 우군인 조조를 잊으셨습니까? 도응이야 밀이 익은 후 출병하겠다고 허락을 받았지만 조조는 청주 출병 시기를 약정하지 않았습니다."

순간 잔뜩 찌푸린 원담의 얼굴이 활짝 펴지며 화색이 돌았다. 곽도가 계속 말을 이었다.

"조맹덕에게 연락을 취해 당장 청주로 출격하라고 청하십시오. 조조군이 진격한다면 제북국(濟北國)을 통해 곧장 역성(歷城)으로 쳐들어갈 것이므로 청주군의 측면과 양도를 위협할 수 있습니다. 그리하여 전해와 공융이 후퇴한다면 아군은 황하 요지를 싸우지 않고도 취할 수 있습니다."

원담은 손뼉을 치며 흥분된 목소리로 외쳤다.

"오, 묘계요! 내 당장 부친께 서신을 보내 조조에게 출병을 명하도록 청해야겠소."

곽도가 곧바로 건의했다.

"주공 외에 조조와 도응에게도 각각 편지를 보내십시오. 조조에게는 전황을 분명히 알리고 출병을 재촉하는 동시에 삼공자가 청주 병권을 도모하는 중이라고 은근히 암시하십시오. 그러면 조조는 삼공자와 도응이 손잡고 자신을 곤경에 빠뜨릴까 두려워 필시 출병에 응할 것입니다. 이는 주공께서 나서서 명을 내리는 것보다 훨씬 더 효과가 큽니다."

원담은 고개를 끄덕인 후 물었다.

"그러면 도응에게도 출병을 재촉하는 편지를 써야 하오?"

곽도는 고개를 가로저으며 대답했다.

"도응은 밀이 익인 후 출병하겠다고 이미 주공의 허락을 받은지라 이를 핑계로 출병을 거절할 것이 확실합니다. 따라서 공자는 청주 연합군 총책임자의 명의로 그에게 낭야에 군사를 집결해 양동작전을 펼치라고 명하십시오. 이는 주공의 명과도 전혀 배치되지 않는 명입니다. 도응이 만약 명에 따른다면 청주 연합군은 텅 빈 내지가 염려돼 군사를 무를 수밖에 없습니다. 그리고 혹여 명을 따르지 않는다면 그때는……."

곽도가 흥 하고 코웃음을 치며 얼굴에 음흉한 미소를 드러내자 원담은 그의 말뜻을 알아채고 똑같은 미소를 지어 보였다.

第八章

청주에 전운이 감돌다

조조가 원담의 편지를 받았을 때, 공교롭게도 유표가 함거에 실어 보낸 만총까지 허도에 이르렀다.

설상가상이 된 조조는 원담의 편지를 북북 찢으며 벽력같이 노호했다.

"죽일 놈! 어린놈이 감히 누구를 협박한단 말이냐! 훗달 중순에 출격하려던 계획을 포기하고 도응이 출병하는 날 우리도 출병한다!"

순욱이 손을 절레절레 흔들며 다급히 간했다.

"주공, 이는 결코 감정적으로 처리할 문제가 아닙니다. 원소의 총애를 받지 못하는 원담을 외면했다가 원상이 청주 병권을 손에 넣기라도 하는 날에는 우리의 입장이 매우 난처해집니다. 출병하자니 도응과 원상이 연합해 아군을 구렁텅이로 몰아넣을까 걱정이고, 출병하지 않자니 원소가 식언한 죄를 물을까 염려됩니다."

정욱도 동조하며 아뢰었다.

"문약의 말이 옳습니다. 장제가 이미 유표에게 투항해 유표는 분명 그를 남양 북부에 주둔시키고 허도를 위협할 것입니다. 이런 상황에서 절대 원소의 미움을 사서는 안 되니, 잠시 겉으로 복종하는 체하며 원소를 무마한 후 장제라는 못을 뽑아내야 합니다. 사방으로 적을 만들었다간 상상하고 싶지 않은 결과를 초래할 수 있습니다."

곽가 역시 이들을 거들었다.

"원담은 우리에게 크게 쓸모가 있으므로 절대 버려서는 안 됩니다. 그는 도응과 원소를 이간하는 데 가장 필요한 존재이자 도응을 견제할 수 있는 유력한 조력자입니다. 그가 청주에 안착하고 청주 병권을 장악해야만 갈수록 커지는 도응 놈의 맹위도 제약할 수 있습니다."

모사들의 잇단 건의에 조조도 곧 냉정을 되찾고 잠시 숙고에 잠겼다가 명을 내렸다.

"조인에게 즉각 출병하라고 일러라. 연주 북쪽 제북 길을 통해 역성을 공격하고 손에 넣으면 전해와 공융의 힘을 분산시킬 수 있다."

이때 정욱이 앞으로 나와 조조에게 공수하며 말했다.

"주공, 제가 이번 출정에 종군하겠습니다. 도응이 간사하기 이를 데 없는 데다 여러 군대가 얽히고설켜 조인 장군을 보좌할 모사가 꼭 필요합니다."

"중덕이 간다니 마음이 심히 놓이는구려. 자효(子孝)가 올바른 판단을 하도록 그대가 옆에서 잘 이끌어주시오."

자효는 조인의 자다. 조조는 크게 기뻐하며 정욱을 함께 보내기로 결정했다.

*　　　*　　　*

도응은 원담의 편지를 받은 후, 눈 하나 깜빡이지 않고 책상을 치며 소리쳤다.

"오냐, 내 기꺼이 출병하리다! 장패에게 1만 군사를 이끌고 낭야로 북상해 낭야상 소건과 함께 거현에 주둔하며 청주 진격을 준비하라고 일러라!"

진등이 걱정스러운 어투로 말했다.

"하지만 주공, 그리 되면 전해와 공융에게 신뢰를 잃을까 우려됩니다. 허점을 이용해 기습을 가하려 한다고 오해하면 어쩝니까?"

"상관없소. 전해와 공융에게 다시 편지를 보내 우리 사정을 설명하고, 가을밀 수확 후 출병하겠다는 약속은 꼭 지키겠다고 이르시오. 그러면 우리의 도리는 다한 셈이니 믿고 안 믿고는 저들 문제일 따름이오."

그리고 얼마 후, 조조의 원군이 이미 청주로 향하고 있다는 소식을 확인한 도응은 안도의 한숨을 내쉬고 심복들에게 웃으며 말했다.

"하하, 마침내 청주 공격의 화살받이가 오고 있구려. 이제 아군의 청주 북벌 압력도 상당히 줄겠소이다."

하지만 진등은 아직 기뻐하기에는 이르다며 조곤조곤 얘기했다.

"원담은 아군을 뼛속 깊이 증오해 기회가 있을 때마다 우리를 위해하려 하고 있습니다. 원상이 원담의 지휘권을 대체하기 전까지는 조금도 긴장을 늦춰서는 안 됩니다."

"당연하지요. 원담에게 서주군 지휘를 맡기는 건 양 떼를 몰고 호랑이 입으로 들어가는 것과 같소이다."

도응은 온화한 미소로 대꾸한 후 고개를 돌려 유엽에게 물었다.

"자양, 원상에게서는 무슨 소식이라도 있소이까?"

유엽은 고개를 가로저으며 대답했다.

"아무 소식도 없습니다. 아무래도 주공께서 일러준 이간계가 아직 성공하지 못해 원소도 원담을 교체할 의사가 없는 듯합니다."

도응은 알겠다며 고개를 끄덕이고는 자신만만하게 말했다.

"원상이 청주 병권을 빼앗을 수 있도록 전력으로 도우시오. 그리하여 원상이 청주를 지휘한다면 가장 좋겠지만 현실적으로 그것이 불가능하다면… 내게 원담을 청주 총수(摠帥)에서 끌어내릴 비상수단이 있소."

이 말에 유엽과 진등 등은 멍한 표정을 지었다. 정신을 차린 유엽이 의아해하며 물었다.

"비상수단이라고요? 왜 저희들에게 미리 말씀하지 않았습니까?"

"일부러 숨기려던 건 아니오. 나 역시 이런 방법까지 동원하게 될 줄은 미처 몰랐으니까요. 하지만 원상에게 청주를 취할 의지나 능력이 없는 상황에서 선택의 여지가 없어졌소."

이어 도응은 진웅에게 필묵을 대령하라고 이른 후, 자신의 말을 받아 적게 했다.

"이는 원소에게 보낼 서신이오. 내 이미 일부 주력군을 거현으로 북상시켜 청주 정벌에 관한 일을 준비하고 있으니, 밀이 익는 대로 친히 서주 대군을 이끌고 청주 토벌에 나서겠다고 쓰시오. 또한 기회가 된다면 이번에 우리 부부가 청주에서 장인을 뵙고 직접 전국옥새를 바치겠다고 하시오."

이때 줄곧 아무 말도 없던 서주군 군사 가후의 눈이 반짝였다. 그는 바로 도응의 의도를 알아챘다.

별다른 선택의 여지가 없는 상황에서 원소가 청주 친정에 나서도록 종용해 원담의 올가미에서 벗어나려는 계획 아닌가! 이어 가후가 태연자약하게 말했다.

"주공, 편지에 왜 이 말을 덧붙이지 않았습니까? 전해와 공융이 화난(禍難)에 닥쳐 전군을 이끌고 원담과 평원에서 결전을 벌이게 된 건 원소에게 청주를 점령할 천재일우의 기회라고 말입니다."

"그건 너무 노골적이오. 원소는 내게 청주를 토벌하라고 명했소. 그런데 내가 아직 출병하지도 않은 상황에서 그에게만 청주 주력군과 결전을 벌이라고 종용한다면 분명 내가 전력을 다하지 않고 이 상황을 모면하려고만 한다고 의심할 것이오. 그래서 일부러 그 말을 적지 않았소. 이는 원상의 입에서 나와야 가장 효과적이오."

이어 도응이 한마디 더 덧붙였다.

"원소 진영에 이것이 절호의 기회임을 아는 자가 분명 있을 테고, 또 원상도 원담이 대공을 독점할까 봐 걱정돼 필시 원소에게 이를 간할 테니 너무 염려 마시오."

가후는 여전히 마음에 걸리는 것이 있어 걱정스러운 투로 말했다.

"조조가 청주로 출병하면서 요성(聊城)을 통해 직접 평원 전장으로 가지 않고, 제북을 거쳐 청주 제남국(濟南國)으로 진군하는 길을 택했습니다. 그 의도는 보지 않아도 분명합니다. 바로 역성을 공격해 평원의 대치를 풀려는 생각이겠죠. 역성이 비록 작은 성이지만 청주의 요해지라 일단 조조군에게 점령되면 청주 주력군도 후퇴해 양도와 텅 빈 내지를 지키지 않을 수 없습니다. 그러면 원소군이 건곤일척(乾坤一擲)을 벌일 기회를 놓치게 됩니다."

도응은 가후의 말이 일리가 있다며 고개를 끄덕였다. 그러고는 책상에서 공문서 하나를 집어 들어 가후에게 건네며 말했다.

"그건 며칠 전 세작이 탐문한 소식이오. 누음 전투가 끝나고 양군이 대치 국면에 접어들었을 때, 전해는 부장 선경에게 8천 군사를 이끌고 가 역성 방비를 강화하라고 명했소. 이로써 보건대, 전해도 역성의 중요성을 알고 있는 것이 분명하니 조인이 역성을 취하기는 쉽지 않으리란 생각이오."

가후의 침중한 얼굴에 마침내 웃음이 드러나더니 도응에게 공수하며 말했다.

"주공의 심모원려(深謀遠慮)는 후가 감히 미칠 바가 아닙니다. 주공께서 이미 모든 준비를 마쳤으니 아군은 강 건너 불구경하듯 조용히 희소식만 기다리면 되겠군요."

도응 역시 가후를 바라보며 미소를 지어 보였다.

도응의 예상대로 전풍과 저수 등은 이미 원소에게 전략을 수정하자고 건의한 상태였다. 적이 군사를 총동원한 상황이라 즉각 청주에 증원군을 보내 평원에서 결전을 벌여 적을 몰아친다면 승세를 타고 단숨에 청주를 접수할 수 있다고 말했다.

원소가 주저하며 결정을 내리지 못하고 있을 때, 마침 조조군이 청주로 출격했다는 보고가 들어왔다. 이에 전풍, 저수, 순심 등은 곧바로 원소에게 달려가 조조군이 역성을 취하면 청주군은 평원에서 전면 후퇴해 요지를 사수할 것이므로 청주를 차지할 절호의 기회가 사라진다며 즉각 원군을 보내야 한다고 재촉했다.

원소도 이미 마음이 흔들리고 있었지만 여전히 망설이며 대답했다.

"공들의 말이 모두 일리가 있소. 하지만 업성 일대에서 출동 가능한 병력이 고작 2만에 불과한 데다 고간이 거느린 4만 병주 대오도 이제 막 호관을 지나 기껏해야 섭현에 이르렀을 것이오."

원소가 말을 잇기도 전에 순심이 재빨리 앞으로 나와 건의했다.

"상관없습니다, 주공. 병주의 원군이 섭현에서 평원에 당도하려면 넉넉잡고 스무 날이면 족합니다. 오늘이 3월 초이틀이니 군대를 정비한다 해도 3월 스무닷새에는 공격을 개시할 수 있습니다. 조조 원군 처리도 그리 어렵지 않습니다. 주공께서 저들에게 전령을 보내 3월 스무닷새에 역성을 공격할 수 있도록 진군 속도를 늦추라고 명하시면 그만입니다. 이렇게 되면 아군과 조조군이 협공하는 자세를 취해 청주군의 앞뒤를 끊을 수 있습니다."

순심의 계책에 저수, 전풍도 맞장구를 치며 동조하자 한참 동안 고민하던 원소도 이를 악물고 마침내 결정을 내렸다.

"좋소. 이번에는 그대들의 건의를 따르도록 하리다."

이어 저수가 계책 하나를 올렸다.

"이번 작전은 적을 안으로 깊이 유인해야지 절대 도망가게 해서는 안 됩니다. 하여 대공자에게 몇 차례 거짓으로 패한 척하여 적의 사기를 높여 주라고 이르십시오. 심지어 적에게 황하 방어선을 뚫려도 상관없습니다. 어쨌든 아군의 주력 부대가 제때 이르고, 동시에 조조군이 허리를 차단한다면 청주를 주머니에서 물건 취하듯 할 수 있습니다."

원소는 즉각 저수의 계책에 동의를 표한 후, 편지를 써서 주부 진림을 원담에게 보냈다. 이때 원상이 갑자기 앞으로 나와 원소에게 공수하고 말했다.

"소자가 병주 대오를 이끌고 평원으로 가 형님을 돕겠습니다. 형님과 함께 청주군을 섬멸하고 청주 영토를 부친께 바치겠습니다."

하지만 원소는 원담과 원상의 사이가 어떤지 잘 아는지라 혹시 일을 그르칠까 염려해 손을 내저으며 말했다.

"이런 중임을 맡기기에 너는 아직 나이가 어리고 전쟁 경험도 많지 않다. 아직 시간이 있으니 내 좀 더 고민해 보도록 하겠다."

원상은 실망이 가득한 얼굴로 물러났다. 마음이 초조해진 그는 속으로 연신 중얼거렸다.

'모든 군대를 절대 원담에게 넘겨서는 안 되는데… 그랬다간 나도, 도웅도 끝이라고…….'

*　　　*　　　*

청주로 향하던 조인은 동평에 이르렀을 때 원소의 전갈을 받았다. 조인은 편지를 받고 의아한 생각이 들었다.

처음에는 가능한 빨리 청주를 공략하라더니, 이제 와서는 진군 속도를 늦추라고? 물론 정욱은 편지를 보자마자 원소의 의도를 알아채고 즉각 조인에게 말했다.

"절대 이 명령에 따라서는 안 됩니다. 오히려 아군은 서둘러 역성으로 북상해 전해와 공융의 퇴병을 압박해야 합니다."

조인이 놀란 눈으로 이유로 묻자 정욱이 웃음을 띠며 차근차근 설명했다.

"전해와 공융이 전군을 휘몰아 서진한 목적은 먼저 원소군을 청주에서 몰아낸 연후, 아군과 서주군을 각개격파하기 위함입니다. 이는 매우 훌륭한 계책이지만 불행히도 원소에게 단숨에 청주를 평정할 절호의 기회를 제공하고 말았습니다. 단언컨대 원소는 청주군과 결전을 벌일 계획이어서 아군에게 진군 시간을 늦추라고 요구한 것입니다. 아군이 타초경사하여 놀란 청주군이 군대를 무른다면 하늘이 내린 기회가 사라질 테니까요."

정욱이 숨을 고른 후 말을 이었다.

"따라서 원소의 의도를 거슬러야만 우리에게 이익이 되지 않겠습니까? 되도록 빨리 역성을 공격해 전해와 공융이 청주 내지로 후퇴한다면 원소는 소모전을 치를 수밖에 없습니다."

정욱의 치밀한 분석에 조인은 고개를 끄덕인 후 즉각 명을 내렸다.

"전군은 전속력으로 북상해 닷새 안에 반드시 역성에 도착하라. 그리고 사흘 안에 역성을 꼭 손에 넣어야 한다!"

기주 업성에서는 원소가 도응이 보낸 편지를 받고 기뻐 어쩔 줄 몰라 했다. 그는 장중의 관원들을 돌아보고 웃으면서 말했다.

"허허, 사위가 어찌나 효성스러운지 내 대신 친히 군사를 이끌고 청주를 토벌한다는구려. 청주 전쟁은 더 이상 걱정할 필요가 없어졌소."

원소의 말에 수하들도 기쁨을 감추지 못했다. 도응이 북벌에 나선다는 건 곧 서주 군대가 출동하는 것과 마찬가지여서 절대 전쟁을 대충 마무리 지을 리 없다고 생각했기 때문이다.

그리고 도응은 몇 년간 조조와 유비, 여포, 원술을 차례로 격파한 강력한 제후이기도 했다.

원소가 흐뭇한 미소를 띠며 말을 이었다.

"게다가 도응이 내 딸을 대동해 청주로 날 만나러 오겠다고도 했소. 글쎄 내게 전국옥새를 바치겠다는구려. 하하!"

도응이 갑자기 왜 출정을 자원했는지 여러 각도로 원인을 분석해 보던 순심은 어쨌든 이 결정이 기주에 불리한 것이 없다는 생각이 들자 길게 읍하며 말했다.

"도응이 친히 나선다면 청주 평정도 이제 머지않았습니다. 축하드립니다, 주공."

원소가 만면에 웃음을 지으며 고개를 크게 끄덕이고 있을 때, 이 틈을 타 원상이 재빨리 아뢰었다.

"부친, 매부가 예를 대동해 청주로 온다 하니 소자가 병주군을 이끌고 동진해 형님과 함께 적을 토벌하겠습니다. 예와 헤어진 지 오래돼 이번 기회에 꼭 만나보고 싶습니다."

하지만 원소는 단호하게 고개를 가로저었다.

"안 된다. 네가 병주군을 지휘하면 군대에 주장이 둘이 있는 꼴이 돼 큰 혼란을 초래한다."

원소가 딱 잘라 거절하자 원상의 얼굴이 잠깐 어두워지더니 곧바로 다시 진언했다.

"그렇다면 부친께서 청주 친정에 나서 주십시오. 전해, 공융은 부친의 호랑이 같은 위엄을 보기만 해도 필시 뿔뿔이 흩어져 달아날 것입니다. 이는 누구를 장수로 보내는 것보다 백배는 더 위력적입니다."

이 말을 듣고 한참 동안 고민에 빠졌던 원소가 갑자기 책상을 치며 소리쳤다.

"상이의 말이 내 뜻과 꼭 같구나. 사실 나도 요 며칠 청주 친정에 대해 고려하고 있었다."

"주공, 불가합니다!"

깜짝 놀란 신평이 다급한 목소리로 반대하고 나서자 원소가 무섭게 그를 노려보며 코웃음을 쳤다.

"왜 그러시오? 내가 청주 결전을 지휘하는 데 어울리지 않는단 말이오?"

신평이 목을 움츠리며 입을 꾹 다물자 순심이 적극적으로 앞으로 다가왔다.

"그거 정말 묘책입니다. 대공자가 비록 싸움에 능하다 하나 경험이 많지 않은 데다 어리고 승벽(勝癖)이 강해 노련한 전해의 작전에 말려들 가능성이 있습니다. 하지만 주공께서 친히 출정하신다면 이런 약점을 피할 수 있습니다."

원담에게 청주 토벌의 대공을 넘겨줄 수 없었던 심배도 원상과 순심의 말에 찬동하자 원소는 호탕하게 웃으며 큰소리로 말했다.

"좋소. 공들이 모두 원하니 내 친히 청주로 가리다. 그 김에 내 딸과 사위도 보고 와야겠소. 그러고 보니 지금까지 사위 얼굴을 한 번도 본 적이 없군. 그야말로 정말 좋은 기회야."

* * *

원담은 꽁무니를 빼듯 황하 나루를 버리고 달아났다. 그 덕에 전해와 공융 연합군은 단숨에 황하를 건넜다. 이에 평원성은 물론 황하 북안의 6개 현까지 이들의 칼 아래 놓이게 되었다.

사실 이는 적을 유인할 목적으로 원소가 원담에게 내린 퇴각 명령이었다.

자부심이 강하고 급히 공을 세워야 하는 원담으로서는 받아들이기 어려운 명이었지만 부친의 명을 어길 수 없었기에 찻잔을 내던지는 것으로 화풀이를 대신해야만 했다.

원담이 패했다는 소식은 쾌마를 통해 서주로 전해졌다.

서주의 기밀 정보를 관장하는 조굉은 이 소식에 화들짝 놀라 급히 자사부로 달려갔다. 마침 청주 출병에 관해 논의하고 있던 도응과 문무 관원들도 깜짝 놀라기는 마찬가지였다.

"전해와 공융이 어떻게 황하를 건널 수 있었단 말인가? 원담이 청주에서 쫓겨난다면 우리의 북상 계획도 물거품이 되는 것 아닌가!"

대당 안이 크게 술렁이는 가운데, 가후와 유엽만이 도응에게 공수하고 웃으며 말했다.

"주공, 축하드립니다. 청주 전쟁의 대세가 이미 결정됐으니 아군은 이제 고침안면(高枕安眠)할 수 있게 됐습니다."

서주 관원들은 이게 무슨 뚱딴지같은 소리냐는 듯 의아한 표정을 지었다. 궁금한 진등이 다그치듯 물었다.

"청주 전쟁이 얼마 전 시작됐는데 대세가 이미 결정됐다니요? 원담이 대패해 황하 방어선이 뚫렸소이다. 이제 전쟁은 더욱 복잡해졌단 말입니다!"

하지만 유엽은 여전히 만면에 웃음을 짓고 대꾸했다.

"원담은 거짓으로 패한 것입니다. 머지않아 원소가 친히 대군을 이끌고 서진해 청주 연합군과 평원에서 결전을 치를 테니 두고 보십시오."

"어찌 그리 쉽게 단정하십니까?"

이번에는 가후가 끼어들어 대답했다.

"간단합니다. 바로 원담 때문이지요. 원담의 성격을 가만히 되짚어보면 그 안에 수상쩍은 구석이 있음을 금방 알아챌 수 있습니다."

진등이 어리둥절한 표정을 짓자 아무 말 없이 턱에 손을 괴고 곰곰이 생각에 잠겼던 도응이 무릎을 치며 기뻐했다.

"아, 이제야 알겠소! 원담의 성격과 상황으로는 절대 전해, 공융에게 황하 방어선을 뚫렸을 리가 없소. 청주 연합군에게 황하 나루를 내주었다간 영원히 원소의 눈 밖에 나는데, 그가 그리 쉽게 물러나지 않았을 것이란 말이구려."

도응의 설명을 들은 진등은 그제야 깨달은 듯 손뼉을 치며 얘기했다.

"아, 그렇군요! 원담에게 이런 치욕적인 명을 내릴 수 있는 사람은 오직 원소밖에 없습니다! 그렇다면 원소는 이미 주력군을 집결해 친정을 준비하고 있다는 얘기군요."

가후와 유엽은 진등을 바라보며 맞다는 눈짓을 보냈다. 이어 유엽이 궁금하다는 듯 도응에게 물었다.

"주공, 그런데 이번 청주 출병의 진짜 목적이 무엇인지 물어도 되겠습니까?"

"자양이 묻고 싶은 건 청주 출병의 전략적 목적이요, 아니면 구체적으로 어떤 이익을 취하려 하는 것인지 궁금한 것이오?"

도응은 외려 유엽에게 반문한 후 관원들을 쭉 둘러보고 말을 이었다.

"솔직히 나도 잘 모르겠소."

지금까지 도응의 이런 모습을 한 번도 본 적이 없었던 관원들은 깜짝 놀라 아무 말도 하지 못했다.

도응은 쓴웃음을 지으며 말했다.

"청주 출병을 결정한 이유는 원소의 비위를 맞춰 청주와 우호 관계를 지속하는 것 외에 두 가지 얻고 싶은 것이 있었기 때문이오. 하나는 청주의 인력을 얻는 것이고, 다른 하나는 이 기회에 낭야군을 재정비해 통제력을 공고히 하려는 것이었소. 그런데 가만히 생각해 보니 전해와 공융이 멸망하면 아군은 기주와 직접 영토를 마주하는 것이 되오. 이리하여 아군과 기주 간의 연락이 강화되고, 전마 무역이 재개되는 이점은 있지만 전체적으로는 이익보다 폐해가 크다는 것이 문제요. 그래서 요 며칠 이 문제로 계속 고민 중이었소."

누구도 도응의 고민에 해답을 제시하지 못하고 있을 때, 가후가 주저하며 말했다.

"방법이 하나 있긴 있습니다만 난이도가 높아서 실패할까 염려됩니다. 주공께서 전해와 공융을 설득해 원소에게 투항하게 하고, 또 원소에게는 이들이 청주에 계속 남도록 동의를 얻어내는 것입니다. 그리하면 원소와 우호 관계를 유지하면서도 영토를 맞대지 않는 목적을 달성할 수 있습니다."

유엽이 걱정스러운 투로 말했다.

"하지만 불가능하지 않을까요? 아군이 전해, 공융과 사이가 좋아서 원소에게 투항하라고 권하는 건 어느 정도 희망이 있겠지만 그들이 계속 청주에 남는 데 원소가 과연 동의할까요?"

가후 역시 고개를 끄덕이며 자신의 생각이 너무 허황됨을 인정했다.

이때 도응이 갑자기 낮은 목소리로 읊조렸다.

"난이도가 높은 건 확실하지만 가능성이 전혀 없는 것은 아니오. 투항한 전해에게 계속 청주자사를 맡기는 건 절대 불가능하나 공융과 전해가 북해와 동래, 양 군의 태수직을 수락하는 조건으로 투항한다면 원소도 받아들이지 않을까 하오."

하지만 잠시 후 도응은 한숨을 내쉬더니 고개를 좌우로 흔들었다.

"원소와 청주 연합군 간에 아직 전투도 벌이지 않아 결과가 어찌 될지 모르는데 내가 너무 생각이 많았던 것 같소. 작은 변화에도 내 계산과 안배가 물거품으로 돌아갈 공산이 크니,

지금으로서는 상황에 따라 대처 방법을 강구하는 것이 가장 좋겠다는 생각이오. 어쨌든 참을 수 있을 때까지는 참아야지요. 그러다가 원소와 조조 간에 전쟁이 일어난다면 주도권은 자연히 내 손에 들어오리라 믿소."

가후와 유엽 등이 고개를 끄덕여 도응의 견해에 동의를 표하자 진등이 탄식을 내쉬며 말했다.

"변수가 없다면 평원군은 물론 역성에서 피비린내가 진동할 텐데, 전해와 공융이 과연 얼마나 버텨낼까요? 기적이 일어날 수 있을까요?"

도응은 고개를 가로저었다.

"기적이 일어나기는 불가능하오. 청주 주력군은 평원에서 아무런 기회도 잡지 못할 것이오. 솔직히 난 전해와 공융이 기주 주력군에게 몰살당하지 않기만을 바랄 뿐이오. 살아서 극현과 임치로 돌아와야만 그들의 은혜에 보답할 수 있을 텐데……."

원소가 5만 대군을 거느리고 청주와 접경한 청하국에 당도했을 때, 이 소식을 들은 전해는 자신이 적의 유인계에 빠졌음을 깨달았다.

이에 평원성을 포위 공격하던 전해는 당장 군대를 물려 강을 건너려고 했다. 그러자 원담도 즉각 평원성을 나와 후퇴하는 적을 추격했다. 주력군이 전장에 이를 때까지 적군의 도하 속도를 늦추려던 계획이었는데, 뜻밖에 조운이 거느린 후방 부대의 완강한 저항에 부딪히고 말았다.

조운이 거느린 3천 군사가 결사적으로 달려들면서 전투는 깊은 밤까지도 끝날 줄을 몰랐다. 치열한 전투로 인해 양군의 사상자가 하릴없이 늘어나는 가운데, 날이 밝을 무렵 원담은 가까스로 조운의 저지 부대를 하류 나루까지 몰아붙였다.

이때 전해와 공융의 부대는 이미 황하를 건너 철수했고, 원담 군대에 막힌 군사는 수백 명에 불과했다.

원담은 분한 마음에 무기를 버리고 투항한 포로들을 모두 죽이라고 명했다.

그날 오후 전장에 당도한 원소는 원담이 일을 다 망친 것을 보고 크게 노했다.

하지만 전해와 공융이 이미 황하 남쪽으로 철수해 새롭게 방어선을 구축해 놓자 더는 손쓸 방법이 없었던 원소는 순심의 건의에 따라 도강 준비에 착수하는 한편, 역성의 조인에게 전령에 보내 가능한 한 빨리 역성을 손에 넣으라고 명했다.

조인과 정욱이 자신만만해했던 것과 달리, 역성의 전황은 고착 상태에 빠져 있었다.

전해가 파견한 선경이 사대문을 꽁꽁 걸어잠근 후 참호를 깊이 파고 성벽을 높이 쌓아 역성 사수에 들어가자 쉽게 공략할 수 있을 것 같았던 역성은 철옹성으로 변하고 말았다.

마음이 다급해진 조인이 총공격을 명했지만 단단히 닫힌 성문은 좀처럼 열리지 않았고, 성 아래에는 날이 지날수록 조조군의 시체만 쌓여갔다.

원소군과 서주군을 소모전의 구렁텅이에 빠뜨릴 목적으로 너무 급하게 행군했던 조조군은 식량마저 바닥을 드러내기 시작했다. 정욱은 발을 동동 구르며 중얼거렸다.

"역성이 이리도 견고할 줄 누가 알았겠는가. 아, 이제 군량도 닷새 치밖에 남지 않았고… 지금으로서는 강공이 최선의 방법이야. 그 안에 성을 접수하지 못하거나 후방의 양초를 제때 공급받지 못한다면 우리 공격은 무위로 돌아간다고!"

*　　　*　　　*

청주의 전황 변화에 주시하며 가을밀 수확을 준비하고 있을 때, 형주에 사신으로 간 양굉이 마침 귀환했다. 이 편에 유표는 답례로 사신을 보내 형주와 서주 간에 동맹을 맺고 긴밀한 관계를 유지하자고 제의해 왔다.

도응은 친히 서주 문무 관원들을 이끌고 성 밖까지 나가 대공을 세우고 돌아오는 양굉을 맞이했다.

도응은 양굉의 공을 치하하고 팽성으로 돌아오는 길에 낮은 목소리로 물었다.

"참, 지난번 편지에서 유표가 강하태수를 교체할 뜻이 있다고 했는데, 그게 사실이오?"

양굉이 고개를 끄덕이고 빙그레 웃으며 대답했다.

"그렇습니다요. 황조를 교체하자고 한 건 사실 제 의견이었습니다. 유표는 흔쾌히 제 건의를 받아들이고 얼마 안 지나 바로 조치를 취했습니다."

도응은 믿을 수 없다는 표정을 지으며 다시 물었다.

"중명은 일개 서주 사자에 불과한데, 유표가 그대의 말을 듣고 이런 중대한 결정을 내렸단 말이오?"

"이는 얘기하자면 아주 깁니다."

득의양양해진 양굉은 유표의 장자 유기와 친분을 맺게 된 과정을 소상히 설명한 데 이어, 유표가 황조를 교체한 이유는 바로 장사태수 장선이 영릉, 계양과 합심해 반란을 일으키자 유표가 믿을 만한 장수 황조에게 반란 진압 명을 내렸기 때문이라고 말했다.

또한 자신은 이 틈을 타 유기에게 공석이 된 강하태수직을 요구하라고 종용했고, 유표 역시 황조가 자리를 비운 기간 동안 장자에게 일군을 다스릴 기회를 주기 위해 고민 끝에 이를 수락했다고 전했다.

이밖에도 장제군은 양굉의 중재로 투항한 후 허도와 5백여 리 떨어진 완성(宛城)에 주둔하며 조조를 막는 방패막이이자 언제든지 조조의 뒤를 노릴 수 있는 첨병이 되었다. 동시에 장제는 양굉 편에 밀서를 보내 서주와 동맹을 체결하고 함께 천하의 역적들을 토벌하고 싶다고 청해왔다.

도응은 전혀 예상치 않았던 뜻밖의 희소식에 너무 기뻐 입을 다물지 못했다. 그는 연신 양굉의 어깨를 두드려 주며 크게 칭찬하고 후한 상과 땅을 하사했다.

한편 조인과 정욱은 수많은 병사를 희생하고서야 가까스로 역성을 함락하고 청주 연합군의 제수(濟水) 방어선을 돌파했다. 그런데 청주 연합군의 허리를 끊은 이 승전보에 원소는 기뻐하기는커녕 외려 불같이 화를 냈다.

사정은 이러했다. 배신을 밥 먹듯 하는 고당령 유평은 전세가 다시 원소 측에 유리하게 돌아가자 몰래 원소 군중에 사신을 보내 항복을 청하고, 원소군이 강을 건너 기습을 가하면 자신이 내부에서 접응하겠다고 알려왔다.

이에 원소는 순심의 건의를 받아들여 유평의 투항을 수락하고 일부 군대와 전선을 비밀리에 고당 나루로 보내 청주 연합군의 황하 방어선을 돌파할 기회만 엿보는 중이었다.

그런데 만반의 준비를 갖추고 공격을 개시하려는 순간에

조조군이 역성을 점령했다는 소식이 전해진 것이다.

허리가 뚫린 전해와 공융은 퇴로마저 끊길까 두려워 즉각 부두를 불사르고 배와 치중을 불태운 후 정예병을 후방에 배치하고 전원 퇴각에 나섰다.

원소가 이를 알고 다급히 추격전을 펼쳤지만 이미 고당에 병력을 다수 분산한 데다 천험의 요새인 황하로 인해 그 결과는 가히 짐작하고도 남음이 있었다.

결론적으로 순조롭게 전개되었어야 할 섬멸전이 조조군에 의해 모두 물거품으로 돌아가자 가뜩이나 조조에게 불만이 많았던 원소가 분노를 터뜨린 것도 당연했다.

원소는 신속히 병력을 집결해 계속 청주 연합군의 뒤를 추격하는 동시에, 조인에게 여러 차례 전령을 보내 즉각 저현으로 북상해 어떤 대가를 치러서라도 반드시 적군의 귀로를 끊으라고 명했다. 물론 말을 듣지 않으면 목을 베겠다는 협박과 함께 말이다.

원소의 이 명령에 조인과 정욱은 발을 동동 굴렀다.

연일 악전고투를 치른 탓에 사상자가 속출하고 병사들의 피로가 극심한 데다 역성 수장 선경이 성안의 식량 창고를 모두 불태우는 바람에 현지에서 군량을 조달하려는 생각은 헛된 꿈으로 돌아갔기 때문이다.

제북과 동평, 양 군에서 보충한 일부 전량마저 다 떨어져

가는 상황인지라, 이런 상태에서 북상하는 것은 그야말로 사지로 걸어 들어가는 것과 다를 바 없었다.

방법이 없었던 조인은 원소에게 명을 따르기 어려운 절박한 사정을 설명하고 군대를 출동시키지 않기로 결정했다. 하지만 종군 참모 정욱은 고개를 가로젓고 조인에게 권유했다.

"자효 장군, 그리하면 아군과 원소의 갈등은 더욱 격화됩니다. 전에 아군은 원소의 명을 거역하고 앞당겨 역성을 공격했습니다. 명을 받지 못했다는 핑계를 대긴 했지만 이미 화가 머리끝까지 난 원소의 이번 명령마저 거절한다면 생각하고 싶지 않은 결과를 초래할 수도 있습니다. 잠시 원소의 지휘를 따르는 척하며 훗날을 도모해야 합니다."

"하지만 양초가……."

조인이 얼굴을 찡그리며 난색을 표하자 정욱도 주저하며 말을 이었다.

"아군이 원소를 도와 저현을 공격하는데 식량쯤이야 지원해 주지 않을까요? 어쩌면 그 문제는 그리 크지 않을지 모릅니다."

"아, 더 이상 뾰족한 방법이 없단 말인가!"

장탄식을 내뱉은 조인은 정욱의 권유에 따라 청주 연합군의 퇴로를 차단하기 위해 군대를 이끌고 서둘러 저현으로 북상했다.

조조군이 저현 남쪽 근교에 이르렀을 때, 전해와 공융의 부대도 마침 저현 서쪽에 당도했다. 앞에서는 조조군이 길을 막고 뒤에서는 원소군이 추격해 오자, 전해와 공융은 하는 수 없이 저현성 안으로 들어가 성문을 꽁꽁 걸어 잠갔다.

그날 오후 신시 무렵에 원소 역시 주력군을 거느리고 저현성 아래에 도착했다. 양군은 누수로 둘러싸인 저현성을 철통같이 포위했다.

그날 밤 포위 작업이 얼추 마무리되자 조인은 정욱과 함께 원소를 만나러 갔다. 그런데 원소는 이들을 보자마자 다짜고짜 호통을 치며 물었다.

"내 너희들에게 3월 스무닷새까지 기다렸다가 역성을 공격하라고 명했거늘, 어찌하여 이레나 앞당겨 공격을 개시한 것이냐? 그리고 내가 보낸 사신은 대체 어디로 간 것이냐?"

조인은 시치미를 떼며 대꾸했다.

"원 공, 저희는 정말 그런 명령을 받지 못했습니다. 말장이 원 공의 명을 받았다면 당연히 공격을 늦추었겠죠. 말장은 그저 평원 전장에 도움을 주고 싶은 마음에 서둘러 역성 공격에 나섰을 뿐입니다. 믿어주십시오!"

정욱 또한 앞으로 나와 조인을 거들었다.

"원 공의 사신이 연주 경내에서 돌연 실종된 일에 대해 저희 주공도 관심을 가지고 철저히 조사하라는 명을 내렸습니다. 조만간 결과가 나오면 즉시 원 공께 보고를 올리겠습니다."

원소도 그리 어리석지 않아 조인과 정욱이 십중팔구 발뺌하는 중임을 잘 알고 있었다. 하지만 증거가 없는 탓에 더 이상 이 일을 추궁하기는 어려웠다. 그는 하는 수 없이 노한 얼굴을 띠고 소리쳤다.

"좋다. 너희 주공에게 일러 만족할 만한 답을 주기 바란다. 만약 그렇지 않으면 후회할 일이 생길 것이다!"

조인과 정욱은 이구동성으로 꼭 그리하겠다고 대답했다. 그들이 원소의 사신을 죽이고 앞당겨 역성을 공격한 건 원소의 계획을 어그러뜨리고 기주군과 서주군을 소모전의 늪에 빠뜨릴 생각이었는데, 오히려 이것이 자신들의 발등을 찍고 원소의 화를 돋울지 누가 알았겠는가. 하지만 후회해도 때는 이미 늦은 뒤였다.

잠시 후 조인과 정욱을 독살스럽게 노려보던 원소가 돌연 물었다.

"그대들은 이번에 양초를 얼마나 가지고 왔는가? 지난번 여포의 난 때 너희 주공이 내게서 빌려간 양초가 30만 휘가 넘는다. 마침 우리도 군량이 모자라 걱정이니 급한 불을 끌 수 있게 일단 10만 휘만 내놓길 바란다."

이 말에 조인과 정욱은 눈이 휘둥그레지며 당황해하는 빛이 역력했다.

“왜 그러는가? 설마 식량 한 톨도 돌려주지 않을 생각이었단 말이냐?”

조인과 정욱은 바로 납작하게 엎드려 식량난이 심각한 자군의 상황을 구구절절 설명했다. 하지만 원소는 이에 아랑곳하지 않고 벽력같이 화를 내며 이들 면전에서 조조의 후안무치함을 크게 꾸짖었다.

격분한 조인이 눈을 부릅뜨고 반박하자 화가 날 대로 난 원소는 당장 조인을 끌어내 목을 베라며 고래고래 소리를 질렀다.

다행히 순심과 원담의 만류로 양가의 관계가 끝장으로 치닫는 일은 벌어지지 않았다.

여전히 화가 가라앉지 않은 원소는 조조군을 저현성 동문에 배치하고 즉각 공격에 나서라고 명했다. 이어서 속히 조조에게 식량 10만 휘를 전선으로 보내라고 다그치는 동시에 증원군을 청주로 파견하라고 명했다.

* * *

원소가 친정에 나서 조조군과 함께 저현에서 청주 연합군을 포위했다는 소식이 당연히 팽성에도 전해졌다. 도응은 손뺵을 치며 들뜬 목소리로 말했다.

"좋은 볼거리를 구경할 수 있게 됐구려. 원소는 틀림없이 싸움은 모두 조조군에게 일임하고 자신은 전리품만 챙기려 들 것이오. 조조군은 이를 빤히 알면서도 원소의 노여움을 살까 두려워 명에 따를 수밖에 없는 상황이 전개될 것이고요."

대당 안에 웃음꽃이 활짝 핀 가운데 유엽이 조심스럽게 말했다.

"이 일로 조조와 원소가 완전히 등을 돌리고 서로 원수가 될까요? 그리 된다면 원소든 조조든 반드시 아군을 자기편으로 끌어들이려고 애쓸 테니, 우리로서는 이보다 더 좋은 일이 없을 것입니다."

하지만 도응은 고개를 가로젓고 대답했다.

"그럴 가능성은 크지 않소. 조조는 세상에 둘도 없는 간웅인 데다 그의 휘하에는 일세를 풍미할 모사가 수두룩하오. 사방이 적들로 둘러싸인 상황에서 가장 막강한 이웃 기주와 반목한다면 어떤 결과를 초래할지 절대 모를 리가 없소. 따라서 조조는 뼛속 깊이 원소를 증오할지언정 절대 그와 얼굴을 붉힐 일은 저지르지 않을 것이오."

가만히 도응의 말을 경청하던 가후가 미소를 띠며 도응에게 물었다.

"주공께서는 조조와 원소의 사이가 완전히 틀어지길 바라지 않으십니까?"

그러자 도응의 눈빛이 반짝이며 급히 자세를 고쳐앉고 되물었다.

"문화 선생에게 무슨 묘책이라도 있소이까?"

"이 계책이면 그들 사이를 완전히 갈라놓진 못하더라도 관계를 더욱 악화시키는 것은 가능합니다."

도응은 마음이 급해 서둘러 가후를 재촉했고, 곁에 있던 진등과 유엽 등도 귀를 쫑긋 세우고 가후의 말을 기다렸다.

가후는 공손하게 공수한 후 차근차근 얘기를 시작했다.

"이 계책이 성공한다면 가장 큰 공은 양 장사에게 돌아가야 마땅합니다. 양 장사가 나서서 장제를 투항시키는 데 성공한 후, 유표는 그들을 완성에 주둔하도록 했습니다. 말할 것도 없이 그 목적은 장제의 손을 빌려 북방의 위협을 막아내려는 것이지요. 하지만 이렇게 되면 또 다른 국면이 형성됩니다. 완성은 허도까지 5백여 리에 불과해 서량 철기가 마음만 먹는다면 닷새 안에 허도에 다다를 수 있습니다. 조조에게 이는 눈엣가시나 다름없습니다."

가후는 잠시 숨을 고르고 웃음을 지으며 말을 이었다.

"그래서 조조 입장에서는 이 가시를 뽑지 않고서는 어떤 일도 마음대로 벌일 수가 없습니다. 제 예측이 틀리지 않는다면 조조는 가을밀이 익을 때를 기다려 완성에 손을 쓸 것이 확실합니다. 기왕 그렇다면 주공께서는 어찌……."

가후의 말이 채 끝나기도 전에 도응은 그의 말뜻을 알아차리고 손뼉을 쳤다.

"오, 정말 묘계요! 장제를 대신해 원소에게 동맹을 청한 뒤 원소가 장제의 귀순을 받아들인다면 조조는 진퇴양난에 빠진다는 말이구려. 장제라는 눈엣가시를 뽑아내자니 원소에게 죄를 살까 두렵고, 화를 꾹 참고 원소의 명을 받아들이자니 장제가 언제든지 배후를 위협할 수 있다는 말 아니오? 하하하!"

"맞습니다. 이 후가 하고 싶은 말을 모두 하셨습니다."

가후는 도응의 말에 맞장구를 쳤고, 유엽 등의 얼굴에는 희색이 만연했다.

도응은 주저 없이 그 자리에서 명을 내렸다.

"진응은 즉시 편지 두 통을 쓰도록 하시오. 한 통은 장제에게 보낼 것이오. 내 원소에게 그를 소개시켜 주고 기주와 교분을 맺도록 다리를 놓아줄 의향이 있으니, 기주로 사신을 보내 원소와 연락을 취하고 귀순 의사를 밝히라고 하시오. 형주의 비위를 맞추고 있는 그로서는 기꺼이 강대한 원군과 동맹을 맺길 원할 것이오. 다른 한 통은 원소에게 보낼 것이오. 장제가 악부 휘하로 귀순해 호랑이 같은 악부의 보호를 받길 간절히 원하고 있다고 말이오. 적당히 아부의 말을 건넨 후 사위의 얼굴을 봐서라도 그의 청을 받아달라고 쓰도록 하시오."

진응이 붓을 들고 편지를 쓰려는데 유엽이 우려 섞인 목소리로 말했다.

"주공, 가후 선생, 이 계책이 절묘하긴 하지만 장제는 서량의 망명 무리라 사세삼공인 원소가 과연 거들떠나 볼까 걱정입니다."

이 의문에 가후가 태연하게 대답했다.

"그건 전혀 문제가 되지 않습니다. 원소군과 조조군이 저현에서 회합한 후 끊임없이 갈등이 표출돼 관계가 더욱 악화될 것이 분명합니다. 게다가 원소는 천자를 무력으로 탈취할 생각까지 있어서 조조의 배후에 꽂힌 칼을 절대 빼낼 리 없습니다."

도응은 유엽의 말도 일리가 있다며 고개를 끄덕였다. 그러고는 잠시 생각에 잠겼다가 말을 꺼냈다.

"그럼 이렇게 합시다. 아예 다른 대책을 하나 더 마련하는 겁니다. 일단 전해와 공융에게 편지를 보내 아군은 5월 보름에 출병하기로 결정했고, 낭야를 거쳐 먼저 제현을 공격한 후 평창, 고막, 안구, 영릉, 평수를 차례로 지나 극현으로 쳐들어간 다음 다시 서쪽으로 길을 돌아 임치로 향하겠다고 하시오. 또 출병 숫자는 4만 이상이고, 내가 친히 이끌고 가겠다고 하시오. 그리고 똑같은 편지를 원소에게도 보내는 것이오."

이어 도응은 진응에게 고개를 돌려 분부했다.

"원소에게 보내는 편지에 다음 두 마디 말을 덧붙이시오. 하나는 방금 말한 아군의 출병 시기와 병력, 진군 경로이고, 다른 하나는 먼 길을 원정 나와 필시 양초 수급이 곤란할 테니 내가 군량 10만 휘를 바쳐 병참 보급의 부담을 덜어주겠다고 하시오."

도응의 계책을 듣고 진등이 웃으면서 말했다.

"주공의 이 조치는 조조와 선명히 대비됩니다. 한쪽은 잔꾀를 부리며 힘 하나 들이지 않고 이익을 얻으려는 조조요, 한쪽은 고분고분 말 잘 듣고 효성이 지극한 사위여서 주공의 얼굴을 봐서라도 원소가 장제의 귀순 요청을 받아들일 수밖에 없겠습니다."

다들 진등의 말에 찬동을 표한 후, 도응의 임기응변에 혀를 내둘렀다.

식량과 증원군을 보내라는 원소의 서신에도 조조는 전혀 신경 쓰지 않는다는 듯 심드렁한 표정을 지었다. 이에 순욱이 조심스럽게 물었다.

"주공, 원소에게 회답을 보내야 하지 않을까요?"

하지만 조조는 손을 내저으며 대꾸했다.

"전처럼 대충 둘러대시오. 연주에 황해(蝗害)가 발생하고, 예

북에 가뭄이 든 데다 각지로 분산된 병마를 단시간 내에 집결하기 어려우니 내 준비를 모두 마치면 반드시 식량을 가지고 출병하겠다고 이르시오."

순욱도 조조의 의도를 알아채고 고개를 끄덕였다.

"공융은 입만 산 부유(腐儒)이고, 전해는 버러지 같은 무리에 불과해 절대 원소의 적수가 되지 못하고 잠시 시간만 끌 수 있을 뿐입니다. 청주 전황이 원소에게 유리하게 전개되면 굳이 우리에게 도움을 청하지 않겠지요."

조조는 생각이 다른 데 가 있는 듯 심각한 표정을 짓고 말했다.

"완성! 다들 완성에 생각을 집중하도록 하시오. 가을밀을 수확한 후 즉각 군사를 이끌고 남하해 후방 우환을 소탕하는 것이야말로 현재 아군의 제일 목표요!"

* * *

조인과 정욱은 서둘러 저현성을 공파하라는 원소의 명을 거역하기가 어려웠다. 그렇다고 자신의 병력을 소모할 의사도 없었기에 이들은 식량을 미끼로 청주 백성들을 꾀어 성을 공격하도록 했다.

성을 함락하면 식량을 나눠주겠다는 감언이설에 청주 백성들이 무작정 저현성으로 달려들었지만 굶주린 기색이 역력하고 정규 군사훈련을 받지 못한 이들이 어찌 청주군의 상대가 될 수 있겠는가.

결국 선봉에 나섰던 첫 번째 부대는 성벽조차 기어오르지 못하고 몰살당하고 말았다. 이를 본 원소는 화가 머리끝까지 나 당장 사람을 보내 조인과 정욱을 불러 다그치듯 물었다.

"너희들 군대는 왜 공성에 나서지 않는 것이냐? 아사 직전의 백성을 보내봤자 시간만 낭비하는 꼴 아니냐?"

마음속에 불평이 가득했던 조인도 강경한 어조로 대꾸했다.

"그럼 기주군은 왜 공격을 개시하지 않는 것이오? 아군은 청주 백성들이 기회를 만들어주면 그때 공격에 나설 생각이오."

조인과 원소가 또 충돌을 일으킬까 걱정된 정욱이 급히 원소에게 허리를 굽히고 설명했다.

"원 공, 잠시 제 말 좀 들어보십시오. 포로들을 심문해 보니 전해가 황하 나루에서 퇴각할 때 불필요한 치중을 모두 버린 관계로 저현성 안에 우전이 많지 않다고 합니다. 따라서 청주 백성을 이용해 적의 화살을 모두 소모하게 한 뒤 공격을 가하면 일거에 성을 손에 넣을 수가 있습니다."

하지만 원소는 여전히 분노에 가득 찬 목소리로 소리쳤다.

"도대체 얼마나 더 기다리란 말이냐? 아군 6만 대군과 너희 2만 군사가 하루에 소비하는 군량이 얼마나 되는지 아느냐? 그런데도 너희 주공이란 작자는 온갖 핑계를 대며 군량 보급을 차일피일 미루고 있단 말이다!"

정욱이 꿀 먹은 벙어리가 돼 아무 대꾸도 하지 못하고 있을 때, 마침 어색한 분위기를 깨주는 인물이 등장했다.

호위병의 안내를 받아 원소 앞에 모습을 드러낸 자는 바로 서주 사신 허맹이었다. 허맹은 원소에게 예를 행한 후 소매에서 서신을 꺼내며 말했다.

"허맹이 원 공께 인사 올립니다. 이는 우리 주공이 원 공께 바치는 서신입니다."

원소는 편지를 건네받아 읽어본 후 굳었던 얼굴이 환하게 펴졌다. 편지에는 출병 날짜와 진군 노선을 보고한 것 외에 군량 10만 휘를 보내겠다고 적혀 있는 것이 아닌가.

원소는 기쁨을 감추지 못하고 호탕하게 웃으며 말했다.

"하하, 역시 효성스러운 사위야. 내 사위 하나는 정말 잘 두었다니까!"

원담 이하 장중의 사람들이 모두 편지 내용을 궁금해했지만 원소는 조인과 정욱이 면전에 있는 관계로 알 필요 없다고 단호하게 말을 끊어버렸다.

이때 허맹은 품속에서 편지 한 통을 더 꺼내며 원소에게 말했다.

“그리고 제가 여기에 온 또 한 가지 이유는 전해에게 이 서신을 전하기 위함입니다. 우리 주공은 구은을 갚기 위해 아군의 출병 일자와 진군 노선을 알리는 것이 도리라고 했습니다.”

이미 도응의 식량 원조에 고무된 원소는 아무렇지도 않게 그 편지를 읽어본 후 순심과 곽도에게 건넸다. 원담도 재빨리 다가가 이 편지를 보고는 깜짝 놀라 소리쳤다.

“자고이래로 자신의 출병 병력과 시기, 진군 경로를 사전에 적에게 알려주는 경우가 어디에 있단 말인가? 이런 터무니없는 일이…….”

정욱 역시 당황해 어쩔 줄 몰라 하다가 원소에게 권유했다.

“원 공, 서주 사신을 절대 성안으로 들여보내서는 안 됩니다. 전해와 공융이 이 사실을 알고 대비책을 세운다면 우리 양군의 다음 계획은 차질을 빚고 맙니다.”

순심은 즉각 정욱의 말을 반박했다.

“서주 사신이 성으로 들어가 이 편지를 전한다면 전해는 후방에 변고가 생긴 것을 알고 즉시 저현을 버리고 달아날 것입니다. 이리 되면 공성에 투입되는 시간과 양초를 크게 절약할 수 있습니다.”

원소는 일리가 있다는 듯 고개를 끄덕인 후 조인과 정욱에게 입을 열 기회조차 주지 않고 즉각 허맹에게 명했다.

"저현성으로 가 이 편지를 전해에게 전하라."

허맹이 몸을 굽혀 인사하고 서둘러 대영을 나가자 조인과 정욱은 닭 쫓던 개 지붕 쳐다보듯 눈만 멀뚱멀뚱 뜬 채 이 광경을 바라볼 뿐이었다.

이어 원소는 조인과 정욱에게도 군영으로 돌아가 공성 준비에 만전을 기하라고 명했다. 저들이 자리를 뜨자 원소는 도응의 편지를 순심과 곽도에게 내보이며 말했다.

"다들 보시오. 사위가 완성의 장제를 소개하며 그가 곧 귀순할 예정이니 이를 받아들이고 완성을 비호해 달라고 부탁했소. 그대들의 생각은 어떠하오?"

원담의 무리인 곽도는 이 편지 내용에 낯빛이 하얗게 질렸다. 이는 도응이 조조를 궁리로 내몰려는 수작 아닌가. 다급해진 곽도는 즉각 입을 열어 만류했다.

"주공, 이는 절대 불가합니다. 장제는 동탁의 잔당으로 나라의 역적입니다. 장제의 귀순을 받아들인다면 주공의 명성에 큰 해가 됩니다!"

원담까지 나서서 사세삼공의 원가가 난신적자(亂臣賊子)를 용납해서는 안 된다고 목소리를 높이자 원소도 쉽사리 결정을 내리지 못하고 주저했다.

바로 이때 순심이 앞으로 나와 원소에게 공수하고 말했다.

"주공, 장제의 귀순을 받아들이는 것은 주공과 아군에게 이익이 될 뿐 전혀 해가 없습니다. 완성은 허도와 5백 리 거리밖에 떨어져 있지 않습니다. 주공께서 저들의 귀순을 받아들이면 정예로운 서량군은 필시 쓸 곳이 생길 것입니다. 결정적인 순간에… 주공의 명령 한마디로 허도를 기습하는 것도 가능해집니다."

이 말에 원소의 눈빛이 흔들리자 순심은 그 틈을 놓치지 않았다.

"이는 하늘이 준 기회입니다. 천 리 밖에 떨어진 장제가 스스로 주공의 발아래 엎드린 건 주공의 위명이 천하에 널리 퍼졌음을 증명합니다. 그의 귀순을 받아들인다면 천하의 제후들이 앞다퉈 주공께 머리를 조아릴 것입니다!"

순심의 강개한 어조에 원소도 마침내 천천히 고개를 끄덕였다. 이어 그는 이를 앙다물고 말했다.

"조아만, 네놈이 은혜를 원수로 갚았으니 등 뒤에 가시가 있다고 날 절대 원망하지 마라. 우약(友若), 당장 조조에게 편지를 보내 내 장제의 귀순을 받아들이고 오늘 이후로 그를 내 휘하 객장(客將)으로 삼았다고 알리시오. 그도 생각이 있다면 절대 장제를 공격하진 못하겠지."

우약은 순심의 자다.

"주공, 그보다는 조조에게 장제와 사이좋게 지내며 상호 침범하지 않도록 요구한 후 만약 충돌이 발생한다면 주공께서 나서서 중재하겠다고 경고하십시오. 조조는 총명한 자라 주공의 진짜 의도를 금방 알아챌 것입니다."

원소는 고개를 끄덕여 순심의 말에 동의한 후 즉각 사자를 조조에게 보내라고 명했다.

『전공 삼국지』 9권에 계속…

만상조 新무협 판타지 소설

FANTASTIC ORIENTAL HEROES

광풍제월

천하제일이란 이름은 불변(不變)하지 않는다!

『광풍제월』

시천마(始天魔) 혁무원(赫撫源)에 의한 천마일통(天魔一統)!
그의 무시무시한 무공 앞에 구대문파는 멸문했고,
무림은 일통되었다.

"그는 너무나도 강했지.
그래서 우리는 패배했고, 이곳에 갇혔다."

천하제일이란 그림자에 가려져 있던 수많은 이인자들.

"만약……."
"이인자들의 무공을 한데로 모은다면 어떨까?"
"시천마, 그놈을 엿 먹일 수도 있을 거야."

이들의 뜻을 이어받은 소년, 소하.
그의 무림 진출기가 시작된다.

Book Publishing CHUNGEORAM

유행이 아닌 자유추구 -
WWW.chungeoram.com

FUSION FANTASTIC STORY

말리브해적 장편소설

MLB 메이저리그

유료독자 누적 1200만!

행복해지고 싶은 이들을 위한 동화 같은 소설.

『MLB-메이저리그』

100마일의 강속구를 던지는
메이저리그의 전설적인 괴짜 투수 강삼열.
그가 펼치는 뜨거운 도전과 아름다운 이야기!
승리를 위해 외치는 소리-

"파워업!"

그라운드에 파워업이 울려 퍼질 때,

전설이 시작된다!

Book Publishing CHUNGEORAM

유행이 아닌 자유추구 - WWW.chungeoram.com

이경영 판타지 장편소설

FANTASY FRONTIER SPIRIT

그라니트

용들의 땅

GRANITE

사고로 위장된 사건에 의해 동료를 모두 잃고 서로를 만나게 된 '치프'와 '데스디아'.
사건의 이면에 상식을 벗어난 음모가 있음을 알게 된 둘은
동료들의 죽음을 가슴에 새긴 채 각자의 고향으로 돌아간다.
2년 후, 뜻하지 않게 다시 만난 두 사람은 동료들의 복수를 위해
개척용역회사 '그라니트 용역'을 설립해 다시금 그 땅을 찾게 되는데……

용들이 지배하는 땅 그라니트!
그곳에서 펼쳐지는 고대로부터 이어지는 운명적 만남,
깊어지는 오해, 그리고 채워지는 상처.

『가즈 나이트』시리즈 이경영 작가의 미래형 판타지 신작!

Book Publishing CHUNGEORAM

FUSION FANTASTIC STORY

인기영 장편소설

리턴 레이드 헌터

Return Raid Hunter

하늘에 출현한 거대한 여인의 형상……
그것은 멸망의 전조였다.

『리턴 레이드 헌터』

창공을 메운 초거대 외계인들과
세상의 초인들이 격돌하는 그 순간.
인류의 패배와 함께 11년 전으로 회귀한 전율!

과연 그는, 세계의 멸망을 막을 수 있을 것인가.

세계 멸망을 향한 카운트다운 속에서 피어나는
그의 전율스러운 이야기!

Book Publishing CHUNGEORAM

유행이 아닌 자유추구 -
www.chungeoram.com